पूर्व-संध्या

पूर्व-संध्या

दिनेश कपूर

ज्ञान गंगा, दिल्ली

इस उपन्यास के सभी पात्र, स्थल, घटनाएँ काल्पनिक हैं।
किसी भी जीवित या मृत व्यक्ति से इसका कोई संबंध नहीं है।

प्रकाशक : ज्ञान गंगा, 205-सी चावड़ी बाजार, दिल्ली-110006
 / संस्करण : प्रथम, 2014 / मूल्य : दो सौ पचास रुपए
मुद्रक : भानु प्रिंटर्स, दिल्ली ISBN 978-93-82901-48-8

POORVA SANDHYA *novel* by Dinesh Kapoor Rs. 250.00
Published by Gyan Ganga, 205-C Chawri Bazar, Delhi-110006

अपने जज मामाजी
(श्री रमेश मल्होत्रा) के लिए, जिन्होंने
सिद्ध कर दिखाया है कि जीवन पूरी ईमानदारी से,
बिना समझौता किए भी
सफलतापूर्वक जिया जा सकता है।

मेरा पन्ना

मैं नहीं जानता, हिंदी के कीटाणु कब मेरे मन-मस्तिष्क में प्रविष्ट हुए थे। मेरे विचार से लिंग्विस्टिसिज्म जेनेटिक होता है। व्यक्ति इसे अपने रक्त, अपने जीन्स में लेकर पैदा होते हैं और बाद में इसे सँवारते, निखारते और माँझते हैं।

मैं यह भी नहीं जानता कि मेरी हिंदी अंग्रेजी से अधिक अच्छी है या अंग्रेजी हिंदी से। दरअसल, जब मैंने अंग्रेजी साहित्य लिया तो इसलिए कि हिंदी तो मैं धारावाहिक रूप से बचपन से ही पढ़ता आया था। 'धर्मयुग' में मेरी एक कविता छपी थी, जब मैं आठवीं कक्षा में था तथा मेरे अध्यापकों में उसकी चर्चा भी हुई थी। यह उपन्यास जिन दिनों लिखा गया, ये वे दिन थे, जब अभिभावकों का मार्गदर्शन बहुत कम उपलब्ध होता था। लड़का सरकारी नौकरी करे। इंजीनियर, डॉक्टर या वकील बने, माँ-बाप की यही कोशिश रहती थी। ऐसे में स्कूल से निकलकर कॉलेज में प्रवेश करने तक क्या विषय लेने हैं, इसका निर्णय बच्चे के रुझान, दिलचस्पी या पैशन को ध्यान में रखकर नहीं किया जाता था। तब के माँ-बाप ने 3-इडियट नहीं देखी थी। वे अधिकतर इस बात के प्रति सजग नहीं थे कि बच्चे के रुझान को सम्मान मिलना चाहिए। मुड़कर देखता हूँ तो सोचता हूँ, मुझे हिंदी और अंग्रेजी साहित्य, दोनों में एम.ए. करनी चाहिए थी।

एक और बात सदा सालती रही है। दिल्ली यूनिवर्सिटी में अंग्रेजी साहित्य में फर्स्ट डिवीजन तो दूर, 55 प्रतिशत अंक भी मुश्किल से आते थे और प्राध्यापक बनने के लिए कम-से-कम 55 प्रतिशत अंक आवश्यक हैं। जब मेरे अंक इतने नहीं आए कि मैं 'लेक्चरर' बन पाऊँ तो बड़ी कोफ्त हुई। गाजियाबाद, मेरठ का अंग्रेजी का 'पाठ्यक्रम' दिल्ली विश्वविद्यालय के मुकाबले बहुत कम था। अगर हमारे पास मिल्टन की कृति 'पैराडाइज लॉस्ट' के 12 अध्याय थे तो उनके पाठ्यक्रम में केवल दो थे। उन दिनों यह विचार आया ही नहीं कि अंकों की ही बात है तो डिग्री मेरठ यूनिवर्सिटी की लेकर क्यों न नौकरी दि.वि.वि. की की जाए। इससे अधिक विचित्र और परस्पर विरोधी बात और

क्या हो सकती थी कि कम पाठ्यक्रम वाली यूनिवर्सिटी से डिग्री प्राप्त करके अधिक 'पाठ्यक्रम' वालों को पढ़ाया जाए। वह सब, जो आपने डिग्री लेते समय पढ़ा ही नहीं और इस बात की गारंटी भी नहीं कि बाद में पढ़ेंगे भी, और अगर पढ़ेंगे भी तो क्या गारंटी है कि उसमें आप उस स्तर पर खरे उतरेंगे या नहीं, क्योंकि आपकी योग्यता को मापने का कोई दंड तो होगा नहीं।

सबसे हास्यास्पद बात है—'डिस्टेंस एजुकेशन सिस्टम'। आप घर बैठे फर्स्ट डिवीजन पा सकते हैं कॉरेस्पॉण्डेंस कोर्स के द्वारा। और अगर छोटी यूनिवर्सिटी से निकले अंग्रेजी के अधिकतर विद्यार्थी अंग्रेजी की एक एप्लीकेशन भी सही ढंग से नहीं लिख सकते तो ऐसे दूरतम विश्वविद्यालयों से निकले (जहाँ वास्तव में वे गए ही नहीं) छात्र क्या खाक पढ़ा सकेंगे? यह सब जोड़-तोड़ तब पता भी नहीं था। कॉन्वेंट स्कूल और प्रसिद्ध कॉलेजों में पढ़ा था। कहीं ऐसे 'बैकडोर एंट्री' भी होती है, न पता था, न करना ही चाहता था। बाद में मौका मिला भी, पर किया नहीं।

अब विडंबना देखिए, बी.ए. करके बेकारी से जूझ रहा था कि बैंक में नौकरी लग गई। सब परिचितों के लिए तो ऐसा था जैसे मेरी लॉटरी लगी थी। उन दिनों भी खुशी के साथ रोना आता था। मुझे या तो अभिनय में रुचि थी या हिंदी और अंग्रेजी साहित्य में। बहुत बाद में जब 'गाइडिंग' के व्यवसाय में आया तो पता चला, इतिहास में मेरी रुचि इन तीनों जितनी ही थी। बहुत पैशनेट हूँ मैं इन चारों क्षेत्रों में।

मेरे साथ रेडियो, टी.वी. तथा स्टेज पर काम करनेवाले कई कलाकार पूना इंस्टीट्यूट चले गए। समझ नहीं आता कि नौकरी मिलना मेरा सौभाग्य था या नियति का क्रूर उपहास था। अपने जीवन के सबसे जवान और सुंदर 17 वर्ष मैंने बैंक की काल-कोठरी में बिता दिए। उन दिनों बैंक आजकल के बैंक जैसे 'एयरकंडीशंड' और आकर्षक नहीं होते थे। बिजली अधिकतर गुल रहती थी और मोमबत्तियाँ जलाकर 'लैजर एडजस्ट' किया करते थे। मुझे भी पूना चले जाना चाहिए था। लड़खड़ाता, डगमगाता, पर उस दिशा में तो प्रयत्नरत रहता, जो मेरी मंजिल तक पहुँचती थी। 800 रुपए की बैंक की नौकरी ने जहाँ मुझे आर्थिक स्वतंत्रता दी थी वहीं गुलामी की जंजीरों से भी बाँध दिया था, पर नौकरी नहीं भी मिलती तो भी उन दिनों बंबई, पूना दूर के देशों जैसे थे। घर पर या परिचितों के साथ जब भी दबे स्वर में बंबई जाकर 'एक्टर' बनने की बात चलती तो ऐसी शब्दावली सुननी पड़ती, जैसे मैं दुनिया का सबसे घटिया काम चुनने जा रहा था। एक तर्क यह भी था कि कौन एक संघर्षरत 'एक्टर' बनने गए लड़के को लड़की देगा। 'बैंकर' को दे देगा। इसी उलझन में बैंक की 'कैद' में वर्ष बीतते गए।

तब यह विचार आया कि क्यों न मैं भी 'कॉरेस्पॉण्डेंस' से या मेरठ से पुनः एम.ए. अंग्रेजी में करके अंकों की बढ़ोतरी करूँ और 'लेक्चरर' बन जाऊँ। फिर मॉरली यह

सब ठीक नहीं लगा। धोखाधड़ी लगी—एक बार मजेदार घटना घटी, इस घटना की 'मजेदारी' पर रोया और सिर भी पीटा जा सकता है। बैंक की नौकरी में भी मैं इधर-उधर छोटे-मोटे कॉलेजों में अध्यापक की नौकरी के लिए हाथ-पैर मारता रहता था। एक दिन किसी क्लर्क की भूल से, अनदेखी से मुझे इंटरव्यू के लिए बुलाया गया—जबलपुर। मेरा उत्साह आकाश छू रहा था। मैं उड़कर जबलपुर पहुँच जाना चाहता था। उड़कर तो नहीं, रेल द्वारा पहुँचा और उस कमरे के बाहर बैठ गया, जहाँ इंटरव्यू चल रहे थे, और बहुत से प्रत्याशी बैठे थे।

थोड़ी देर बाद आपस में बातें चलने लगीं। कई लोग शेक्सपीयर, मार्लो वगैरह के बारे में कुछ नहीं जानते थे। कई अंग्रेजी ठीक से नहीं बोल पा रहे थे। एक की तो 'एप्लीकेशन' में गलतियाँ थीं। उन्हें जब यह पता चला कि मैं बैंक में मैनेजर हूँ तो कई मुँह बाए मुझे ताकने लगे। उन्हें हैरानी थी कि ऐसे विक्षिप्त लोग भी दुनिया में हैं। एक ने कहा भी, क्या मेरा दिमाग खराब है, जो मैं इतनी अच्छी नौकरी छोड़कर इस 'टुच्ची जॉब' में आना चाहता हूँ। सोचता हूँ, कहीं कोई गलती है जरूर। ऐसे लोग जिनके विचार शिक्षा और शिक्षकों के प्रति इतने 'टुच्चे' हैं, अध्यापक बन जाते हैं और पैशनेट लोग रिजेक्ट हो जाते हैं।

मैं अंदर गया तो यह बात जाहिर हो गई कि मैं अंकों के प्रतिशत के हिसाब से योग्य नहीं था और मुझे बुलाना एक भूल थी, सो मुझे 'डिसमिस' कर दिया गया। मैंने लाख कहा कि मैं कुशल हूँ और एक योग्य अध्यापक सिद्ध होऊँगा, पर नहीं। 55 प्रतिशत अंक चाहिए थे उन्हें, फिर चाहे वह किसी 'टुच्चे' के ही होते।

उन दिनों बहुत तड़पता था। न पूना जा पाया, न अध्यापक ही बन पाया। यह मेरी आत्मा की तड़प है। यह तड़प मेरे जैसे बहुत से लोगों की है। मैं केवल यह कहना चाहता हूँ कि हो सके तो उस कार्य को अपना व्यवसाय बनाओ, उस नौकरी को करो, जिसे करने में मजा आता हो। फिर काम काम नहीं रहेगा। उसी तरह जैसे अपने पसंदीदा विषय में पढ़ाई का मतलब है—साहित्य या कहानी या उपन्यास या नाटक सा रुचिकर लगना। उन रचनाओं के प्रति आप अगर अपनी राय लिखोगे तो मौलिक कहलाओगे और विद्वान् भी। जब मेरी पहली पुस्तक प्रकाशित हुई, तब मैं एम.ए. के अंग्रेजी के अंतिम वर्ष में था। पुस्तक सैमुएल जॉनसन की इटैलियन भाषा में लिखी कविताओं के अंग्रेजी अनुवाद पर टिप्पणियाँ थीं। मैंने एम.ए. प्रीवियस के विद्यार्थियों को लाइब्रेरी में अपनी बगल में बैठकर अपनी पुस्तक पढ़ते देखा, पर अंततः जो कक्षाओं में 'रिकमेंड' किया जाता था, वे एफ.आर. लीविस या हेलन गार्डनर ही थे।

जब मैं विश्व टटोलते लंदन के 'स्ट्रैटफॉर्ड-अपॉन-एवन' पहुँचा और शेक्सपीयर का घर देखा; जब 'ग्लोब' का मंच देखा, जहाँ उसके नाटक मंचित होते थे; वह मार्ग

देखा, जहाँ वे अपने से 9 वर्ष बड़ी प्रेमिका ऐन के घर जाता था और वह सारा इलाका देखा तो शेक्सपीयर पराया नहीं लगा। काश! अगर तब जा पाता जब शेक्सपीयर को पढ़ रहा था, उस पर लिख रहा था तो शायद मेरी मौलिक प्रतिक्रियाएँ किसी अंग्रेजी लेखक जितनी ही सराही या नकारी जातीं। उन पर चर्चा भी जरूर होती। अंग्रेजी में बी.ए. कर रहा था, जब डॉ. नरेंद्र कोहली, जो हमारे हस्तिनापुर कॉलेज (अब मोतीलाल नेहरू कॉलेज) में हिंदी पढ़ाते थे, उनसे परिचय हुआ और कॉलेज तथा उनके घर होनेवाली गोष्ठियों में मैंने अपनी रचनाएँ पढ़नी, माँजनी आरंभ कीं, पर किसी सिरे नहीं पहुँचा। बस यह पता चला कि मेरी हिंदी अंग्रेजी जितनी ही प्रखर थी। नया-नया जवान हुआ था, जब यह उपन्यास लिखा था। नया-नया बूढ़ा हुआ हूँ, जब यह छप रहा है। वह समय याद आ गया जब शासक अपने राज्य के चिंतकों, दार्शनिकों, कवियों को ढूँढ़ने का सतत प्रयत्न करते थे। जब लेखकों की लेखनी और कृतियाँ उनके प्रमाण-पत्र होते थे।

—दिनेश कपूर

पूर्व-संध्या

दोनों ओर यूकेलिप्टस के लंबे-लंबे वृक्षों की कतारें थीं। उनके बीच सीमेंटवाली एक लंबी सड़क काफी आगे जाकर पेड़ों के साथ-साथ मुड़ जाती थी। ठंड तो नहीं थी, पर फिर भी हवा में गरमी नहीं थी। आसपास घास में एक माली पानी दे रहा था।

अमित रुका तो स्मिता ने कहा, "चलते रहो। यह इतनी सीरियस बात नहीं कि तुम आदमी से देवदास हो जाओ।"

अमित ने बिना कुछ कहे बात मान ली। दोनों फिर साथ-साथ चलने लगे। शाम का झुटपुटा घिर आया था। आसपास और ऊपर पक्षी चहचहाने लगे थे।

एक जोड़ा हाथ में हाथ डाले उनके बराबर से गुजर गया। स्मिता ने कहा, "मिस्टर अमित, आप कब आ रहे हैं?"

"कहाँ?"

"यहीं दिल्ली में।"

अमित ने चलते-चलते ही उत्तर दिया, "इस सप्ताह से पहले आ जाना चाहिए। सितंबर तो समाप्त होने को आया। परीक्षाओं में दिन ही कितने रह गए हैं!"

अमित चुप हो गया। स्मिता ने परेशान स्वर में कहा, "क्या मुसीबत है!"

सड़क पर सामने से एक दंपती बग्घी में बच्चा डाले आ रहा था। उन्हें रास्ता देने के लिए दोनों एक ओर हटकर खड़े हो गए।

"आज पार्क में काफी भीड़ है।" स्मिता ने जैसे अपने आप से कहा।

"सुनील एक लड़का है, मेरे साथ पढ़ता है।" अमित बोला।

स्मिता चुप रही। बग्घीवाले उन्हें घूरते हुए गुजर गए।

दोनों ने फिर चलना शुरू किया, "उसी के साथ रहने की सोच रहा हूँ। ऐसे तो कुछ तय होता नहीं। मैं फरीदाबाद से आकर यहाँ पढ़ूँ भी, नौकरी भी करूँ तो मकान

की तलाश कब करूँ? फरीदाबाद लौटना भी होता है। दो घंटे का सफर, रात हो जाती है।''

दोनों सड़क से नीचे उतर आए। सामने आकर पौधों और फूलों के झुरमुट की ओर मुड़ गए।

स्मिता ने कहा, ''देखो, निखिल अब तक नहीं आए। ऐसा ही होता है, जब आदमी किसी को 'टेकन फॉर ग्रांटेड' ले। मैं थक गई हूँ और कहीं जाने की तबीयत नहीं।''

घास पर दोनों आमने-सामने बैठ गए। स्मिता ने बैठते हुए पूछा, ''वो रूपनगर वाले मकान का क्या हुआ?''

''वह तो उन लोगों ने किराए पर दे दिया। छह महीने क्या खाली रखते मेरे लिए?''

''तुम्हारी परीक्षाएँ मार्च में समाप्त हुई थीं?'' स्मिता ने पूछा।

अमित ने आँखें मूँद लीं, सिर घुटनों में छुपा लिया।

''हाँ। उसके बाद दिल्ली में रहने का कोई बहाना नहीं बचा था। सो डाची माँ के पास फरीदाबाद जाना पड़ा। वैसे भी रूपनगर की बरसाती गरमियों में बहुत तपती थी। अब एम.ए. का तीसरा 'सेमिस्टर' निकट आ रहा है, सो दिल्ली आकर रहना होगा।''

''तुम बता रहे हो।'' स्मिता ने कहा, ''उसका क···क्या नाम है उसका···अरे, वही, तुम्हारा दोस्त···जो तुम्हें अपने घर 'पेइंग-गेस्ट' रखना चाहता है?''

अमित और उसका मित्र सुनील दोनों यूनिवर्सिटी की 'आर्ट्स फैकल्टी' की संध्या की कक्षाओं में पढ़ते हैं। सुनील का घर यूनिवर्सिटी के पास है। अमित का कहीं कोई ठिकाना नहीं। हर वर्ष, कभी नौकरी में स्थानांतरण के कारण, कभी ट्यूशन और कभी किसी और कारण से उसे अपने रहने का ठिकाना बदलना होता है।

स्मिता उसके मित्र का नाम पूछ रही थी।

अमित ने बताया, ''सुनील।''

''हाँ, वही । उसका घर यूनिवर्सिटी के और तुम्हारे ऑफिस, दोनों के निकट पड़ता है, तो सहूलियत रहेगी। नहीं?''

अमित वैसे ही बैठा रहा।

''तुम्हारा मार्च में फरीदाबाद लौट जाना जरूरी था क्या?'' स्मिता ने पूछा।

अमित ने सिर घुटनों से उठाकर उसकी ओर देखा। वह अपनी उम्र से काफी छोटा लग रहा था। अभी तो लगता है, इसके दूध के दाँत भी नहीं टूटे, स्मिता ने सोचा।

अमित ने निःश्वास ली, ''माँ के पास भी तो रहना होता है। बीमार रहती हैं बारहों महीने । शुक्र है, डाची माँ उनके पास है। तो भी, जाना तो है। डैडी होते तो जाने इतनी

सेवा करते भी या नहीं।''

स्मिता उसके पास खिसककर आई, ''तुम इस विषय में इतना मत सोचो, अमित। सात-आठ महीनों की ही तो बात है। मार्च के बाद परीक्षाएँ समाप्त होंगी, फिर माँ के पास लौट जाना।''

अमित कुछ नहीं कह सकता, किसी को कुछ बता नहीं सकता—स्मिता को भी नहीं। किसी को समझने की एक सीमा होती है। जितना उसे स्मिता समझती है, उससे अधिक समझे जाने की उसने वैसे भी अपेक्षा नहीं की।

उसे फिर इस महानगर में रहना है। अब वह अच्छी कॉलोनी में रहना चाहता है। सुनील किसी गवर्नमेंट क्वार्टर में रहता है। पर वह बात भी नहीं, बात कुछ और ही है।

''वैसे मुझे आज तक समझ नहीं आया कि ऐसी क्या विवशता है, जो तुम्हें अपने माँ-बाप के पास फरीदाबाद रहने से रोकती है।'' स्मिता कह रही थी, ''तुम भी तो लाखों लोगों की तरह प्रतिदिन फरीदाबाद से दिल्ली आकर, यहाँ नौकरी और फिर पढ़ाई कर अपने परिवार में वापस लौट सकते हो।''

स्मिता वय में उससे बड़ी है और किसी प्राइवेट अस्पताल में हार्ट स्पेशलिस्ट है। निखिल कॉलेज में शिक्षक है। इन दोनों के सम्मुख अमित लगभग बच्चा बनकर बात करता था। दोनों उसकी समस्याओं में सहज रुचि रखते थे और भरसक उसे मानसिक सहारा देने का प्रयत्न करते थे।

अमित ने आज तक स्मिता को इस विषय में कुछ नहीं बताया था। यह पीड़ा उसकी एकदम निजी थी। पर पिछले कई महीनों से स्मिता की संवेदन-शक्ति पर उसे विश्वास हो चला था।

वैसे इस विषय पर स्मिता से बात करना अमित के लिए नरक से गुजरने से कम नहीं था। तो भी किसी को बताना चाहिए। चलो, स्मिता को बताकर देखते हैं, उसने सोचा।

''फरीदाबाद लौटना कोई सुखद स्थिति नहीं, स्मिता।'' उसने धीरे-धीरे सावधानी से शब्द चुनने आरंभ किए, ''इसका एक प्रमुख कारण, जो मेरी समझ में आता है, वह शायद यही है कि मैं अपने टूटे परिवार का इकलौता बच्चा हूँ। मेरे पिता ने मेरी माँ को त्याग अपना घर कहीं और बसा लिया है। मेरी माँ ने दुनिया की भीड़ में से अपनी एक सहेली चुनकर एक अलग संसार रच-बुन लिया है। उनकी सहेली, जिन्हें मैं 'पापा' कहता हूँ, उन्होंने ही मुझे बचपन से अपनी सीमित आय द्वारा और स्वयं अभाव में रहकर भी पढ़ाया-लिखाया, प्यार-दुलार दिया है। लोग बताते हैं कि मेरी अनुपस्थिति में माँ मुझे बहुत याद करती हैं। रोती हैं मेरे लिए। पर मैंने महसूस किया है कि जब मैं उनके पास होता हूँ तो जाने क्यों वे मुझसे बात भी नहीं करतीं! यह तो मुझे कई बार

बताया गया है कि जिस पिता को मैंने देखा तक नहीं, मेरी शकल-सूरत हूबहू उन्हीं के जैसी है। यह कोई नहीं बताता कि इसमें मेरा क्या दोष है! क्यों जिस बात से मेरी माँ को प्रसन्न होना चाहिए, वही उसकी पीड़ा का कारण है। ऐसा क्यों है, स्मिता?''

स्मिता कुछ देर अवाक्, आश्चर्यचकित बैठी रही, फिर धीरे से उसके निकट आकर उसके सिर पर हाथ रखा। सांत्वना के इस हलके से छींटे से अमित की आँखें भीग आईं। वास्तविकता यही थी कि एम.ए. की परीक्षाएँ एक बहाना बन गई थीं, जिसके कारण वह अपनी माँ को अपनी उपस्थिति और उससे उपजी वितृष्णा से छुटकारा दिला सकता था। और उनकी सीमित आय में वह अपनी नौकरी के पैसों से कुछ जोड़ भी नहीं रहा था, तो भी संतोष था कि आर्थिक रूप से अपना भार वह स्वयं उठा रहा था।

वास्तविकता यह भी थी कि अब उसे फिर नए सिरे से एक नए घर के परिवेश के अनुसार अपने को ढालना होगा। एक सहज जीवन जो सभी बच्चे अपने-अपने घरों में सहजता से जी लेते हैं, वह न जीकर नए घर के लोगों की अपेक्षाओं का ध्यान करना होगा। एक सतत प्रयास करना होगा, ताकि वह जहाँ रहे वहाँ उसे स्वीकार लिया जाए। बिलकुल वैसे ही जैसे ससुराल में जाकर किसी लड़की को करना होता है। और उसकी 'ससुराल' तो हर साल बदलती रहती है।

अपने आपको एक नया मुखौटा पहनाने की तैयारी करने के लिए वह अपने में उत्साह फूँकने की चेष्टा करने लग गया। 'हर एक आदमी में होते हैं दस-बीस आदमी'— एक गजल का शेर याद आया।

उसकी पीड़ा की झलक पाकर स्मिता भी मानो गुमसुम हो गई। प्रोग्रामों की लिस्ट लिये निखिल बड़ी देर बाद आया ।

□

निखिल और स्मिता से मिलने के पश्चात् वह संध्या की कक्षाओं में सुनील से मिला था। वहीं सुनील ने उसे खुशखबरी दी थी कि जहाँ उसने अमित के रहने का प्रबंध किया था, वे लोग मान गए हैं। और अगले दिन ही फरीदाबाद से अपना सामान ले—जो केवल एक 'अटैची केस' में आ गया था—वह सुनील द्वारा निश्चित किए मकान का किराएदार बनकर यहाँ आ गया था। मकान सुनील के घर के तो निकट था, पर उसके अपने घर से बहुत दूर था।

पहला सारा दिन उसे परिवार के सदस्यों को और उन्हें अमित को घूरते, समझते बीत गया। 7 और 9 वर्ष की उम्र के दो छोटे पुत्र और 5 वर्ष की एक लड़की। इसके अतिरिक्त अविनाश और उनकी पत्नी श्रीमती इला चोपड़ा।

रात बड़ी मुश्किल सिद्ध हुई। सुबह होने को थी, जब बच्चों की तरह चुपचाप

सुबकते अमित को नींद आई। नींद क्या, जैसे डरावने स्वप्नों का अंबार लगा था। कोई उसे पानी में फेंके दे रहा था और उसे तैरना नहीं आता था। डर, असुरक्षा। सिर कहीं छुपाकर अँधेरे में लुप्त होने की इच्छा प्रमुख थी। रात के अंतिम प्रहर की निद्रा थी, जिसमें नींद कम थी, डर अधिक था।

डर के, कहीं सुरक्षित हो जाने की इच्छा से उसका सिर अनायास ही तकिए पर जोर से दबाव डालने लगा था और उसी तेजी से तकिए के नीचेवाला हाथ तकिए को सिर पर लपेटने की कोशिश कर रहा था।

किसी ऊँची इमारत के कगार से वह नीचे गिर रहा है। केवल कमीज पहने अपनी गली से गुजर रहा है। और दुविधाग्रस्त है कि अब अपना नंगापन कैसे छुपाए!

उसकी बाह्य स्थिति में कोई अंतर नहीं आया था। जानने और अनुभव करने की सारी प्रक्रिया कहीं उसके अंतर में घट रही थी।

यह कहाँ आ गया वह? ईश्वर, अब बस कर न। कहाँ-कहाँ पटकेगा अभी मुझे तू!

अब वह रोएगा। जो उछलकर बाहर आ गया है, उससे आँखें भी तो नहीं चुराई जा सकतीं। एकदम सत्य के समान नग्न है। और फिर यह कोई, जो अदृश्य है, लेकिन जिसका होना—सम्मुख होना—भी सत्य-सा अनुभव किया जा सकता है। यह 'यह'—यथार्थ की कठोर भूमि पर तपता, लेकिन अडिग।

वह असहाय हो उठा और अशक्त अनुभव करने लगा।

नया घर, नया वातावरण। एक लंबे अरसे के गुजर जाने के कारण उस घर में एक विशेष खुशबू रची-बसी थी, जो हर घर में भिन्न होती है। और फिर से, नए सिरे से इस खुशबू और पूरे माहौल को समझने-समझाने, उसमें खपने की थकावट भरी—मगर आवश्यक प्रक्रिया—यह सब एक विशेष संदर्भ में उसके मस्तिष्क को बीमारी भरी दुर्बलता से भर गए।

अमित ने अपना मुँह, नाक, आँखें सब तकिए पर गड़ा दीं। खूब जोर से विनती भरे स्वर में उसने मानो उस अदृश्य सत्य को संबोधित किया, "देखो, प्लीज तुम जाओ।"

पर 'वह', जो जब-तब अंतर से निकलकर बाहर आ जाता है, उसे धोखा नहीं दिया जा सकता।

'वह' उसे एकटक वक्र दृष्टि से देखता रहा। उस दृष्टि में उपहास नहीं था, नटखटपन भी नहीं था; क्रोध था, झुँझलाहट थी, खीझ थी।

"नहीं!" अपनी समझ में अमित चिल्लाया, तड़पा और करवट बदलकर सीधा हो गया। आँखें खोलकर, थोड़ा जागकर उसने आस-पास की वस्तुओं को देखा, फिर अस्फुट स्वर में बोला, "नहीं।"

फिर थोड़ी देर वह यूँ ही, बस लेटे-लेटे आँखें घुमाकर छत देखता रहा।

···सुनील···यूनिवर्सिटी···घर···मकान ढूँढ़ने की परेशानी···दूर कहीं एक बीमार औरत, माँ···यह जगह···यहाँ कोई अपना नहीं। मने ऐसे क्षणों के लिए···सुनील···अजनबी गंध लिये यह परिवेश···पराया संसार···नहीं, पराया नहीं, नया संसार···माँ को याद नहीं करेगा वह। फिर किसको करे? माँ का वक्ष···नहीं, माँ को याद नहीं करेगा। बीमार है माँ। उससे कुछ नहीं होता···कुछ नहीं···उसने करवट बदल दी। फिर से नाक, आँख, मुँह तकिए में गड़ा दिए जोर से और हिचकियाँ लेने लगा।

माँ···माँ···माँ···ओ···माँ···माँ···माँ···माँ···माँ···माँ···माँ

□

वह जब तक उठाकर बाहर आया, घर में सामान्य खटर-पटर शुरू हो चुकी थी।

गृह-स्वामिनी श्रीमती इला चोपड़ा के दोनों बच्चे स्कूल जाने के लिए तैयार थे। बस 7 बजे आ जाती थी। लड़की ममता दूध न पीने के लिए जिद कर रही थी। श्रीमती चोपड़ा उसे गिलास से दूध पिला रही थीं घूँट-घूँट करके। लड़का तैयार होकर उसकी प्रतीक्षा कर रहा था।

बच्ची को दूध पिलाते-पिलाते ही अमित को देखकर श्रीमती चोपड़ा बोलीं, "सोच रही थी कि आपको बेड-टी दे आऊँ। चाय गैस पर रखी हुई है। बस, अभी···"

ममता माँ की आँख बचाकर उठने का प्रयत्न करने लगी। अबकी श्रीमती चोपड़ा झुँझला उठीं। उन्होंने हाथ उठाकर उसे मारने का उपक्रम किया, फिर अमित को देखकर हँसी, "बड़ी ज़िद करती है।"

अमित थोड़ा मुसकराया और शौचालय की ओर चला गया।

बेड-टी की आदत उसे कभी नहीं थी। बिना मुँह-हाथ धोए, कुल्ला किए रात भर की काई कोई कैसे चाय के साथ निगल ले!

वापस आया तो इला चाय के साथ प्रतीक्षा कर रही थी। चोपड़ा साहब अभी तक सोकर नहीं उठे थे। बच्चे स्कूल चले गए थे।

श्रीमती चोपड़ा ने चाय का गिलास उसे थमाया, फिर मुसकराईं, "सुबह-सुबह तो बस तूफान मचा रहता है। इसकी टाई, उसका जूता, उसकी फ्रॉक।"

अमित ने समझदार व्यक्ति की तरह सिर हिलाया, "बड़ी मुश्किल होती है।"

श्रीमती चोपड़ा ने पूछा, "कुछ बिस्कुट वगैरह लेंगे?"

"नहीं, नहीं लूँगा।" फिर रुककर बोला, "सुबह-सुबह मैं कुछ खाता नहीं।"

इला कुछ देखने किचन के अंदर चली गई। अमित आसपास देखने लगा ।

□

वह जहाँ बैठा था—एक छोटी सी, बच्चोंवाली कुरसी पर···वहाँ छतवाला बरामदा

था, उसके बाद खुला बड़ा सा दालान था। उसके एकदम बाएँ बेडरूम था, जहाँ इला के पति—अविनाश—अभी तक सोए थे। दाईं ओर ड्राइंग रूम था, जहाँ रात वह सोया था। उसी छतवाले बरामदे में, उसके दाईं ओर एक छोटा सा स्टोर बना लिया गया था। बाहर दालान में एक ओर स्नानागार, शौचालय इत्यादि थे । वहीं दालान में दूसरी ओर नल था, चबूतरा था। वहाँ खड़े होकर हाथ-मुँह धोया जा सकता था और बैठकर कपड़े व बरतन वगैरह धोए जा सकते थे।

इला बाहर आकर बोलीं, "आपने तो चाय पी भी ली और मेरी तो ठंडी हो गई लगती है। अच्छा, आप नाश्ते में क्या लेते हैं?"

नाश्ता? अमित को समझ में नहीं आया कि वह नाश्ते में क्या लेता है! सहसा उसे याद आया, पिछले कई दिनों से वह नाश्ता लेता ही नहीं है। दोपहर और रात का भोजन भी कुछ निश्चित नहीं। अर्थात् कहीं से भी, कभी भी कुल्चे-छोले, चाय, डोसा, समोसे या कभी-कभार बाकायदा किसी होटल में खाना...कुछ भी खा लेता था। समय भी निश्चित नहीं। जब भूख लगी। पर जरूरी नहीं तब वह ऐसी जगह पर हो, जहाँ कुछ खाने को मिल सके या उसके पास खाने के लिए समय हो ही। फिर भूख भूलनी पड़ती थी या कुछ भी खाकर चलना पड़ता था।

नाश्ता, लंच, डिनर, बेड-टी—यह सब उसे कुछ याद नहीं। बोला, "जी, मैं कुछ नहीं खाऊँगा।"

इला शायद दूसरी कुरसी लेने अंदर जा रही थी। रुकी नहीं, पर चौंक गई। फिर अंदर जाते-जाते ही कहा, "कुछ नहीं का क्या मतलब? कुछ तो खाना ही होगा।"

अबकी अमित दुविधा में पड़ गया। सुनील ने एकदम अस्थायी तौर पर उसे यहाँ रखवाया है, अर्थात् जब तक कोई ढंग का मकान यूनिवर्सिटी के निकट न मिले। अमित इस प्रकार की सरकारी बस्ती में नहीं रहना चाहता था। यहाँ हर कोई, हर किसी के मामले में टाँग अड़ाता है। वह चाहे कम कमाता है, तो भी संभ्रांत मोहल्ले में रहना चाहता है। उसकी आदतें भी तो विचित्र हैं, ऊबड़-खाबड़। फिर उसकी सहेलियाँ। यहाँ के लोग तो बातें बनाएँगे। और वह क्यों सुनेगा? बहुत रह चुका इन छोटे लोगों में। क्यों सुनेगा अब वह किसी की? बहुत सुन चुका वह अपनी जिंदगी में। अब वह स्वतंत्र बनेगा। अपने सारे कामों का जिम्मेदार वह स्वयं है। जब कोई उसकी सहायता नहीं करता तो उसे लेकर बात क्यों बनाए?

तभी शीतल बयार के समान सुनील ने प्रवेश किया।

"हाय!" वह दरवाजे से ही चिल्लाया।

अमित प्रसन्न हो उठा, जैसे किसी खोए बच्चे को माँ-बाप मिल जाएँ? वह सुरक्षित हो उठा। अंतर केवल इतना ही था कि उसकी अँगुली पकड़कर उसने न तो

अकेलेपन की शिकायत की—जैसे स्कूल का समय समाप्त हो जाने पर माँ की प्रतीक्षा करता कोई बच्चा करे—न वह खुशी से कूदता फिरा। उसने केवल इतना कहा, "ओह, हाय सुन्नी!"

इला तब तक बाहर आ गई थी।

"हाय आंटी!" कहकर उसने इला देवी के गले के गिर्द लाड़ से बाँहें डाल दीं।

इला ने कहा, "छोड़ मुझे।"

अमित को विचित्र लगने लगा। बैठे-बैठे ही बोला, "तुझे ऑफिस कितने बजे जाना है?"

सुनील ने इला को छोड़ दिया। बोला, "नौ बजे निकल जाऊँगा।" फिर इला से पूछा, "इसने कुछ खाया-वाया भी कि नहीं?"

इला बोली, "भई, तेरा दोस्त है, तुझे पता होगा, क्या खाता है।"

सुनील फिर इला की ओर उन्मुख हुआ, "वेस्टर्न स्टाइल का ब्रेकफास्ट हो तो बात करना। हाँ! यार मेरा अंग्रेज है।" अमित हँस रहा था।

इला बोलीं, "भई, हम तो अंग्रेज हैं नहीं। हमें तो सीधी-सादी चीज बताओ।"

अमित को सहसा रूपनगरवाला घर याद हो आया। वहाँ वह ब्रेकफास्ट में फ्रेंच ब्रेड, टोस्ट-मक्खन और जैम के साथ...या हाफ फ्राइड ऐग, आमलेट वगैरह कुछ भी लेता था। वहाँ जैसा खाना फिर उसे कभी नहीं मिला। वहाँ हर चीज में एक स्टाइल था; पर कुछेक दिनों के लिए ही था।

सुनील अमित से ही बोला, "देख भाई। इस घर में फॉर्मैलिटी की जरूरत नहीं है। मेरे घर में और इस घर में कोई अंतर है तो यही कि मेरा घर इस दीवार से थोड़ी दूर है।"

अमित को याद आया, सुनील ने कहा था कि नाश्ता करने वह उसी के घर आए। उन दोनों ने सोचा था कि वे नहीं कहेंगी और पहले ही दिन तो बिलकुल नहीं।

सुनील फिर कुछ निर्णय लेकर इला से ही बोला, "आंटी, मम्मी ने इसका नाश्ता तैयार कर रखा है।"

इला ने पूछा, 'वेस्टर्न स्टाइल का है क्या?"

तीनों हँस पड़े।

और अमित जैसे सबकुछ भूल गया था। डर, असुरक्षा और अकेले पड़ जाने की अनुभूति—सबकुछ।

□

संकेत का घर अंजली के घर के सामने है।

न, न। संकेत के घर का पिछला दरवाजा अंजली के घर के पिछले दरवाजे की ओर खुलता है। इस हिसाब से संकेत तथा अंजली के घर एक-दूसरे के सामने नहीं,

पीछे हुए। दरअसल समझना केवल इतना है कि अंजली के घर की रसोई की खिड़की संकेत के घर के पिछले दरवाजे की ओर खुलती है। और संकेत अमित का मित्र है। संकेत उसी विषय में बी.ए. कर रहा है जिस विषय में अमित एम.ए. कर रहा है—अंग्रेजी साहित्य।

रूपनगर में उस अकेले कमरे में रहते वह अकसर अकेला अनुभव करने लगता था। आरंभ के कुछ दिनों तक तो यह हाल था कि कई बार एक निरंतर लंबे मौन और टन्न करती स्तब्धता के बीच अपनी ही साँसों का उतार-चढ़ाव उसे डरा-धमका जाता। तब उन दिनों ऊब, खीझ और डर के मिले-जुले भावों को दबाने के प्रयत्न में वह अकसर जोर-जोर से चिल्लाने लगता था। यूँ ही। वह अपने उस अकेले कमरे में बिलकुल बच्चों की तरह घबरा जाता था और कुछ भी बोलने लगता था। तरह-तरह के जानवरों की बोलियाँ बोला करता था। शीशे के सम्मुख खड़े होकर किसी फिल्मी अभिनेता की नकल की कोशिश किया करता था। फिर कभी-कभी घबराकर एकाएक चुप हो जाता था। ऐसे क्षणों में उसे स्वयं विश्वास नहीं होता था कि वह पागल नहीं हो गया है। तब घबराकर कई बार वह संकेत के घर भाग आता था।

संकेत के घर के पीछेवाले घर की छत पर जो लड़की कपड़े सुखाने आई है, उसके बाल खुले हैं और कमर से भी नीचे तक असंभव रूप से बिखरे हैं। इस लड़की का उस लड़की से कोई तालमेल नहीं है, जो अकसर अपनी रसोई की खिड़की खोलकर···विशेषतया तब, जब अमित और संकेत छत पर खड़े हों···और वे अकसर खड़े होते थे···विचित्र प्रकार की बचकानी हरकतें करती रहती है।

वह लड़की तो एकदम बच्ची-सी है। उसकी हरकतें देखकर अमित को वैसा ही लगा था जैसा किसी भी खूबसूरत, जरा-सी बड़ी बच्ची को शरारतें करते देख लगना चाहिए।

लेकिन वह पिछली सर्दियों की बातें थीं। अब तो एक साल से अधिक होने को आया है।

इसीलिए तो यह लंबे-लंबे, काले बालोंवाली, बड़ी-बड़ी आँखों को विशेष रूप से और बड़ा कर, सुखाए कपड़ों को निहारनेवाली गोरी-चिट्टी लड़की वह लड़की नहीं हो सकती। या हो सकती है?

अमित ने सुना है, लड़कियाँ बड़ी तेजी से बढ़ती हैं।

तब एकाएक, जिसे रसायन-विज्ञान में 'केमिकल रिएक्शन' कहते हैं, जैसा कुछ उसके दिल में हो गया था। उसका कलेजा बुरी तरह धड़-धड़ करने लगा था।

उस दिन अमित बंगाली कॉलोनी अपने मित्र के घर गया था। कॉलोनी अभी नई-नई बन रही थी, इसलिए सड़कें कच्ची-पक्की थीं और नालियाँ भी अनगढ़ व

अव्यवस्थित-सी थीं। बिजली का प्रबंध भी पूरा नहीं हुआ था। साँझ का झुटपुटा घना हो आया था और कुछ भी दिखाई नहीं पड़ रहा था।

उसकी मोटरसाइकिल की बत्तियाँ भी काम नहीं कर रही थीं।

अपने मित्र के घर के एकदम सामनेवाली नाली के ऊपर लकड़ी का फट्टा रखा हुआ है, ऐसा उसे लगा। सीधे सड़क पर जाकर फिर मुड़कर मित्र के घर आने की परेशानी से मुक्ति मिली।...उसने अपनी मोटरसाइकिल उस फट्टे पर उतार दी।

लौटते समय जब उसका मित्र उसे टॉर्च से निर्देश दे रहा था तो उसने उसे टोका, "इतनी दूर का रास्ता क्यों बता रहा है? इसी नाली पर जो रास्ता बनाया हुआ है, उसी पर से तो चला जाऊँगा न!"

"रास्ता बनाया हुआ है। कहाँ?" उसका मित्र चकित था।

"हाँ, वह देखो, यह रहा।"

उसने एकबारगी अपने मित्र के हाथ से टॉर्च लेकर उसका मुँह उस ओर कर दिया, जहाँ से होकर वह आया था।

देखकर एक बार तो वह भी सकते में आ गया।

आते समय तो वह आ गया था; लेकिन वह फट्टा इतना सँकरा था कि उस पर कठिनाई से ही मोटरसाइकिल का टायर पूरा जा सकता था। अगर आते समय वह जरा सा भी चूक जाता तो सीधा नाले में जाकर गिरता।

फिर एक्सीडेंट, फ्रैक्चर, हाय-हाय, अस्पताल।

जाते समय उधर से जाने की बात सोचकर ही वह काँप गया।

तब उन दिनों, जिन दिनों यह लड़की उसपर मरती थी, उसे देखकर अजीब-अजीब हरकतें करती थीं, उसे आकर्षित करने का प्रयत्न करती थी, उसने जरा भी परवाह नहीं की थी।

बड़े आराम से वह फट्टा पार कर आया था।

अब उसका जी एकदम धड़क उठा। अब तो यह इधर, उसकी ओर देख भी नहीं रही। अगर इस बीच इसका किसी और से चक्कर चल पड़ा तो अमित कुमार खन्ना, मैं तुम्हारा सिर दीवार में दे मारूँगा। तुम बच भी नहीं सकते, अमित कुमार। उसी फट्टे से वापस जाना होगा। धीरे-धीरे, पूरी सावधानी के साथ। पहलेवाली स्थिति में आने के लिए। चूके तो छुट्टी।

तैरते-तैरते अनायास ही कोई मोती भरी सीप हाथ लग जाए और वैसे ही हाथ से छूट भी जाए तो कैसा, कैसा तो लगता है!

□

अमित की मोटरसाइकिल फट्-फट् की तेज आवाज करती अंजली के घर के

आगे से घूमती संकेत के घर के आगेवाले गेट के पास आकर रुक गई।

अंदर से संकेत का छोटा भाई गुड्डू दौड़ता आया।

"हेलो भैया!"

"हेलो गुड्डू!" उसने मोटरसाइकिल स्टैंड पर लगाते हुए कहा। सहसा वह उत्साहित अनुभव करने लगा। संकेत बड़ा खुशमिजाज मित्र है। अब यहाँ वह अपनी सारी परेशानियाँ भूल जाएगा।

फिर उसने हथेली गद्दी पर टिकाई, दूसरा हाथ कमर पर रखा और पूछा, "इशारा है न?"

"नहीं, भैया तो अभी गए हैं, मम्मी के साथ। जल्दी ही लौट आएँगे। आप अंदर आइए न।"

"अभी गए हैं।" एकाएक उसका चेहरा बुझ गया। फिर उसने कहा, "अगर अभी गए हैं तो लौटने में देर तो लगेगी ही। मेरा विचार है···"

"भैया, अंदर आइए भी।" गुड्डू के स्वर में आग्रह था, "अकेला बैठा बोर हो रहा था। आपसे एक 'एस्से' भी पूछना है। आइए न, फिर कैरम खेलेंगे।"

"अच्छा।" उसने कहा और अंदर उसके साथ चला गया।

अंदर वे दोनों कैरम भी खेलते रहे और अमित गुड्डू को उसके 'एस्से' के विषय में भी बताता रहा। फिर बातचीत यूँ ही सामान्य विषयों पर होती रही। बीच-बीच में उन दोनों की ऊँची, उत्तेजनापूर्ण बातें भी गूँजती रहीं और हँसी-ठहाके भी होते रहे।

सहसा पिछले दरवाजे पर खट-खट हुई।

एक बार तो अमित का कलेजा धक् से रह गया। उसकी मोटरसाइकिल की आवाज अंजली दूर से भी सुन लेती है। सुनकर पहचान लेती है। इतनी देर हो गई उसे आए और वह छत पर नहीं पहुँचा! हो सकता है···

गुड्डू ने दरवाजा खोल दिया था। अंजली ही थी। वह न जाने गुड्डू से क्या बात कर रही थी। गुड्डू से बातें करते हुए भी वह अधिकतर उसे ही शिकायत भरी दृष्टि से देख रही थी।

गुड्डू कुछ लेने अंदर चला गया। अमित उसके निकट चला गया।

"हैलो!" उसने कहा।

"..."

"क्या बात है? नाराज हो?" उसने फिर कहा।

"कुछ नहीं।" वह नखरे से सिर झटककर बोली।

वह जानता था, अभी अधिक बात करने जैसी स्थिति नहीं थी। और अंजली रुष्ट थी। बातें यूँ भी वे कभी-कभार ही करते थे। अधिकतर शाम के समय पिछली गली में,

गुड्डू और अंजली के साथ वे दोनों भी बैडमिंटन या क्रिकेट खेलते थे। पर उस समय बात नहीं होती थी। एक-दूसरे के पास, सामने होने का आह्लाद भर रहता था। कभी-कभी उसे लगता, वह मूर्खता कर रहा है। इतनी छोटी, स्कूल में पढ़ती लड़की के साथ इतने बड़े, एम.ए. में पढ़ते, नौकरीशुदा लड़के का रोमानी व्यवहार उसे हास्यास्पद लगता। और उस पर उसकी एकदम बच्चों जैसी, नासमझी भरी, स्थूल और लापरवाह बातें···

कई बार जब वह अपने परिवेश से पिटा आता और किसी समझदार कंधे या सांत्वना भरे शब्दों के बदले उसकी ऐसी नासमझी, नादान और असामयिक बातें सुनता तो खीझ उठता। फिर उसे लगता, अंजली आखिर बच्ची ही तो है। यह उसका अपना स्वार्थ है कि वह उससे आशा करता है कि प्रौढ़ व्यक्ति के समान वह उसकी पीड़ा समझेगी, उसे सहेजेगी। नहीं, उसका अपना एक अलग, अलस संसार है। वह उसमें व्यस्त है, मुग्ध है, प्रसन्न है।

उसे अपनी चिंताएँ सुनाकर, अनुभव कराकर अभी से वयस्क बना देना क्या क्रूरता नहीं है? अंजली के प्रति अन्याय नहीं है? समय आने पर परिपक्वता भी आएगी। लेकिन जीवन के जिस हलाहल को वह पी रहा है, उसे व्यक्त करना, समझाना भी तो आवश्यक है उसके अपने जीवन के लिए। नहीं तो वह मर जाएगा।

लेकिन बताने पर यह अंजली मर जाएगी। यह लापरवाह, अल्हड़, मुग्धा नायिका-सी, अपने स्वप्न-संसार में मग्न अंजली।

नहीं, वह यह हत्या कैसे करे?

तो!

क्या अंजली से लगाव बढ़ाना उसके अपने मन का भुलावा ही है?

क्या वह जानता है कि जैसी उसे चाहिए वैसी प्रेमिका अंजली नहीं है?

अगर हाँ, तो दौड़-दौड़कर यहाँ भागे चले आने और फिर मन में ऐसा ही कोई द्वंद्व पाले चले जाने का अर्थ क्या है? इसका अंत क्या है?

अंजली एकदम अबोध भी नहीं है। लेकिन पिछले तीन-चार महीनों से जो चल रहा है, समझते-बूझते, सुबोध अमित का वैसा ही करते चले जाना क्या उचित है?

नहीं, अनुचित है। तो फिर वह दीवार दिखा दो ईश्वर, जहाँ इस सिर को मारकर मुक्ति प्राप्त की जाए।

□

"···लेकिन तू समझता क्यों नहीं? तू क्या समझता है, मैं अपने लिए कह रहा हूँ? तेरे ही भले के लिए कह रहा हूँ। देख यह आशा, उषा जीवन में आती रहेंगी, यह वक्त हाथ नहीं आएगा।"

टुकुर-टुकुर उसकी ओर देखते हुए भी अमित यह बात कभी भूला हो, ऐसा नहीं

है। लेकिन उसके सारे तर्क-वितर्क तो दराँती के समान उसी परिवेश ने काट दिए हैं, जिनमें वह रहता आया है। हथेलियों से आँखें बंद करने की हजार-हजार चेष्टाओं के बावजूद उसका अपना मन ही उँगलियों के झरोखों से ताक-झाँक कर उसकी एम.ए. की पढ़ाई और नितांत अकेले रहने की सार्थकता पर प्रश्नचिह्न लगाता रहता है। अपनी पढ़ाई और जीवन की व्यस्तता का बोध उसे है। 'क्यों रहता है वह अकेला? क्या होगा एम.ए. करके।' नहीं, यह बहाना सबसे कटकर अपना बोझ आप सँभालने का प्रयत्न मात्र ही है। नहीं तो इस नौकरी के अतिरिक्त बेहतर नौकरी दिलाने में एम.ए. मदद करेगी, इतने नंबरों की आशा भी उसने कभी नहीं की है। यह वक्त हाथ नहीं भी आएगा तो भी क्या अनर्थ हो जाएगा, वह यही समझने की चेष्टा कर रहा है। सुनील की बातों से अमित को लगने लगा है वह यहाँ दिल्ली सचमुच पढ़ाई करने ही आया है, किसी को अपने बोझ से मुक्त कराने नहीं।

खाना सामने पड़ा ठंडा हो रहा है। लेकिन सुनील से यह सब सुनना शायद अच्छा लग रहा हो। अपनेपन का अहसास भी कमबख्त समय, परिस्थिति कुछ भी तो नहीं देखता। कभी भी, कहीं से भी बहकर आने लगता है।

"और जनाब हैं कि बिना कुछ बताए 'विदाउट नोटिस' पैराडाइस भागे जा रहे हैं। मैं पूछता हूँ, क्यों? आखिर कौन सा कुफ्र टूट पड़ा था तुम पर?…"

यह तू से तुम पर तभी आता है, जब लाड़ से बोल रहा हो। अमित को अच्छा लग रहा है शायद।

"कि तुम आते ही उसके बिना नहीं रह सके। आंटी क्या सोचेंगी…?"

"अब ये बेफिजूल की बात मत करो सुनील बाबू, हाँ। भला आंटी क्या सोचेंगी…?"

"कि यह लड़का जाने कैसा आवारा है! मैं अभी पूछने गया तो पता चला, हजरत तो आए ही नहीं ऑफिस से। वह तो मैंने बात बना दी, नहीं तो क्या कहता। हैं? कि साहबजादे पैराडाइस गए हैं 'अन्न जल्ली' से मिलने। और भाई साब, अगर आपकी यही हरकतें रहीं तो मैं उससे भी जाकर कह दूँगा कि ओ मैडम, यह क्या हो रहा है? इसे पढ़ने-बढ़ने देना है कि नहीं!"

"ओ भाई, घर बुलाया है खाने पर और लेक्चर पिला रहा है।"

"व्हाट खाना? नॉनसेंस! तुम्हारे जैसे लड़के को तीन दिन भूखा रखना चाहिए।"

"आंटी…ऽ…ऽ…ऽ…" जोर की आवाज सुनकर सुनील की मम्मी आ गई हैं। सुनील की आवाज के कारण उनका आतंकित चेहरा देखकर उसने हँसी होंठों में ही दबाकर कहा है, "आंटी, राजमाह बनाए, सो तो ठीक है। मेरी मनपसंद सब्जी है। कम खाऊँ, नमक क्या इसीलिए ज्यादा डाला है?"

"नमक ज्यादा है, नईं तो। अज्ज तक ते ऐवे होया नईं। क्यों पुत्तर, ज्यादा ए?"

सुनील तो जैसे जड़ हो आया है।

फिर अमित जोर-जोर से बोलने लगा, "ऐसे कैसे चुप हो अब? बोलते क्यों नहीं कि बोल-बोलकर सारा खाने का मजा तुमने बिगाड़ दिया है। देखिए न आंटी, अब चुप हो गया है आपके आते ही। पता है न, यह कुछ भी कहे, आप मेरा ही पक्ष लेंगी। सनातन अनाथ हूँ न, इसलिए। अच्छा भाई, अब माफ कर, नहीं तो यहीं शिव के समान तेरी आवाज पर ताल ठोंककर तांडव नृत्य करना आरंभ कर दूँगा।"

सुनील खाना आरंभ करके भी नाराज है। लेकिन कॉलेज में हुए लेक्चर्स के विषय में उसे बता रहा है।

और उसे बहुत-बहुत अच्छा लग रहा है।

और उसके टेप-रिकॉर्डर से भी अधिक सुरक्षित उसके मन का टेप वापस घूम रहा है। उसकी तकदीर में एक दोस्त ऐसा भी था, जिसने कलंक का टीका उसके माथे पर नहीं, उसके दिल पर लगाया था।

आर.के. पुरम

इससे भी बढ़िया ड्राइंग रूम। नेपोलियन के कद का; चर्चिल, रसेल और हिटलर के जीवन-साहित्य से प्रभावित दिवाकर देशपांडे।

कॉलेज में सब उसे 'डायरेक्टर' कहते हैं। 'कंट्रोलर ऑफ ह्यूमेन अफेयर्स'। छोटा कद, मिचमिची, कभी मक्कारी एवं कभी मासूमियत भरी आँखें और होंठों पर बातों से अधिक खेलती रहस्यमय वह मुसकान। यारों का यार, महिमा अपरंपार। दिवाकर देशपांडे अमित का जिगरी दोस्त है। करनाल में वे दोनों दसवीं में एक साल इकट्ठा पढ़े थे। फिर अमित फरीदाबाद चला आया था और दिवाकर इतने समय बाद फिर से उसे कॉलेज में मिला है।

दिवाकर अमित पर जान छिड़कता है, उसके लिए जान दे सकता है। ऐसे मित्र को पाकर अमित सुरक्षित है, प्रसन्न है। अपने को आह्लाद से भरा अनुभव करता है।

अमित लाइब्रेरी में बैठा था कि वंदना आई। उसके साथ एक लड़की और भी थी। इस लड़की से बाकायदा परिचय तो नहीं हुआ था, पर यह मालूम था कि यह कॉलेज की 'फाइन आर्ट्स सोसाइटी' की सेक्रेटरी है।

"हेलो...कुछ ज्यादा 'इंपोर्टेंट' पढ़ रहे हैं क्या?"

"जी...?"

"मैं वंदना हूँ।"

"..."

"देखिए, आपसे एक जरूरी काम है। आप नाटक वगैरह कर लेते हैं। इस साल वार्षिकोत्सव में एक नाटक होना है। अभिनय करेंगे आप?"

वंदना खूबसूरत तो है ही, लेकिन अमीर खूबसूरत होने से भी अधिक है, यह अमित को तो तब तक पता नहीं चला जब तक एक आश्चर्यजक घटना नहीं घट गई।

घटना भी ऐसी-वैसी नहीं। तीन दिन तक शीर्षस्थ समाचार-पत्रों में छपी। तहलका मच गया था।

बात पूरी तरह से समझनी होगी।

दिवाकर देशपांडे के कुछ दोस्त थे, जो बाकायदा छोटे-मोटे 'प्लैन्स' दिवाकर के घर या कॉलेज के ही किसी सुनसान कोने में रोज-ब-रोज बनाते रहते थे। उन्हें दिवाकर मजाक में अपनी सीक्रेट सर्विस कहता था। दिवाकर के व्यक्तित्व में जादू था। कालिया, गुरचरण जैसे बदमाश भी उस चौफुटे के आगे नतमस्तक रहते थे। जाने कैसे वह उन गुंडों को भी अपने नियंत्रण में रखता था! अमित प्रसन्न था कि ऐसा प्रभावशाली व्यक्ति उसका मित्र है।

उनकी योजनाओं में उसकी कतई दिलचस्पी नहीं थी। कालिया और गुरचरण तो दो थे। और भी कई थे। और उनके आगे, उनके भी नीचे कई थे। एक भूतपूर्व संसद् सदस्य का बेटा भी उनके इस अभूतपूर्व ग्रुप का सदस्य था। अमीर और सुंदर—अशोक।

एक दिन उसे भनक लगी कि अशोक के विरुद्ध धीरे-धीरे कोई षड्यंत्र गुपचुप चल रहा है। उसके सामने ऐसी बातें कम ही होती थीं। उसे इन मामलों में व्यर्थ का समझा जाता था।

और ऐसा ही समझा जाना उसे पसंद भी था।

और एक दिन उसे पता चला कि अशोक अपने ही घर से 7 हजार रुपए लेकर भाग आया था। और कुछ दिनों के लिए दिवाकर एंड पार्टी बिना किसी नोटिस के एकाएक गायब हो गई।

काफी हो-हल्ला मचा। अशोक के डैडी कॉलेज आए, प्रिंसिपल से मिले। बात की जाँच-पड़ताल की गई। लेकिन क्या पता चले! किसी के विरुद्ध कोई क्या कहे।

बेटा अपनी मरजी से बाप के पैसे चुराकर अपने साथियों को ऐश करा रहा था।

अपने सारे प्रयत्नों के बावजूद डेढ़ सप्ताह तक वे सब केवल 5 हजार खर्च कर सके थे, या नोच-खसोटकर आपस में बाँट सके थे।

और कैसा तो अशोक! वह मूर्ख अभी भी प्रसन्न था। उसे कहीं नहीं लगा था कि कुछ गलत हुआ है।

वंदना के साथ रिहर्सल होती रही और समय पर नाटक खेला गया। एकाएक ही अमित लाइम लाइट में आ गया था। अभिनय के कारण कम, वंदना के कारण अधिक।

लेकिन वंदना के कारण उसे महत्त्व क्यों दिया जा रहा है, उसे कभी समझ नहीं आया था।

यानी तब तक, जब तक यह घटना नहीं घटी थी।

वंदना अमीर है या उसके पास ढेर सारा पैसा है, इस बारे में उसने कभी विचार ही नहीं किया था।

और बाहर घूमने थोड़े ही जाते थे वे। कॉलेज की कैंटीन में कभी-कभार एक-दो रुपए अमित खर्च कर बैठता था, कभी वंदना।

पर वंदना थी खूब! हँसोड़ और सुंदर।

लेकिन अमित को वंदना कभी महत्त्वपूर्ण लगी हो, ऐसा नहीं था। बड़े स्वाभाविक ढंग से, अब चूँकि नाटक वगैरह समाप्त हो चुके थे, परीक्षाएँ निकट आ रही थीं, वे दोनों एक-दूसरे से दूर होते जा रहे थे।

उनका आपस में मिलना-जुलना कम होता जा रहा था। दोनों ही समझते थे, वे दोनों दोस्त हैं, बस इससे आगे शायद कुछ नहीं। रोमांस भी नहीं।

लेकिन एकाएक ही बिना किसी पूर्व-सूचना के, बिना किसी भूमिका के एक दुर्घटना हो गई।

वंदना सुबह कॉलेज के प्रवेश-द्वार से अंदर आ रही थी। सामने से सेठी अपने स्कूटर पर आ रहा था।

मुख्य प्रवेश-द्वार के बाद सड़क काफी चौड़ी थी, जो बिल्डिंग तक पहुँचती थी। सड़क पर कोई भीड़ नहीं थी। इक्का-दुक्का कोई छात्र ही आ-जा रहा था। स्कूटर उससे बचकर आसानी से, बहुत आसानी से निकल सकता था।

लेकिन जैसे किसी पूर्व निश्चित योजना के अनुसार स्कूटर ने अचानक 'टर्न' लिया, आहिस्ता हुआ और वंदना के एक पैर से टकराया।

स्कूटर काफी आहिस्ता था, फिर भी वंदना धक्के से सँभल नहीं सकी, गिर पड़ी और उसके मुँह से कराह निकल गई। आसपास जाते छात्र दौड़कर उसके पास पहुँचने लगे थे।

सेठी ने स्कूटर रोका नहीं। उसी धीमी गति से, मस्ती से चलाता हुआ वह कॉलेज से बाहर निकल गया। उसने रुककर हालात जानने की, क्षमा माँगने की कोई आवश्यकता नहीं समझी थी।

क्रोध, अपमान और पीड़ा से वंदना एकबारगी रो पड़ी थी।

ऐसा क्यों हुआ? क्यों हुआ? सेठी ने ऐसा क्यों किया? वह रोती जा रही थी। उसने सेठी का क्या बिगाड़ा था?

अमित को खबर मिली।

सुनकर आगबबूला हो गया था वह।

लेकिन सेठी। मोटू। उसका और अमित का शारीरिक अनुपात के हिसाब से कोई

मुकाबला नहीं था। यूँ अमित का जी कर रहा था, वह सेठी को खूब मारे। मार-मारकर उसका भुरकस बना दे। मारता जाए, जब तक वह स्वयं थक न जाए।

लेकिन ऐसा होना संभव नहीं था।

तो क्या डरकर अमित चुपचाप बैठा रहे?

छिः, क्या सोचेगी वंदना?

नहीं, अमित चुपचाप तो नहीं ही बैठेगा।

तो फिर क्या करेगा वह?

लेकिन सहसा उसके मन में प्रश्न उठा, सेठी ने ऐसा क्यों किया था? वंदना से उसकी कोई व्यक्तिगत दुश्मनी नहीं थी। वंदना का व्यवहार इतना मृदु है, उसकी किसी से भी कोई दुश्मनी नहीं थी। उससे कोई दुश्मनी कर ही नहीं सकता था।

निहायत ही नीच कृत्य कर गया था सेठी।

तो अब अमित का क्या कर्तव्य है?

क्या वह भी औरों की तरह उसे दिलासा वगैरह देकर चुप्पी लगा जाए या कुछ करे?

लेकिन क्या करे?

क्या?

प्रिंसिपल को शिकायत की जा सकती थी। पर जिस तरह रोज कॉलेज में गुंडागर्दी होती थी, लड़के साइकिल की चेन, छुरे लेकर लड़ने जाते थे, प्रिंसिपल अगर कुछ करने में समर्थ होते तो करते नहीं?

□

दिवाकर देशपांडे का व्यक्तित्व समझना होगा। यह व्यक्ति पूर्ण रूप से विलेन शायद नहीं था, अर्थात् अपने किसी परंपरागत अर्थ में नहीं। लेकिन उसका मस्तिष्क असामान्य रूप से प्रखर था। अपनी उम्र से कई वर्ष आगे बढ़कर परिपक्व हो चुकी थी उसकी बुद्धि। इससे भी अधिक महत्त्वपूर्ण बात थी कि जीवन के कड़वे अनुभवों के प्रति उसने एकदम अस्वाभाविक रूप से 'रिएक्ट' किया था।

अपनी सारी बुद्धि उसने दुष्ट कामों को सोचने में लगा रखी है। उसका मस्तिष्क विचित्र और ऊल-जलूल और कभी-कभी तो हास्यास्पद योजनाएँ बनाता रहता है। और अपने जाने कैसे व्यवहार से वह अपनी योजनाएँ कार्यान्वित भी करा लेता है! जानते-समझते भी घिसे हुए कालिया और गुरचरण जैसे चलताऊ प्रकार के लोग भी उसकी योजनाओं में सक्रिय भाग लेते हैं।

अपने प्रकार का जीनियस है वह। लेकिन विकृत, असहज मस्तिष्क लिये हुए।

अमित से उसका संबंध किसी विशेष उद्देश्य से शायद नहीं है। लेकिन भविष्य

में उसे कहीं प्रयोग में लाया जा सकता है, ऐसा ही कुछ दिवाकर ने सोच रखा होगा। नहीं तो उस जैसा एकदम व्यापारिक, व्यावहारिक सूझ-बूझवाला व्यक्ति उससे दार्शनिक संबंध क्यों रखे है?

हाँ, दार्शनिक ही तो।

प्रतिदिन, लगभग प्रतिदिन, शाम को खाना खा चुकने के बाद की उनकी सैर के दौरान तर्क के विषय रहते हैं—सार्त्र, हिटलर, रसेल और हिंदी व अंग्रेजी के प्रमुख साहित्यकार और उनकी रचनाएँ।

अमित का तो खैर, साहित्य पढ़ाई का विषय है। परंतु दिवाकर की रुचि की तो दाद देनी होगी न! उसका विषय राजनीति विज्ञान है।

और उसके बात करने का ढंग।

बड़ी आत्मीयता से, उसके एक ओर के कंधे पर···लंबे आदमी के छोटे आदमी के कंधे पर हाथ रखकर बात करने के अंदाज में वह लगभग हास्यास्पद लगता है। लेकिन जब कभी उसकी आँखें तर्क करते समय अपनी बात को तर्कों व उदाहरणों द्वारा समझाने के प्रयत्न में उसकी ओर उठी हैं, अमित को अच्छी लगी हैं। उन छोटी-छोटी आँखों पर कभी उसे तरस आता रहा है, कभी प्यार। उस समय कोई न कह पाता कि यह वही लड़का है जिसके कहने पर अशोक अपने घर से रुपए, अपनी मरजी मानकर, उठा लाया था।

वंदना के साथ जब 'एक्सीडेंट' वाली दुर्घटना घटी, दिवाकर कॉलेज भर में ढूँढ़े नहीं मिला।

वंदना को गर्ल्स कॉमन-रूम तक पहुँचाकर अमित को जब दिवाकर नहीं दिखा तो वह 'सैंबी' के पास पहुँचा।

भाड़ में जाए हर कोई। अन्याय की कोई सीमा होती है। अमित को तो अपने पर इतना विश्वास है न? और फिर वंदना के लिए अगर उसे लड़ना होगा तो क्या वह शक्ति उधार माँगकर लड़ेगा?

इससे तो बेहतर होगा, वंदना को वह उसे ही सौंप दे।

लेकिन सोचने की यह कौन सी दिशा है? 'वंदना को उसे ही सौंप दे' का क्या अर्थ है? वंदना क्या उसकी अपनी है? अगर नहीं है, किसी की भी है तो फिर इतना परेशान वही क्यों हो रहा है? शायद इसलिए कि वंदना ने बात सबसे पहले उसी तक पहुँचाई थी। उसे उसपर भरोसा था, या कि उससे यह क्रूर कृत्य सहन नहीं हो पा रहा है? वह इस अन्याय के विरुद्ध लड़ना चाहता है।

आज उसे धन की कमी तीव्रता से अनुभव हो रही है।

काश, आज उसके पास स्कूटर होता! अगर उसके पास स्कूटर होता तो उसका

और स्कूटर का चाहे जो होता, वह सेठी के ऊपर पूरी तेजी से स्कूटर चढ़ा देता।

सैंबी के पास स्कूटर है।

तो क्या अपने स्वार्थ के लिए वह किसी और की हानि करे? लेकिन अपना स्वार्थ क्या? वह अच्छी तरह जानता है, मन के किसी कोने में वंदना के लिए कोई ऐसी जगह नहीं है, जिसे प्यार या ऐसा कुछ नाम दिया जा सके।

सिवाय इसके कि वंदना ने उसपर विश्वास कर उसे संदेश पहुँचाया है, और कोई कारण भी नहीं।

लेकिन सैंबी को यह बात नहीं समझाई जा सकती।

ठीक है, वह यही करेगा। सैंबी का स्कूटर लेकर वह सेठी से भिड़ा देगा। फिर देखा जाएगा। सैंबी को बाद में कह देगा, एक्सीडेंट हो गया।

यही ठीक है।

''सैंबी, मुझे थोड़ी देर के लिए तेरा स्कूटर चाहिए।''

स्कूटर लेकर अमित अकेला ही सेठी को खोजने निकल पड़ा। अवश्य धौला कुआँ की ओर गया होगा। उसने अपना स्कूटर धौला कुआँ की ओर मोड़ लिया।

सड़क के दूसरी ओर भी वह देखता चल रहा था।

लेकिन सेठी का कहीं पता नहीं था। वह चलता गया। एकाएक धौला कुआँ पर स्थित एक कॉलेज के मुख्य द्वार के बाहर पटरी पर उसे सेठी दिखाई दे गया।

उसने अपना स्कूटर अंदर जानेवाली बजरी की सड़क पर मोड़ दिया। पर सेठी पटरी के ऊपर था। स्कूटर को पटरी पर चढ़ाना होगा।

तभी उसे सेठी के साथ दो व्यक्ति और खड़े दिखाई दिए। पहले तो उसने ध्यान नहीं दिया, लेकिन निकट जाने पर पहचान लिया—कालिया और गुरचरण।

एकाएक ही मस्तिष्क में घंटियाँ-सी बज उठीं। जो कुछ वह सोचना नहीं चाहता था, बड़ी मुश्किल से ठेल-ठालकर वे विचार उसने अपने मस्तिष्क से निकाले।

तीनों उसकी ओर देख रहे थे।

लेकिन जो विचार उसके मस्तिष्क में कौंधे थे, कोई निर्णय न ले पाने के कारण वह अपना स्कूटर कॉलेज के अंदर ले गया और दूसरे गेट से वापस निकाल लाया।

□

उस शाम दिवाकर एकदम नॉर्मल था। रह-रहकर अमित की आँखें उसे खोजती रहीं। लेकिन कहीं कोई चिह्न नहीं, कैसा भी।

सहसा उसे लगा, वह कमजोर पड़ रहा है। उसे दिवाकर जैसे समर्थ व्यक्ति की ही आवश्यकता है। जो वह सोच रहा है कि उसमें दिवाकर का हाथ है, सो गलत है। दिवाकर भला ऐसा क्यों करने लगा? उसकी वंदना से क्या दुश्मनी हो सकती थी?

उसने कभी दिवाकर को वंदना से अलग से बात करते भी नहीं देखा। हाँ, कभी-कभार उन तीनों ने एक साथ बैठकर चाय अवश्य पी थी। लेकिन कभी भी, किसी प्रकार की भी ऐसी कोई बात कभी नहीं हुई थी, जिससे दिवाकर असंतुष्ट हुआ हो या अपमानित हुआ हो। और फिर लड़की से रुष्ट होकर कोई बदला अगर लेना भी हो तो क्या यह पाशविक ढंग अपनाया जाता है?

छि:! न, दिवाकर ऐसा नहीं है।

"दिवाकर, तुझे पता है, आज कॉलेज में क्या हुआ वंदना के साथ?"

"नहीं तो, क्या हुआ?"

पूछने का यह अंदाज। अमित के सारे संदेह जैसे धुल-पुँछ गए।

न, दिवाकर को कुछ मालूम ही नहीं है, नहीं तो क्या वह अमित से इस बारे में बात न करता?

उसे मालूम है, वंदना के निकट अमित से बढ़कर कोई नहीं है।

अमित फिर अपने सारे संदेह उसके सम्मुख व्यक्त करने लगा, "देख, कालिया और गुरचरण तेरे दोस्त हैं। वह कोई काम तुझसे पूछे बिना नहीं करते। अगर करते भी हैं तो आकर तुझे बता देते हैं। वंदना को आज सेठी ने अपने स्कूटर से टक्कर मारी। मैं पीछे गया तो वह कालिया, गुरचरण वगैरह के साथ खड़ा था और तीनों मुझे ऐसे देख रहे थे जैसे उन्हें सबकुछ मालूम है। तुझे उन्होंने कुछ तो बताया होगा, उन्होंने ऐसा क्यों किया? किस स्वार्थ के लिए? या यह तीनों का मिला-जुला षड्यंत्र है?"

"तीनों का…?" दिवाकर सोचने की मुद्रा में बोल रहा था, "अगर कालिया और गुरचरण को इसके बारे में पता था, या पता है तो तू चिंता न कर, अमित। मैं उन्हें समझा दूँगा। ऐसा फिर कभी नहीं होगा। सेठी को भी देख लेंगे।"

ओह नियति!

लेकिन यह तो मात्र आरंभ था।

योजना क्या थी, यह पता चलते-चलते तो पूरा वर्ष बीतने को आया। वे छह माह नरक से अधिक दु:खदायी बीते थे। अमित को दिवाकर का मूर्ख स्वार्थ छह-सात महीनों बाद ही पता चला था।

तब उलझनों में वह अकेला फँस चुका था, बुरी तरह। और गुस्से व खीझ में हाथ- पैर फड़फड़ाकर रह जाता था। वह एक अकेला कुछ कर नहीं पाता था। नित्य नई घटनाएँ होती थीं। और जब नहीं भी होती थीं तब उनके हो जाने का…वे कब होंगी—अनिश्चित अहसास सिर पर तलवार-सा टँगा रहता था।

वह अकेला था। न घर पर कोई था—कोई बड़ा--जिसके आगे वह कुछ कह पाता, अपनी पीड़ा, अपनी समस्या बता पाता, न बाहर।

वंदना को बार-बार किसी-न-किसी रूप में तंग किया जाता। कभी राह चलते भद्दी बातें बोलकर, कभी उन दोनों को लेकर कटाक्ष कर और कभी अमित को अकेला पाकर उससे भी उद्दंड व शत्रुतापूर्ण व्यवहार किया जाता।

वह गर्मियाँ भयावह थीं। उन सर्दियों की नितांत उदास और लंबी रातें निहायत जानलेवा थीं। डराती थीं। सारी-सारी रात करवटें बदलते बीतती थीं। आज जो अमित निपटा आया है, कल उसी समस्या का दूसरा रूप क्या होगा, यह हर रात सोच-सोचकर अमित का सबकुछ तो नष्ट हो गया।

उसके मानसिक तनाव ने उसका शरीर, उसकी पढ़ाई नष्ट कर दी थी।

सबकुछ धीरे-धीरे नष्ट होता चला गया।

उफ, अमित उन दिनों की याद करके आज भी सिहर उठता है। सभी कुछ कैसे एक-एक करके छूटता चला गया!

हाँ, सभी कुछ तो।

बी.ए. का अंतिम वर्ष था वह। सारा वर्ष वंदना और उसकी अपनी समस्याओं से जूझते रहने के कारण फर्स्ट और सेकंड ईयर कक्षा में प्रथम आने पर भी वह अंतिम वर्ष में बहुत कम नंबरों से पास हुआ था।

सारा कॅरियर धूल में मिल गया था।

एक अकेला वह। दूसरी ओर सीक्रेट सर्विस। डायरेक्टर के मंजे अनुभवों द्वारा निर्देशित सीक्रेट सर्विस के विरुद्ध अकेला लड़ते-लड़ते वह टूट-टूट चुका था।

तो क्या इस समस्या का कोई हल नहीं था?

न, एक था। इस युद्ध से वह हट सकता था। केवल यही एक हल था कि वंदना को उसके भाग्य पर छोड़ वह किनारा कर जाए। उसका अंतिम वर्ष था। अधिकतर विषय घर पर पढ़ने होते थे। कॉलेज ग्यारह-बारह बजे तक लगता था। वह आराम से घर पहुँचकर पढ़ सकता था।

यह भूलकर कि पीछे वंदना के साथ बुरी गुजर रही होगी, वे मूर्ख और बदतमीज लड़के गुंडागर्दी कर रहे होंगे।

क्यों? उसने ठेका थोड़े ही लिया था वंदना का? जैसे और लड़कियाँ अपनी ऐसी समस्याओं से जूझती हैं, वंदना भी जूझ लेगी। और फिर वंदना के अपने भाई भी तो हैं, खूब बड़े-बड़े। वह उनसे सहायता माँगे!

हाँ, यह ठीक है। लेकिन खाक ठीक है! एक समस्या है, उससे लड़ने की बजाय, जूझने या हल निकालने की अपेक्षा युद्धक्षेत्र से ही हट जाया जाए। यह कोई हल तो नहीं! और वंदना सोचे या न सोचे, वह अपने अंतर को क्या उत्तर देगा? कोई उसे निरंतर चिढ़ाएगा नहीं? अंदर से कुरेदेगा नहीं कि मुँह छुपाकर यहाँ आकर बैठे पढ़ रहे

हो? और उधर वंदना पर…जो तुम पर विश्वास करती है…जाने क्या बीत रही हो?

इस स्वर से पीछा छुड़ाना और भी कठिन था।

प्रश्न वंदना का ही नहीं था। प्रश्न था—ऐसे असामाजिक तत्त्वों से जूझने का मार्ग क्या है? क्या उनके आगे चुपचाप सिर झुकाकर हार मान ली जाए, अपनी आत्मा की आवाज दबा दी जाए या किसी भी मूल्य पर उनका विरोध किया जाए?

किसी भी मूल्य पर।

वह विरोध कर रहा था। उनसे सफलतापूर्वक अगर लड़ नहीं भी पा रहा था तो भी अपने स्थान से विद्रोह का स्वर उठा रहा था—उनके विरुद्ध, इस अन्याय के विरुद्ध।

लेकिन कोई साथ नहीं था। कई बार वह अकेला घर पहुँचता तो डर और उलझन के कारण रो पड़ता। चाहता, ऐसे में कोई हो, जो एक बार झूठे ही कह दे कि मैं सब सँभाल लूँगा।

वह थक गया था, सूखकर अत्यंत निर्बल हो गया था।

धीरे-धीरे समय बीतते-बीतते दोनों को ही—डायरेक्टर और अमित दोनों को—पता चल चुका था कि जो खेल खेला जा रहा था, उसके मुख्य पात्र वही दो हैं।

अमित मानता है, दिवाकर के व्यक्तित्व में कुछ था, जिससे वह प्रभावित था। अब भी कई बार वे दोनों साथ घूमते, बातें करते। और कई बार स्थिति यह होती कि दिवाकर उसे खुला चैलेंज करता।

''वाय डोंट यू टेक इट लाइक दिस, अमित? जुए का एक खेल चल रहा है हम दोनों में। आई हैव माइ ओन काड्‌र्स इन माई हैंड्स। तुम्हारे काड्‌र्स मुझे मालूम हैं। चाहूँ तो मात दे सकता हूँ। लेकिन इंतजार में हूँ, शायद शो तुम ही करवाओ। गो मैन! पता करके दिखाओ, कब क्या 'प्लैंस' तुम्हारे विरुद्ध बनते हैं? कहाँ बनते हैं? और फिर देखें। तुम तो विशिष्ट बनना चाहते हो न? मैं विशिष्ट व्यक्ति हूँ। मुझे मात दो। हम मान जाएँगे, तुम्हारे पास विशिष्ट मस्तिष्क है।''

अमित तब कुछ कहने की स्थिति में नहीं था। सबकुछ सुनकर, कड़वा घूँट पीकर रह जाता था। लेकिन नहीं। उस जैसा व्यक्ति ऐसे घूँट कभी पी नहीं सकेगा। वह उन्हें कंठ में रखता है, ताकि वे निरंतर टीस पहुँचाते रहें, उसे याद दिलाते रहें कि किस दौर से गुजरा है वह!

आज जब वह यह सब सोच रहा है तो उसे गुस्सा है अपने ऊपर। जाने क्यों?

लेकिन इससे भी आवश्यक था, यह स्पष्ट होना कि दिवाकर ऐसा क्यों कर रहा है? वंदना के द्वारा उसे उद्वेलित करने का आशय क्या है? रणजीत और कालिया भी उससे जैसा मन होता था, वैसे स्वर में बात करते थे। अर्थात् कभी झगड़ने के मूड में, कभी शांत स्वर में। अपना एक-एक अपमान, उनका एक-एक स्वर वह सीने में जमा

कर रहा है। उसकी परिस्थिति नहीं है कि उनके विरुद्ध बोल उठे।

तब, जब बात चरम सीमा पर पहुँच गई थी। नित्य नई-नई घटनाओं को लेकर जब वह खूब परेशान रहने लगा था। जब नित्य-प्रति घबराहट के दौर में रहने के कारण वह सूखकर काँटा हो गया था। तब, तब नियति का कालचक्र एकबारगी उसके पक्ष में घूमा था और खुली आँखें रखने के कारण उसने उसका भरपूर उपयोग किया था।

एक ही स्ट्रोक में बाजी उलट गई थी।

उनकी योजना भी उसे बाजी उलटने के बाद ही पता चली थी। उफ, कैसी तो घृणित और बदबूदार! और वह भी दिवाकर जैसे मित्र द्वारा नियोजित, निर्देशित। उफ! अब आज के बाद मित्रता पर विश्वास कौन करेगा? कैसे कहेगा अब वह किसी को दोस्त?

लेकिन समय परिस्थितियाँ ही कुछ ऐसी हैं। अब किन्हीं भी पूर्व-निर्धारित आग्रहों पर चलकर व्यक्ति का निर्वाह नहीं हो सकता न!

कौन जाने, इन सब में कौन सचमुच का व्यक्ति निकल आए। तब अविश्वास द्वारा जो खोया जा चुका हो, उसका प्रतिदान, प्रायश्चित्त करने पर भी मिल सकता है?

तभी तो अमित आज सुनील के सम्मुख बैठा भोजन कर रहा है। सुनील पर बड़ा स्नेह है उसे। विश्वास है। और फिर कोई किसी को धोखा दे, ऐसी परिस्थिति ही न आने देने के लिए दृढ़ प्रतिज्ञ है वह।

भूल से खाने में कोई कंकर-पत्थर आ जाए तो आदमी खाना तो नहीं छोड़ देता। बस, जरा सावधान हो रहता है।

वंदना के दो बड़े भाई हैं। डिफेंस कॉलोनी में स्थित उस भव्य अट्टालिका के स्वामी से भी वह मिल आया है। वंदना के साथ ही एक-दो बार वैसे ही वहाँ हो भी आया है। उसे सब जानने लगे हैं। तंग आकर अमित ने वंदना को सलाह दी थी कि वह अपना कॉलेज ही बदल ले। कम-से-कम कुछ समय के लिए छुटकारा तो मिलेगा। वार्षिक परीक्षाएँ आने वाली थीं। वे दोनों शांति से पढ़ भी लेंगे।

लेकिन अपने व्यापार से दोनों भाइयों को अवकाश नहीं है। इतनी देर से कॉलेज बदलने के लिए 'एप्रोच' चाहिए, जो उसके भाई ही ला सकते हैं। वंदना के लाख कहने पर भी कि उसका कॉलेज बदलवा दिया जाए, किसी को जल्दी नहीं है। दोनों भाई सुबह निकलते हैं और रात को ही लौटते हैं। और फिर दूर जाना पड़ता है। यह कोई इतना बड़ा कारण तो नहीं हुआ, जिसके कारण 'आपात स्थिति' प्रकार की शीघ्रता मचाई जाए। अवकाश मिलने पर देखा जाएगा।

वह भी और दिनों जैसा ही एक मनहूस दिन था। अंतर केवल इतना था कि उस दिन वंदना के भाई को उसके कॉलेज से होकर गुजरना था, इसलिए वंदना को भी लाना पड़ा।

वंदना की कक्षाएँ दोपहर बाद लगती थीं। लगभग एक बजा होगा, जब बेगार-सी टालते हुए वंदना के भाई ने उसे मुख्य सड़क पर ही उतार दिया। कुछ लड़के सड़क के किनारे भी खड़े थे। वंदना ने जिद भी की होगी कि उसे कॉलेज के अंदर या मुख्य द्वार पर ही उतारा जाए। वहाँ पर ही लाकर उतार देता तो यह घटना ही न घटती।

जैसे ही वंदना मोटरसाइकिल से उतरी कि सड़क के किनारे खड़े कुछ लड़कों को देखकर चौंक गई, डर गई। इतना डर गई कि एकाएक स्तब्ध रह गई। व्यस्त होने के बावजूद लोकेश भैया ने उसके चेहरे पर से उन्मुक्त बहता त्रस्त भाव तो भाँप ही लिया होगा।

चौंककर उसने बाकायदा मोटरसाइकिल बंद की और स्तब्ध खड़ी वंदना को हिलाया, "क्या हुआ, बेबी? ऐसे क्यों डर रही है? क्या हुआ?"

और शायद जीवन में पहली बार उसने इतने मृदु स्वर में जोड़ा होगा, "बता तो सही, बेबी बेटे।"

लेकिन पिछले कुछ दिनों से निरंतर घटती घटनाओं ने उसे भयभीत कर रखा था। न उसके पग हिले, न जुबान।

हिले तो केवल कालिया और उसके साथ के दो लड़के, मुस्टंडे। बड़े आत्मविश्वास से सीटी मारकर कालिया के साथवाले लड़के ने जो अशोभनीय कहा था, उसे कभी पता नहीं चला। लेकिन उसे सुनकर लोकेश के कान तक लाल हो आए।

"ए मिस्टर, होश में आकर बात करो।"

"हम आपसे बात नहीं कर रहे, 'सिस्टर'।" उनमें से एक ने सीधा लोकेश को ही संबोधित कर कहा, "आप क्यों गरम हो रहे हैं?"

कालिया उन लड़कों के साथ आगे तो बढ़ आया था, पर अभी तक बोला कुछ नहीं था। बस, लोकेश को घूर रहा था।

लोकेश गुस्से में आग हो आया, "आपको मालूम है, यह मेरी बहन है?"

दूसरा लड़का यह सुनकर आगे बढ़ आया, "नहीं, हमें नहीं मालूम। चल ओए, ऐ ऐंदी पैन ए।" उसने अपने साथवाले को संबोधित किया। फिर मुड़कर लोकेश से बोला, "जा ओए बाऊ, डेले किन्नू विखान्ना ऐं। पैन ए ते लै जा।"

इतनी देर में पहला जैसे बीच-बचाव कराने आया, "छोड़िए बाऊजी। जाने दीजिए, हमें मालूम नहीं था। चल ओए!" वहाँ उसने अपने ही साथी की बहन के साथ एक बड़ा घनिष्ठ संबंध स्थापित किया और बात जैसे समाप्त हो गई, कहकर उसे साथ ले मुड़ गया।

कालिया अभी भी चुपचाप लोकेश को घूर रहा था।

लोकेश एकबारगी तो समझ नहीं पा रहा था, क्या करे! दोनों लड़के बक-झक

कर दूर जाकर खड़े हो गए थे और जोर-जोर से आपस में हँसकर बातें कर रहे थे। गुस्से के कारण लोकेश का शरीर काँप रहा था।

लेकिन इस समय लड़ाई उसके लिए हानिकारक होगी, यह भी वह जानता था। उसने कुछ देर उन दोनों को देखा, फिर मोटरसाइकिल स्टार्ट की और वंदना को बैठने के लिए कहा। वंदना को बिठाकर अभी उसने मोटरसाइकिल मोड़नी ही चाही थी कि कालिया एकबारगी उछलकर आगे आया।

वंदना की एकाएक चीख निकल गई।

उसने आगे बढ़कर एक भद्दी गाली के साथ मोटरसाइकिल के पीछे ठोकर मारी और तेजी से भागकर यह जा और वह जा।

लोकेश वंदना को लेकर लौट गया।

□

उस सारा दिन अमित वंदना की प्रतीक्षा करता रहा। उसका कलेजा बुरी तरह धड़-धड़ करता रहा। आजकल उसे कुछ पता नहीं चलता। उसे लगता है, अनजाने ही पिछले कुछ महीनों से वह वंदना की ओर खिंचता चला जा रहा है। उसे लगता है, अगर वह वंदना के निकट नहीं हुआ तो वंदना एकदम असुरक्षित रह जाएगी। प्रत्यक्ष रूप से शायद वह उसके लिए विशेष कुछ नहीं कर पा रहा है। और उसके लिए ही क्या, पीड़ित वह स्वयं भी तो है। अपने लिए भी कुछ नहीं कर पा रहा है। केवल साथ रहकर उसका कष्ट उठा रहा है, उसे अनुभव कर रहा है। शायद यह अहसास है, जो दोनों को साथ ला रहा है कि वे मिलकर किसी मुसीबत से निपट रहे हैं, एक नरक मिलकर भोग रहे हैं, दुःख के एक दौर से साथ-साथ गुजर रहे हैं, एक पीड़ा मिलकर सह रहे हैं।

वह उसे एक पल के लिए भी अकेला नहीं छोड़ना चाहता था। अपने होते, अपनी मदद माँगते किसी व्यक्ति को वह अन्यायियों के हाथों यूँ नहीं जाने देगा। उस पहली स्कूटरवाली घटना के बाद उस पर शारीरिक रूप से तो कोई आक्रमण नहीं हुआ था, पर आते-जाते किसी वाहन का उसे एकदम डराकर निकल जाना, या राह में चलते अजीब-अजीब बातें उसके कानों में पड़ती रहती थीं, जो किसी भी नाजुक मिजाज व्यक्ति को उद्वेलित व उद्विग्न कर देने के लिए पर्याप्त थीं—और अमित की मानसिक अवस्था तो और भी खराब थी। कब क्या होगा, यह··· यह अहसास जैसे सिर पर तलवार सा टँगा रहता था। अपनी परेशानियों से मुक्त होने की केवल एक राह थी—वह वंदना को उसके हाल पर छोड़ दे। और यह वह नहीं कर सकता था।

कुछ दिन बिना कुछ हुए कोई दुर्घटना घटे भी गुजर जाते थे। लेकिन आशंकाओं से भरा मन कभी चैन पा सका है! जाने कौन सा दिन अपने गर्भ में कैसी समस्याएँ लेकर

आ जाए! और अनिश्चय और अनुमान वाला भविष्य परेशान तो करता ही है।

□

उस घटना से अगले दिन। शाम के 3.30 बज चुके थे। कॉलेज में उसकी एक 'एक्सट्रा' क्लास थी, जो 2 बजे ही समाप्त हो चुकी थी। लेकिन फिर भी वह कॉलेज में था। वंदना की कक्षाएँ कई बार बहुत देर से लगती थीं और देर से छूटती थीं। हो सकता है, वंदना तब आई हो जब वह अपनी कक्षा में हो। वह प्रतीक्षा में था कि घंटी बजे और वह उसकी कक्षा में जाकर देख आए—वह आई है या नहीं।

घंटी बजी और वह जाकर देख-झाँक आया। उसकी सहेलियों ने भी उसे बताया, ''वंदना आज नहीं आई है।'' उनमें कुछ वंदना की व्यथा समझती थीं। लेकिन परेशानी वगैरह व्यक्त करने के बाद, थोड़ी देर ठहर वे सब भी चली गईं।

काफी देर हो चुकी थी। लगभग साढ़े चार बजे, यह सोचकर कि अब वंदना नहीं आएगी, वह घर जाने के लिए तत्पर हुआ। कॉलेज के एकदम पीछे जो 'मार्किट' है, उसी के बीच से होकर घर पहुँचना उसे आसान पड़ता है। और फिर 'मार्किट' की किसी दुकान से वह वंदना को फोन भी कर लेगा।

कॉलेज से निकलकर वह अभी पीछे पहुँचा ही था कि उसे दूर से कालिया आता दिख गया।

जाने क्यों आज वह बुरी तरह आशंकित हो उठा।

उसका कलेजा अनावश्यक तेजी से धड़क उठा।

हे ईश्वर! अब क्या समाचार सुनना होगा? कैसा व्यवहार सहना होगा? कौन सी दुर्घटना की सूचना सुननी पड़ेगी?

पास आते-जाते कालिया चाय की एक दुकान के सामने बिछी चारपाई पर बैठ गया और बड़े आराम से टाँग हिलाते हुए उसे अपनी ओर आने का संकेत दिया।

बड़ी सुस्त चाल से वह उसकी ओर जाने लगा। उसे मालूम था, उसके चेहरे का रंग उड़ चुका होगा। कहीं इन लोगों ने वंदना के साथ फिर कोई शरारत तो नहीं की?

लेकिन ऐसी कोई बात नहीं थी। उससे थोड़ी देर बात कर वह इस बारे में आश्वस्त हो आया।

कालिया यूँ ही इधर-उधर की हाँक रहा था। वह जानता था, 'जल्दी है' कहकर उठने की चेष्टा व्यर्थ होगी। उसने सुना, कालिया कह रहा था, ''आज शाम को तू यहीं मिलना मुझसे, एक जरूरी काम है।''

''कितने बजे?'' उसने पूछा।

तभी सहसा एक लंबा लेकिन पतला आदमी उसके सामने आकर खड़ा हो गया। कालिया ने उसे 'बीरू' नाम से संबोधित किया था।

"क्या बात है, बीरू उस्ताद? यहाँ कैसे?" कालिया सहज तो था, पर उसके स्वर में आश्चर्य था।

बीरू कालिया से बड़ा बदमाश था, ऐसा लगता था। कालिया की आवाज का स्वर एकदम बदल गया था।

"बस, ऐसे ही।" फिर थोड़ी देर रुककर बोला, "काले, तेरे से एक काम है, जरूरी।"

कालिया ने केवल सिर हिलाया।

"ओए मंगू!" बीरू दुकानदार की ओर मुँह करके चिल्लाया, "अबे, चाय बना साले, और सिगरेट भिजवा।"

वह कालिया के साथ ही चारपाई पर बैठ गया। अमित थोड़ा और एक ओर को खिसक गया। बीरू ने कालिया के गले के इर्द-गिर्द अपनी बाँहें डाल दीं।

"देख काले, सीधे-सीधे पूछ रहा हूँ। जवाब भी सीधा चाहिए मुझे। कल अपना एक यार इस कॉलिज में आया था। उसकी बदौलत मैं तीन बार जेल जाने से बचा हूँ। शरीफ आदमी है। उसकी दो-तीन कोठियाँ हैं दिल्ली में। अच्छा आदमी है।"

दुकान का नौकर सिगरेट लेकर आया था। दोनों ने सिगरेट सुलगाई। बड़े इत्मीनान से सिगरेट का कश लेकर वह सहज स्वर में फिर बोला, "अपना यार है वो। मैं उसे बाप जैसा मानता हूँ। वह अपनी बहन को छोड़ने आया था यहाँ कॉलेज में। किसी ने उसे गालियाँ दीं और मोटरसाइकिल में लात मारी। मुझे उस आदमी का नाम चाहिए और तू पता करके बता सकता है। आज तो कॉलेज की छुट्टी हो गई, कल पता करके रखियो। उसकी तो मैं···" बीरू की मुट्ठियाँ आवेश में कस गई थीं।

कालिया के चेहरे का रंग सहसा पीला पड़ गया।

"बीरू···" उसका स्वर डरा और धीमा था, "बात क्या है?"

"ओए, बात क्या होनी है!" बीरू थोड़ा ढीला पड़ा, "तुम्हारे कॉलेज में तो बदमाशी की हद हो गई। अच्छे-भले मानस की भी खैर नहीं।"

"बीरू, तुझे याद है···" कालिया का स्वर पहले से भी डरा और सतर्क था। अमित की उत्सुकता चरम सीमा पर पहुँच गई थी। "बीरू, तुझे याद है, हमने बचपन में साथ-साथ साइकिलें चुराई थीं, स्कूटरों की गद्दियाँ और···पचासों काम साथ-साथ किए हैं हमने। साथ-साथ बड़े हुए हैं, खेले हैं, थाने भुगते हैं, छुरेबाजी की है, रंडीबाजी की है।"

"हाँ, याद है!" बीरू शंकित से स्वर में बोला, "पर बात क्या है?"

कालिया का डरा-सहमा स्वर। उसके स्वर का कंपन धीरे-धीरे उसके मस्तिष्क में कुछ स्पष्ट रेखाएँ खींचने लगा था। एकदम पीला पड़ गया उसका चेहरा अमित के संदेह

को और बल देने लगा था।

"देख बीरू···ए···यह देख।" कालिया बाकायदा घुटनों के बल जमीन पर बैठ गया था, "मैं तेरे हवाले हूँ। तू दोस्त है, जो चाहे कर ले। उफ तक नहीं करूँगा। लेकिन वह आदमी मैं हूँ। वह गलती मुझसे हो गई है। अब तू जो कहे, करने को तैयार हूँ। तू कहे, उससे माफी माँग सकता हूँ। या फिर जो तू चाहे।···"

बीरू कुछ पल के लिए जैसे हतप्रभ रह गया था। थोड़ी देर बाद चेतना लौटी। उसने कालिया को कंधे से पकड़कर उठाया और एक हाथ उसके एक कंधे पर ही रहने दिया। दूसरे हाथ से उसने अपनी पैंट के बक्कल खोले और अंदर से एक लंबा छुरा निकाला। जाने कौन सा बटन उसने अपने उसी बाएँ हाथ से दबाया और छुरे का लंबा फल एक झटके से बाहर निकल आया।

"देख काले, तेरी कसम, तेरी जगह कोई और होता तो यह छुरा बिना कोई बात किए उसके पेट में घुसेड़ देता। पचास आदमियों की पूरी फौज का इंतजाम किया है मैंने, जो कल तेरे कॉलेज के दरवाजे के सामने खड़ी होती। कल कॉलेज में छुरियाँ चलनी थीं, छुरियाँ। लेकिन तू···"

"... ..."

"तुझे छोड़ रहा हूँ। लेकिन एक बात याद रखियो, उसकी बहन को अगर किसी ने कुछ कहा या छेड़ा या कोई भी बेजा हरकत की—किसी ने भी की तो कालिया, बीरू दोस्ती का लिहाज आज ही कर रहा है, तब नहीं करेगा। बोल, वचन देता है?"

लगभग काँपते हाथों से कालिया ने उसकी बढ़ाई हथेली थामी।

थोड़ी देर इधर-उधर की बातें कर, चाय पी बीरू चला गया।

अमित का मस्तिष्क तीव्रता से काम कर रहा था। इसी समय की, बस इसी समय की तो प्रतीक्षा की है अमित ने पिछले सात महीनों से। दिवाकर देशपांडे···! उसके मस्तिष्क, शरीर भर में जैसे कोई चीत्कार कर उठा।

उसकी अपनी हालत ही इतनी आवेश-युक्त हो रही थी। वह उसके आगे कुछ सोच नहीं पाया।

अपना विशिष्ट मस्तिष्क वह अब दिखलाएगा।

बाईस वर्ष की उम्र में किसी को 'हार्ट अटैक' नहीं हुआ है दिवाकर, केवल तुम्हें हुआ था।

तुम्हीं ने तो बताया था।

तुम्हीं ने तो कहा था, हम दोनों में जुए का खेल चल रहा है। अगर ऐसा है तो ट्रंप कार्ड मेरे पास है दिवाकर।

शायद शो करवाने का समय आ गया है।

कालिया अब उसके कंधे पर हाथ रखकर दोस्ताना, बल्कि दबे ढंग से बात कर रहा है।

"वंदना आज से मेरी बहन हुई, अमित। आज से मेरी जिम्मेदारी है, कॉलेज में कोई तुम दोनों की ओर आँख उठाकर भी नहीं देखेगा।"

और उन मनहूस दिनों की पेमेंट का क्या होगा कालिया प्रसाद, जो तुम्हारे कारण मेरे नसीब में लिखे गए।

"लेकिन डायरेक्टर के बारे में भी कुछ सोचा है?" प्रकट रूप से अमित बोला, "वह अगर फिर तुम्हें कुछ करने को बोलेगा तो क्या करोगे? कैसे मना करोगे? क्या कहोगे कि…"

उसने जानबूझकर वाक्य अधूरा छोड़ दिया।

"उसे मैं सँभाल लूँगा। जब छुरियाँ मेरे सीने पर चलेंगी तो दिवाकर तो नहीं आएगा। अमित, तुझे नहीं मालूम, अब अगर कुछ भी हो गया न। मान लो, अगर तुमने झूठ-मूठ भी मेरी शिकायत बीरू से कर दी न, तो मैं मारा जाऊँगा, कहीं का नहीं रहूँगा।" वह लगभग दीन हो गया था।

"यह टुच्चे चमचे और तुम्हारी सीक्रेट सर्विस के मुख्य कार्यकर्ता राह से हट गए हैं दिवाकर देशपांडे। अब बचे हो तुम और मैं।

"अब देखना है, किसका दिमाग कितना विशिष्ट है!"

सहसा उसे कुछ याद आया।

"अरे हाँ कालिया, एक बात सच-सच बताना। बताएगा?"

"पूछो न, कुछ भी पूछो।"

"वह दिवाकर का प्लान क्या था? क्या चाहता है वह मुझसे लड़ के?"

उत्तर में कालिया थोड़ी देर चुप रहा, फिर सोचते-सोचते जैसे उसके मस्तिष्क में कोई नक्शा उभरता गया। उसके चेहरे पर हलकी हँसी की रेखाएँ फूटने लगीं।

"तुमसे लड़ना नहीं चाहता दिवाकर। वैसे अमित, एक बात है। तुमसे ज्यादा भोला और नासमझ लड़का मैंने आज तक नहीं देखा। मेरे विचार में, दिवाकर के हाथ लगे अशोक से भी अधिक आसान शिकार हो तुम। असली शिकार है वंदना। दिवाकर ने साफ कहा था, अबकी बार वो छोटे-मोटे 'प्लैंस' नहीं चाहता। कोई बड़ा हाथ मारना चाहता है। मेरे खयाल से, फिल्मों ने काफी असर डाला है उसपर। तुम जानते हो, वह वंदना से क्या चाहता है?"

"क्या?" वह एकटक, एकाग्रता से उसे सुन रहा था, "क्या चाहता है?"

"रुपया! रुपया चाहता था दिवाकर। उसे या तुम्हें ब्लैकमेल करके।"

"क्या?" वह हैरान था। उसे सब बड़ा विचित्र लग रहा था। क्या सचमुच कोई

किसी से रुपया चाहे तो ऐसे रोब से, लड़-झगड़कर ले सकता है? सन्नाटा-सा छा गया है अमित के दिमाग में।

"जी हाँ, बाकायदा ब्लैकमेल करके।"

"कैसे?" अमित को अपना ही स्वर कहीं दूर से आता जान पड़ रहा था।

"हाँ, कैसे, वह भी सुन लो। वह तुम्हारे माध्यम से उसे ब्लैकमेल करना चाहता है। तुम दोनों की बातें भी⋯जो अगर तुम्हें याद हो, जब दिवाकर ने तुम्हें अपने घर लंच पर बुलाया था और घर पर कोई नहीं था और वह कुछ लेने के बहाने तुम्हें अपने बेडरूम में छोड़ गया था। और यह बता गया था कि वह बाहर से दरवाजे पर ताला लगाकर जा रहा है, ताकि पड़ोसियों को शक न हो।"

कालिया थोड़ी देर रुका। अमित साँस रोके सुन रहा था। उसके मस्तिष्क में वह प्रसंग स्पष्ट हो चला था। हाँ, वे दोनों गए थे। शायद दिवाकर के आमने-सामने बैठकर, बात करके संधि हो जाए, ऐसी भावना भी थी मन में। लेकिन उस दिन दिवाकर कितना तो मृदुल व्यवहार कर रहा था—एकदम आत्मीयतापूर्ण। कहीं नहीं लगता था, उसके दिमाग मे कोई योजना या पाप पल रहा था।

"⋯तुम्हें मालूम नहीं, लेकिन हम दोनों⋯मैं और गुरचरण⋯हम दोनों बाहर खड़े थे। दिवाकर बेडरूम में टेपरिकॉर्डर फिट करके आया था। टेपरिकॉर्डर अशोक का था। ईम्पोर्टेड। एक बार में वह लगातार एक घंटे तक आवाज रिकॉर्ड कर सकता था। और इतना सेंसिटिव था कि 20 गज दूर से हल्की आवाज को भी पकड़ सकता था। वैसे अपने इरादे में काफी हद तक सफल रहा था दिवाकर।" हल्के से कालिया मुस्कुराया, "आज शाम को मैंने तुम्हें बुलाया था। दिवाकर ने कहा था, मैं तुम्हें वह 'टेप' सुना दूँ। वैसे तुम दोनों के फोटोज भी हैं हमारे पास। राजन के घर में हैं। दिखाने तो थे ही। आज वाकई देख भी लेना शाम को। फोटोज की कहानी भी अजीब है। फोटो उस पिकनिक के दौरान खींचे गए थे, जो पिछले साल कॉलेज की तरफ से की गई थी।⋯"अमित वास्तव में हैरान था। इतनी बड़ी तैयारी! बिलकुल फिल्मों जैसी बात लग रही थी। अच्छा, मान लो, पिकनिक के बीच उन लोगों ने तसवीरें खींचीं। हमारी आवाजें भी टेप कीं। फिर ये लोग उनका क्या करते? उन तसवीरों और टेप का? बिना पूछे ही उसके दिमाग में उसका उत्तर स्पष्ट हो गया और वह एकाएक हँस पड़ा।

"क्या हुआ⋯?" कालिया ने चौंककर पूछा।

"वह हिटलर का बच्चा इतना गधा है, यह मैं नहीं जानता था।" अमित कह रहा था, "इतना बड़ा नाटक किया। अच्छा, मान लो, तुमने तस्वीरें लीं, आवाज भी टेप की और तुम यह धमकी भी देते कि तुम लोग इन्हें वंदना के घर ले जाओगे। पर उससे क्या होता? शायद तुम्हारे दिमाग में यह विचार आया ही नहीं कि वंदना की और मेरी शादी

भी हो सकती है। और तब ऐसी स्थिति में उन तस्वीरों और आवाजों का कोई उपयोग नहीं हो पाता।''

''यह बाद की बात थी। उस स्थिति में क्या करना था, यह तो डायरेक्टर तभी बताता, जब ऐसा होता। वैसे अनुमान यही था कि वह डर जाएगी और घर में बताना नहीं चाहेगी।''

''ऐसा अनुमान क्योंकर हुआ तुम्हें?''

''देखो अमित, सीधी-सी बात है। इतने दिनों से वंदना को तंग किया जा रहा है मानसिक और शारीरिक स्तर पर। तुम्हें भी। लेकिन उसने घर पर अपने भाइयों से या डैडी से कोई बात नहीं की। यानी वह तुम्हारे साथ अपनी दोस्ती को छुपाना चाहती है। और फिर, शादी तुम्हारे साथ ही करना चाहती है, ऐसा कोई भी संकेत नहीं मिला था। तुम दोनों ने तो शुरू-शुरू में मिलना-जुलना भी बंद कर दिया था। तुम उसके पास जाओ और वह तुम्हारी आवश्यकता महसूस करे, इसीलिए तुम दोनों को तंग भी किया जाता था और वह भी योजनाबद्ध रहा है। अर्थात् ऐसे कि तुम्हें लगे, तुम्हारे कारण उसे तंग किया जा रहा है, ताकि तुम उसकी व्यथा से कटकर न रह सको। और ऐसा हुआ भी। तुम दोनों निकट आते गए। और फिर उस व्यूह में ऐसे घिरे कि एक-दूसरे से दूर भी न हो सके।''

अपने बेहूदा और बीमार मस्तिष्क से निकली इस निरर्थक योजना से तुमने अकारण दो आदमियों का जीवन बरबाद कर दिया दिवाकर। अमित न तो देवता है, न ईश्वर। इनपर उसे विश्वास अवश्य है। इसीलिए अपने को उनका प्रतिनिधि मानता है। और इसीलिए वह अपना बदला अवश्य लेगा।

इस बातचीत के तोन-चार दिन बाद उसने टेप सुना, अपनी और वंदना की तस्वीरों के 'स्टिल' देखे। बड़े किए हुए एक-दूसरे के करीब। पिकनिक के दौरान खींचे हुए फोटोग्राफ्स, जिन्हें बाद में 'एनलार्ज' किया गया था। उन पर ऐतराज किया जा सकता था, लेकिन इसकी संभावना अपेक्षाकृत कम थी कि वे विस्फोटक स्थिति उत्पन्न कर देते। अगर वंदना के भाई नहीं समझते तो वे चित्र खतरनाक भी सिद्ध हो सकते थे। पर उसे लगा, अपने मूर्ख विश्वास के भरोसे दिवाकर ने बहुत कुछ तहस-नहस कर दिया था।

अगले दिन कालिया से कहलवाकर टेप और कैमरे की रील उसने राजन से ले लिये।

□

अशोक में समझ की कमी नहीं थी। लेकिन सदा उसे गलत लोगों ने गलत बातें समझाई थीं। धीरे-धीरे समझाने पर उसकी समझ में आ गया कि दिवाकर ने कितना

बड़ा अपराध किया है, अन्याय किया है। अशोक के साथ भी और अमित के साथ भी। अपने पिता के 7 हजार रुपए न भी दिलवा सके तो भी अपने अपमान का बदला क्या वह नहीं लेगा? अपनी मुख्य योजना के रूप में उसने गुपचुप अशोक के साथ एक योजना बनाई।

अशोक कहीं से भी, कैसे भी एक बढ़िया ब्रांड की व्हिस्की का प्रबंध करेगा—राजन, कालिया, गुरचरण और दिवाकर के लिए। स्थान, राजन का अकेला घर। बहाना, कालिया को दोस्ती के तौर पर दोस्त की ओर से एक तोहफा। और यह लगभग निश्चित था कि कालिया उसे बाँटकर चखेगा। जुआ होना भी स्वाभाविक था।

कालिया, गुरचरण और राजन जैसे लोगों से बदला लेने के लिए बीरू का सहारा नहीं लेगा वह।

लेकिन सेठी का क्या होगा? उस पशु-बल से कैसे निपटेगा वह? वह स्कूटर रोज उसके सीने में टक्करें मारता है।

खैर, फिलहाल अशोक अपने डैडी से कहकर उसी रात वहाँ छापा डलवाएगा। थाने में मार-मारकर उनसे 7 हजार रुपयों के बारे में भी उगलवाया जाएगा। अशोक ने कहा था कि जरूरत पड़ने पर वह डैडी से खुफिया पुलिस की सहायता लेने को भी कह सकता है।

लेकिन भाग्य तो पूरी तरह अमित के साथ था न!

जिस रात के लिए यह सब निश्चित हुआ था, कालिया कहीं से किसी लड़की को भी ले आया था। परिणामस्वरूप जब छापा पड़ा तो सब रँगे हाथों पकड़े गए। लेकिन एक चूक हो गई—दिवाकर निकल गया। उसकी सूँघने की प्रबल शक्ति ने उसे पहले ही सचेत कर दिया था। कालिया और गुरचरण के पिछले दिनों के परिवर्तित व्यवहार से वह पहले से ही आशंकित था।

फलस्वरूप किसी तरह छापा पड़ते ही वह निकल भागा। कालिया भी भाग रहा था, लेकिन वह पकड़ा गया।

थाने में जो सनसनीखेज बयान उन्होंने दिए, वे तीन दिन तक बड़े-बड़े समाचार-पत्रों के मुख पृष्ठों पर छपते रहे। अशोक के पिता तो संसद् सदस्य रह चुके थे। उनके विषय की सारी घटनाएँ छपीं और खूब छपीं। दिवाकर का पूरा प्लान जग-जाहिर हो गया।

लेकिन इस बार भी दिवाकर का कुछ न बिगड़ सका। पिछले महीनों की सारी नरक-यातना याद करके अमित का खून खौल-खौल उठता था उन दिनों। और दिवाकर फिर साफ बच गया। उसके डैडी भी कम प्रभाववाले व्यक्ति नहीं थे। कुल मिलाकर दिवाकर का नाम इस सारे स्टंट से चालाकी से हटवा लिया गया।

दिवाकर फिर बच गया।

□

नहीं! अमित का मन जैसे चीत्कार कर उठता। उन दिनों का भुगतान तो जैसे बिलकुल नहीं हुआ। वे रातें, जो उसने जागकर बिताई थीं। वे दिन, जब उसने अपमान सहे थे, लड़ाइयाँ हारी थीं, दुःख सहे थे। आंतरिक विश्वास की टूटन सही थी। वह मानसिक ताप, जिसने उसे परीक्षा में इतने नीचे स्तर पर परचे दिलवाए थे कि उसका कॅरियर नष्ट हो जाना था। और टूटन, थकान व पीड़ा का एक-एक क्षण।

वह दिवाकर की हत्या करेगा। हाँ-हाँ, उसे जान से मार देगा।

उसे जान से मार देगा।

लेकिन उससे क्या होगा? कौन जान पाएगा कि उसने ऐसा क्यों किया? कोई समझेगा कि भावना के नाजुक तारों को कितनी बेरहमी से छेड़ा था दिवाकर ने?

कोई नहीं समझेगा!

तब?

□

इस समय मानसिक रूप से दिवाकर भी तनाव में था। अत्यंत उत्तेजित अवस्था में था। कोई भी कदम उठाने का मौका शायद यही है। हाँ, यही है। उसे जो कुछ भी करना है, अभी करना चाहिए। अभी लोहा गरम है।

लेकिन कुछ दिन और प्रतीक्षा करनी होगी। तब तक, जब तक दिवाकर घर पर अकेला न हो। उसी के घर में घुसकर उसकी हत्या करेगा वह। और तब तक? तब तक तो और भी ठीक है। जिस अनिश्चय की स्थिति में दिवाकर अब है—अमित की ओर से आक्रामक कदम उठाने की प्रतीक्षा में—वह उसे भी तो तनाव में रखेगी। अनिश्चय की इस अनुभूति का आनंद उसे भी लेने दो।

इसी प्रतीक्षा में पूरा महीना बीतने को आया। गुरचरण, कालिया अभी भी जेल में थे। राजन का पिछला रिकॉर्ड साफ होने के कारण छूट हो गई थी। फिर एक दिन उसे पता चला, दिवाकर के मम्मी-डैडी बाहर गए हैं। तब टेप और कैमरे की रील लेकर काफी रात गए वह उसके घर गया। उत्तेजना में उसकी अपनी टाँगें काँप रही थीं। जाने क्या हो?

खटखटाने पर दिवाकर ने ही दरवाजा खोला था। उसे देखकर दिवाकर एकबारगी तो हैरान रह गया था। लेकिन अनायास ही बड़े सहज स्वर में अमित ने कहा, ''हेलो दिवाकर! अंदर आने के लिए तो कहो, मित्र!''

दिवाकर चुपचाप एक ओर हट गया था। अमित अंदर चला गया। दिवाकर ने दरवाजे की कुंडी लगा दी। उसकी आँखों में डर और आत्मविश्वास के मिले-जुले भाव थे। आत्मविश्वास की इस व्यक्ति में कोई कमी नहीं थी।

''अंदर चलें?'' अमित ने कहा।

दिवाकर ने अपने बेडरूम में लाकर उसे कुरसी पर बैठा दिया। हाँ, वहीं तो। वहीं सामने चारपाई के नीचे था टेपरिकॉर्डर। यहीं थे वह और वंदना। उसका दिमाग क्रोध व वितृष्णा से चकराने लगा।

''कैसे आना हुआ?'' दिवाकर पूछ रहा था।

अमित ने वक्र दृष्टि से उसे देखा। कुछ देर दोनों में से कोई नहीं बोला। धीरे से दिवाकर की दृष्टि अनायास ही फर्श पर जा टिकी। अमित सारे माहौल के एक-एक हिस्से, एक-एक क्षण को तृप्त भाव से पी रहा है।

''तुम्हें नहीं मालूम? ताश के पत्ते जो तुम्हारे हाथ में हैं, मुझे मालूम हैं।''

''सो व्हाट?'' दिवाकर स्पष्ट ही अपनी उत्तेजना छुपाने की चेष्टा कर रहा था। इस आदमी का दिल हार की अनुभूति पर कितना कमजोर पड़ जाता है, यह अमित जानता है।

''सो व्हाट, तुम्हारे पत्ते भी तो मालूम हैं मुझे।''

अमित हँसा—बड़ी संतुष्ट, तृप्त और भरी-भरी हँसी।

''मैं शो करवाने आया हूँ दिवाकर। ले डाऊन योर काड्स, मैन। लैट्स सी। ''

और इसके बाद टेप तथा तसवीरों के स्टिल्स देखकर तो जैसे वज्र गिर पड़ा। उसके आत्मविश्वास के भावों को मिटाकर, जो पूरे डर के भाव उसकी आँखों में आ गए थे, उन्हें देखकर एकबारगी तो अमित भी विह्वल हो उठा। ओ दिवाकर, तुमने ऐसा क्यों किया?

''इसमें कालिया और गुरचरण के कन्फेशंस और भर लेने की गुस्ताखी की है मैंने।'' अब अमित झूठ बोल रहा था, ''जो तुम्हें अंदर और उन्हें बाहर लाने के लिए पर्याप्त हैं। उन दोनों ने तुम्हारी इन तस्वीरों और आवाजों को टेप करने के पीछे जो मंतव्य था, स्पष्ट कर दिया है।''

सहसा अमित चौंक पड़ा। दिवाकर की आँखों को क्या हुआ? उसकी पुतलियाँ घूम रही थीं।

फिर साथ वाले कमरे से दिवाकर की बहन को जगाकर उसकी मदद से दिवाकर की डूबती धड़कनें भी बचाई थीं अमित ने। उसे सँभालकर डॉक्टर को बुलाकर भी वही लाया था। पता नहीं उस गंभीर दिल के दौरे से कैसे बचा पाया उसे डॉक्टर? लेकिन यह सब होकर भी यवनिका पतन हो सका क्या? कितना खीझते, कुढ़ते और अविश्वास की बेमानी व शिथिल जिंदगी जीते पिछले तीन सालों में ऊबकर कैसा तो थक और टूट गया है अमित। इतने बड़े महानगर में कोई ऐसा है भी, जो उसकी व्यथा-कथा समझता हो? हर एक पर से खंड-खंड होकर टूट व बिखर चुका है उसका विश्वास।

वंदना पर से भी।

□

जब कालिया द्वारा उसे दिवाकर की योजना का पता चला था, उसकी मनःस्थिति बड़ी विचित्र हो गई थी। यह सबकुछ उसके कारण हुआ? केवल इसलिए कि वंदना उसे चाहती है? क्या वास्तव में वह इतनी अमीर है? और यह सब जो हो रहा है, क्या वाकई उसी के साथ हो रहा है? यह बात तब की है, जब कालिया ने उसे दिवाकर के प्लान के विषय में कॉलेज की मार्किट में बताया था। उसी शाम उसने वंदना को फोन किया था। वह यह सब जो कुछ भी था, खुशी, वितृष्णा या ऊब—किसी के साथ बाँटना चाहता था। तो वंदना से उपयुक्त और कौन था? फिर जिन दिनों उसके, अशोक के और दिवाकर के किस्से समाचार-पत्रों में छप रहे थे, एक शाम वंदना को सामने बिठलाकर उसने उसे सबकुछ बताया। फिर पूछा था, ''वंदना, तुमने सब सुना-पढ़ा न कि दिवाकर तुमसे क्या चाहता था? अच्छा, सच-सच बताना, क्या तुम्हारे पास या तुम्हारे डैडी के पास इतने रुपए हैं कि उसमें से कुछ लाख यूँ ही निकालकर दे दिए जाएँ?''

''हाँ, शायद इतना तो है ही।'' वंदना सहज स्वर में बोली थी, ''मुझे पक्का नहीं मालूम, पर रुपया बहुत सारा है। तीन कोठियों की ही कीमत 5 करोड़ से ऊपर तो होगी ही।''

''बाप रे!'' एकबारगी स्तब्ध रह जाने की मुद्रा में अमित ने कानों पर हाथ रखा। ''कैसी खतरनाक चीज से खेलता रहा हूँ! और तुमने कभी बताया भी नहीं कि इतनी पैसेवाली हो?''

''डोंट बी सिली!'' वंदना ने मीठी झिड़की दी, ''ऐसी बातें क्या कहकर बताती? तुम गलत भी तो समझ सकते थे।''

फिर अमित गंभीर हो आया। पाँच दिन जो डाकुओं के बीच रह आए, उससे कौन शादी करेगा? सीता का वनवास याद नहीं। और यहाँ तो समाचार-पत्रों ने खूब पब्लिसिटी की थी। उसने उसकी हथेली अपने दोनों हाथों में कस ली, ''अच्छा, सुनो वंदना, ध्यान से सुनो। सारी बातें अब तुम्हें मालूम हो गई हैं। यूँ मुझे पूरा विश्वास है, मैं सबकुछ सँभाल लूँगा।''

वंदना टुकुर-टुकुर देख रही थी। वही तो अमित, जो हारते-लड़ते भी जूझता रहा था। ऐसे ही कमजोर क्षणों में, जब स्वयं उसे सांत्वना की आवश्यकता हो, तब भी वंदना को ऐसे ही हिम्मत बँधाता आया था। हाँ, वही अमित तो।

''...लेकिन 'वन इन मिलियन चांसेज' हैं कि वो टेप और फोटोग्राफ्स सारे मुझे न मिल सकें। वे लोग कुछ अपने पास भी रख सकते हैं।''

वह थोड़ी देर रुका। वह चाहता था वंदना बात की गंभीरता को पूरी तरह से समझ ले। इसी बहाने वह वंदना को भी समझना चाहता था। देखें तो पूरा कॅरियर और स्वास्थ्य

खोने लायक लड़की है भी यह।

"ऐसे में जानती हो, क्या होगा? जब यह बात दब जाएगी, यानी आज से महीने दस महीने बाद जब सबकुछ ठंडा पड़ जाएगा तो दिवाकर कोई खुराफात फिर से खड़ी कर सकता है। वह फिर से टेप और तस्वीरों का उपयोग कर सकता है। कर सकता है न?"

वंदना ने 'हाँ' में सिर हिलाया। अर्थात् वह समझ रही थी। उसकी बड़ी-बड़ी खुली आँखें उसी पर टिकी हुई थीं। उनमें हलका डर भी तैर आया था।

"ऐसे में तुम क्या करोगी? हो सकता है, उस समय तुम्हारे विवाह की बात चल रही हो। या न भी चल रही हो तो यह बात ही इतनी उछल जाए कि तुम्हारे विवाह के समय इस बात का तुम्हारे वैवाहिक जीवन पर असर पड़े। अच्छी तरह सोच-समझकर जवाब दो मुझे। यही समाचार-पत्र उसके आरोप की भी पुष्टि कर देंगे।"

वह एक क्षण के लिए फिर रुका।

"ऐसे में क्या तुम मुझसे विवाह करोगी? मेरा मतलब है, केवल उन्हीं परिस्थितियों में, जब मामला हद से इतना गुजर जाए कि लोग सचमुच इस तिल को ताड़ समझने लगें।"

एक क्षण के लिए तो वंदना जैसे स्तब्ध रह गई। फिर एकाएक हाथ झटककर बोली, "कुछ भी कहो अमित, लड़कियों से बात करने की तमीज तुम में जरा कम है। और अपमान करते समय तो तुम आगा-पीछा भी नहीं देखते। आज तुम्हारी बातें सुनकर मैं तो शर्म से गड़ी जा रही हूँ। समझ नहीं पा रही हूँ कि तुम वही अमित हो, जिसने पिछले महीनों मेरे लिए इतना कुछ सहा है, किया है।"

एकबारगी अमित भी चौंक उठा। ठीक ही तो है। उसके तो जुबान पर लगाम ही नहीं है। जो जी में आता है, बक जाता है। औकात, स्थिति कुछ भी तो नहीं देखता, अभागा। लेकिन जवाब में कुछ कहा नहीं गया। निरीह आँखों से टुकुर-टुकुर ताकते आँसू मानो छलक-छलक आने को हुए।

फिर वंदना ही बोली थी, "तुम्हारे कहने का मतलब है, मैं इतनी स्वार्थी हूँ कि अगर सबकुछ ठीक रहा तो कहीं भी चुपचाप चल दूँगी और नहीं तो तुम्हारा हाथ थाम लूँगी। महज इसलिए कि मजबूरी होगी। प्रेमवश नहीं। छि:! प्रोपोज करने का यह ढंग न कभी देखा, न सुना।"

मारे खुशी के एकबारगी तो आकाश छू आने का मन हो आया अमित का।

लेकिन यह खुशी भी टिकी कहाँ रह सकी। अमित की परीक्षाएँ तो समाप्त हो चुकी थीं, फिर उसके बाद अमित के साथवाली और टेप तथा तस्वीरें वापस लेनेवाली घटनाएँ भी हुईं। उसे फिर फरीदाबाद लौट जाना पड़ा। रात-बिरात टेलीफोन पर वंदना

से हुई रुखी-सूखी बातें उसे और भी तपा जातीं। क्रमशः वंदना उससे कितनी दूर होती जा रही थी। कहीं कोई ओर-छोर नहीं था।

फिर एक दिन पता चला, वही हुआ था। जो वंदना ने कहा था। कहीं कोई गाज नहीं गिरी थी, कोई आकाश नहीं फट पड़ा था। चुपचाप बिना कुछ कहे, बिना सुने किसी का हाथ थाम वह भी सदा के लिए चली गई थी। टेप और तस्वीरें नष्ट हो चुकी हैं, यह उसे भी तो पता था। और वह सारा किस्सा उसके साथ ही उसके जहन में दफन हो चुका था। मशीनी युग की पृष्ठभूमि पर पनपा यह प्यार लैला-मजनूँ के युग से तुलना करता सदा के लिए दब चुका था।

क्या सचमुच? क्या कहीं घृणा की लकीर भी नहीं? लेकिन नहीं। घृणा उपजानेवाले किसी भी व्यक्ति के बारे में अमित सोचना नहीं चाहता। सोचकर होगा भी क्या?

आश्चर्य! जीवन भी क्या चीज है! मृत्यु की दहलीज से पहले कहीं रुकता, ठहरता नहीं, समाप्त नहीं होता। नहीं तो निराशा के उस दौर में जीवन लाख हाथ-पैर मारने पर भी नहीं सूझता था। पर बहुत रो-धो चुका अमित। आकाश भी तो बरसने के बाद धुल-पुँछकर कुंदन-सा दमकने लगता है।

आदमी कितनी जल्दी सबकुछ सोच लेता है! सोचने बैठो तो अपने आप में यह आश्चर्य भी कम नहीं है। इतनी सारी घटनाएँ एक-एक करके तेजी से गुजरती गईं। सुनील की बातें भी चलती रहीं और अमित का अंतर्मन कैसा सूना-सूना हो आया! कहीं भीतर से कोई आह दबाते-दबाते भी उभर आई। लेकिन उसे किसी ने नहीं देखा, किसी ने नहीं परखा।

खाना समाप्त कर, कुछ इधर-उधर की हाँककर अमित जल्दी ही अपने कमरे में लौट आया।

□

मानसिक रूप से वह थक गया था।

आज कितना कुछ तो हुआ। सारा दिन व्यस्तता में ही बीता। लेकिन दिवाकर की बात उसे आज ही क्यों याद आई? शायद इसलिए कि इतने सालों बाद, लगभग तीन वर्ष बाद, उसमें फिर किसी के लिए ममता जागी थी।

ममता क्या?

ममता। स्नेह, प्यार⋯या ऐसा ही कुछ। मगर निश्चित रूप से वह अभी कुछ नहीं सोचना चाहता। एकदम प्यार तो इसे नहीं ही कहा जा सकता। लेकिन धीरे-धीरे वह सुनील से प्यार करने लगेगा, यह उसे मालूम है?

छिः, प्यार का क्या मतलब?

भला कभी आदमियों में भी प्यार होता है?

नहीं होता?

तो फिर क्या होता है? 'प्यार' शब्द अगर केवल पुरुष-स्त्री के संदर्भ में बनता है तो पुरुष पुरुष के संग अगर आत्मीयतापूर्ण व्यवहार करे, दिल-जान न्योछावर करे, तो उसके लिए क्या शब्द है?

हुँह, कुछ भी हो। सुनील बहुत अच्छा लगता है। क्या यह काफी नहीं है? पर अभी कुछ नहीं। कुछ पता नहीं, उसे यहाँ कब तक रहना है। और कौन जाने यहाँ रहना भी है या नहीं! दूसरा कमरा जाने कहाँ मिले! वहाँ सुनील से इतनी जल्दी-जल्दी मुलाकातें थोड़े होंगी! कभी-कभी ही तो होंगी न।

सोच-सोचकर दिमाग तो एकदम हो गया है भुस्स।

इसी मन:स्थिति, परिस्थिति के लिए तो मनुष्य ने एक चीज बनाई है।

शराब।

हाँ, शराब ही तो।

उपन्यासों में पढ़ा नहीं, फिल्मों में देखा नहीं? तनाव बढ़ जाए, दिमाग परेशान रहने लगे। चारों ओर जब दु:ख-ही-दु:ख हो, तब शराब ही एकमात्र दवा है।

तो क्या अमित शराब की जो बोतल अपने अटैची-केस में रखकर लाया है, वह ऐसे ही किसी फिल्मी या औपन्यासिक हीरो से प्रभावित होकर लाया है?

शायद नहीं।

लेकिन इस चीज के प्रति उसे उत्सुकता है। रूपनगर तक उसने शराब नहीं पी। जाने क्यों शराब के संदर्भ में जब भी कोई विचार उसके मस्तिष्क में उठे, डरावने ही उठे।

शराब घर उजाड़ देती है। शराबी जेल में, नाली में। सुअर, कुत्ते उसका मुँह चाट रहे हैं। शराबी के बीवी-बच्चे भूखे मर रहे हैं। लेकिन शराबी शराब पीकर, होशो-हवास गँवाकर उन्हें पीट रहा है, निर्दयतापूर्वक घसीट रहा है, क्योंकि उसे होश नहीं है।

शराब के संदर्भ में जब कभी भी उसने सोचा है, ऐसे ही घबराकर सोचा है। सोचा है कि शराब का एक घूँट पीते ही बस सारी मानवता उसके अंदर से समाप्त हो जाएगी और वह बाहर कपड़े फाड़-फाड़कर चीखता फिरेगा वहशियाना ढंग से। और बेइज्जत किया जाएगा।

छि:-छि:!

लेकिन रूपनगर वाले अंकल के साथ बैठकर उसने खाने से पहले एक-दो बार एक-दो पैग लिये हैं।

खाना खाया है और झट से कुंडी वगैरह लगाकर रजाई में दुबककर सो गया है। और उछल-कूद नहीं मचाई, बेहूदा हरकतें नहीं कीं तो इसीलिए न कि एक तो पैग ही

एक पिया, दूसरा पीकर खाना ठूँसकर नीचे ही दबा दिया और तीसरे कि उसके असर के उभरते-न-उभरते वह अपने को लिटा रखने में सफल हो गया है। नहीं तो वह भी एकदम जंगली हो गया होता।

लेकिन अब जो वह शराब की यह एक पाव की एक बोतल लेकर आया है, सो किसलिए? केवल इसलिए कि हर्ज ही क्या है, अगर यह सचमुच ही कुछ कर सके। पूर्वाधारित किन्हीं भी नियमों पर नहीं चलेगा वह। वह इसे पूरी ईमानदारी से परखेगा। अगर शराब उसके लिए उसके केस में कुछ कर सकी तो वह पीना जारी रखेगा। अगर उसे लगा कि शराब के विषय में पढ़ी-सुनी बातें गलत हैं और उसे इससे कोई लाभ नहीं पहुँच रहा, अर्थात् अगर उसे लगा कि जो कुछ भी वह भूल जाना चाहता है, शराब पीकर भूल सका है तो ठीक है, नहीं तो शराब से भी किनारा। एकदम एक्सपेरीमेंट करने का शरीफ इरादा है उसका। और न भी हो तो क्या अंतर पड़ता है? अब तक अगर उसने शराब नहीं पी है तो उसे कौन सा तमगा इनाम में मिल गया है? कौन सी उसकी बिठाकर पूजा की जा रही है मंदिरों में? कौन उसका उदाहरण दिया जा रहा है बच्चों को, बड़ों को?

कौन साला समझकर ढाढ़स बँधाने आया है उसे?

कोई न आए, न सही। शराब अगर सही आश्रय सिद्ध होगी तो यही सही। न करे कोई उसकी तारीफ। तारीफ तो जैसे उसकी बड़ी नित्य होती है।

करे कोई उसकी बुराई, उसे नहीं परवाह!

कोई यह थोड़े ही पूछेगा—क्यों भई अमित कुमार, यह शराब क्यों पी रहे हो? तुम्हें क्या दुःख है? या कि भई अमित कुमार, शराब मत पियो, लो यह हमारा कंधा हाजिर है। सुनील ने भी कहाँ पूछा था? उसे आश्चर्य भी हुआ था, जब उसने बताया था कि वह शराब लेकर आया है और उसने कोई विशेष प्रतिक्रिया प्रकट नहीं की थी। उसने तो सोचा था, सुनील थोड़ा-बहुत तो डाँटे-डपटेगा ही। लेकिन उसने कुछ भी तो नहीं कहा।

शायद वह जानता है, अमित जिद्दी है। अपने मन की न कर पाया तो व्यर्थ ही झुँझलाएगा, खिझलाएगा और फिर मन की करेगा भी जरूर।

लेकिन यह सब सोचकर भी क्या अपने किसी दोस्त को गलत राह पर जाने से रोका नहीं जा सकता?

उसने नहीं रोका, कोई कारण होगा। पिछले कई महीनों से उसे इतना तो वह पहचान ही गया है कि वह कोई भी काम बिना कारण नहीं करता है। उसका हर कार्य एक निश्चित उद्देश्य लिये होता है। उसकी विशेषताओं की कद्र करता है अमित। और सुनील में विशेषताएँ भी तो कितनी हैं!

यह लड़का लगभग सभी क्षेत्रों में अमित से एकदम विपरीत आदतें रखता है। सुनील सभी कार्य सुव्यवस्थित रूप से, योजनाबद्ध करता है। कोई भी कार्य करना हो, वह पर्याप्त समय रखकर चलता है। हड़बड़ी नहीं करता। अमित की तरह नहीं कि दस बजे ऑफिस में पहुँचना हो तो साढ़े नौ बजे तक तो नहाए ही नहीं और फिर एकाएक तूफान ही मचा देना।

सुबह जल्दी उठता है, रात को जल्दी सोता है। अमित से एकदम विपरीत। वह हर कार्य सोच-समझकर, पूर्व निश्चित किसी योजना के अनुसार करता है। एकदम ऑन द स्पॉट भी कुछ करना हो तो उसकी हर बात सटीक बैठती है। और अमित को समय पर तो कोई बात सूझती ही नहीं। बस, मुँह बाए देखता रहता है। हाँ, बाद में वह सोच सकता है कि अमुक स्थान, अमुक आदमी से इस तरह न कर, इस तरह बात करनी चाहिए थी।

सुनील एकदम सही व सीधी चाल चलता है। अमित की तरह खरगोश जैसे उछल-उछलकर नहीं चलता।

शायद ये सब विशेषताएँ अमित में नहीं हैं, इसलिए सुनील को अपने पूरक के रूप में पाकर ही वह प्रसन्न हो उठा है।

लेकिन यह सब अभी कुछ नहीं। अभी तो यह भी पता नहीं, वह यहाँ एक सप्ताह है या दस दिन।

लेकिन जैसे भी हो, अब जल्दी ही कोई प्रबंध करना होगा ठिकाने का।

उसने लिहाफ ओढ़ा, दो तकिए पीठ पीछे दीवार के सहारे लगाए और किताब खोली।

और फिर जैसी बेढंगी उसकी आदत। थोड़ी ही देर बाद बिना बत्ती बुझाए, बिना ढंग से लेटे, खुली किताब सीने पर रखे वह सो गया।

अभी जाकर देखें तो सुनील की चादर, तकिए और लिहाफ पर सलवटें भी नहीं पड़ी होंगी, ऐसे ढंग से सोया होगा वह।

□

इला देवी को तीन दिन बाद पता चला। और आश्चर्य भी तो यही कि घर के कोने-कोने में रखी चीजों को आँख मूँदकर बता देने की अभ्यस्त इतनी लापरवाह हुई तो कैसे?

लेकिन फिर कोई आमंत्रित, अभ्यागत की तरह आए किराएदार की चीजें टटोलें भी तो क्योंकर? अपने बनियान-जाँघिए, जो धो-झाड़कर सुखा गया है, उन्हें ही तो ढंग से रखने के लिए उन्होंने सूटकेस खोला था।

अंदर पूरे नर्क का दृश्य उपस्थित था। हाहाकार मचा हुआ था। कोई कपड़ा करीने

से रखा हुआ नहीं था। प्रेस की हुई कमीजें, पैंटें अपनी दुर्दशा का रोना रो रही थीं।

उन्होंने हाथ बढ़ाकर दो-एक कपड़े उठाकर जो ढंग से रखने चाहे तो जैसे विस्फोट हो गया।

इस बड़ी-सी बोतल में अगर सचमुच शराब ही है तो आदमी को पहचानने में कितनी भूल की है उन्होंने! यह मुआ सीख-सलाई सा, भोला-भाला चेहरा शराब भी पीता होगा, इसकी कोई कल्पना भी कर सकता है? उनके अपने पति एकदम शराब नहीं छूते। उन कम मिलिट्रीवालों में से एक, जो रोज शराब के इर्द-गिर्द रहते भी शराब नहीं पीते। और यह जाने कहाँ का कोई। सुनील के भरोसे रख लिया इसे। तो इसके मानी यह थोड़े ही कि देख-सुनकर जहर निगल लेंगे।

आज आने दो इसे, निकाल बाहर करेंगी। सुनील को भी साफ-साफ बताना होगा।

मक्कार! उन्हें अधिक गुस्सा अपने पर आ रहा है। ऐसे आदमी को उन्होंने दो हजार रुपए दे दिए? वह भी तब, जब आए हुए उसे अभी छत्तीस घंटे भी नहीं हुए थे।

और उसने रुपयों का किया क्या? देकर भी नहीं आया। इतना लापरवाह! दो दिनों से जेब में डाले घूम रहा है। परसों पूछा तो बोला, 'ओह आंटी, सच्ची याद नहीं रही।' कल भी याद नहीं रही। वह तो आज सवेरे भाई साहब आ गए तो उन्हीं को दे दिए थे।

धत्, ऐसी भी क्या लापरवाही! सुनील को कोई काम दो, मजाल है, भूल जाए। अच्छा, आज आने दो इन दोनों को। वे दोनों की खबर लेंगी।

लेकिन शाम आते-आते उसके आने तक तो अभी दस घंटे बीतने हैं न। इतनी ही देर में क्या कुछ तो हो गया अंदर-ही-अंदर। रह-रहकर कोई चीज उन्हें कचोट रही है। मन विश्वास ही तो नहीं कर रहा यह मानने को, यह शराबवाली बात।

हो सकता है, किसी और के लिए लाया हो! लेकिन नहीं, लाया ही क्यों?

अच्छा, अगर निकालने का निश्चय कर ही बैठी हैं तो गुमसुम क्यों हैं? तीन-चार दिनों का उसका व्यवहार कोई इतना लुभावना हो गया है क्या? पर एकदम शिष्टता से बातें करता है। और जब 'आंटी-आंटी' कहकर खुली आँखों से उनकी ओर देखता है तो मन कैसा ममतामय हो उठता है!

एकदम काली और धुली आँखें! सारे शरीर में बस दो आँखें ही तो दिखती हैं। पता नहीं कमबख्त कौन है, कहाँ से आया है? सुबह अफरा-तफरी में जाता है तो रात 10 बजे कॉलेज से लौटता है। कोई सब बातें पूछे तो कैसे? कैसी होगी इसकी माँ, जिसने इसे अपने से जुदा किया होगा? कितना बड़ा कलेजा होगा उसका? उनका इतना बड़ा, ऐसा बेटा हो तो कभी आँख से ओझल भी न होने दें।

लेकिन अगर नौकरी ही कहीं बाहर लग जाए तो?

फिर घर के काम और काम। व्यस्तता और व्यस्तता।

सुनील कह रहा था, यहाँ स्थायी रूप से टिकने नहीं आया।

किसी घर की तलाश में है, दस-पाँच दिन में चला जाएगा।

तो क्या वे उसे दस-पाँच दिन भी टिकने नहीं देंगी?

अच्छा, उनका अपना लड़का ही बड़ा होकर, कुसंगत में पड़कर शराब पीने लगे, घर ले आए तो उसे निकाल देंगी क्या?

पर उनका लड़का पिए ही क्यों?

क्या संस्कार, लालन--पोषण कुछ महत्त्व नहीं रखता?

पर अच्छा, मान लो, एक मिनट के लिए, वह बिगड़ जाए तब?

तब क्या? उसे भी निकाल बाहर करेंगी वे। गलत काम कोई भी करे, गलत ही है। चाहे वह अपना लड़का हो, चाहे कोई और।

अच्छा, क्या वे उसे एक बार भी प्यार से समझाएँगी नहीं?

हाँ, क्यों नहीं। एक-दो बार समझाना तो होगा ही। पर वे उसे क्यों समझाएँ?

कौन जाने कब का शराबी है यह! और फिर पलटकर कुछ बक ही दे तो?

शराबी का क्या भरोसा!

पर यह विचार संतोष नहीं दे रहा उन्हें।

पलटकर जवाब देनेवाले लड़के ऐसे नहीं होते। नहीं, वे एक बार उसे समझाने का प्रयत्न करेंगी। टटोल देखेंगी उसका मन। अगर वाकई शराबी मन निकला तो निर्णय लिया ही हुआ है। लेकिन अगर समझाने से समझ जाए तो अपना क्या जाता है?

कोई सुधर जाए तो अच्छी बात है।

अच्छा, एक बार वे उससे पूछ देखेंगी।

उन्होंने शांत मन से सोचा तो लगा, एक मौका तो उसे दिया ही जा सकता है।

□

पिछले तीनों दिन अमित ने खाना सुनील के घर ही खाया है। तय भी यही है कि रहेगा—जब तक भी रहेगा—वह आंटी के पास और रात का खाना खाएगा सुनील के घर। कुछ ऐसा तकलीफदेह प्रबंध भी नहीं है। सुबह नाश्ता वह आंटी के पास करता है। लंच ले जाने की उसे आदत ही नहीं है। वह खाता ही नहीं। भूख लगे तो कुछ भी मँगवाकर खाया जा सकता है। और डिनर तो सुनील के घर रात 10 बजे वे दोनों लेते ही हैं।

लेकिन सुनील से खाने के पैसे के बारे में अभी कुछ तय नहीं हुआ है। दोनों को ही झिझक-सी है। सुनील की झिझक तो ठीक है, पर अमित इसलिए पहल करने में झिझकता है कि कहीं वह जो दे, कम न हो!

खैर, यह तो बातों-बातों में कभी भी तय किया जा सकता है।

लेकिन दो-एक दिन से अच्छा लग रहा है। सुनील की मम्मी खाना बहुत स्वादिष्ट

बनाती हैं। सफाई भी खूब रखती हैं। घर का खाना उसे वैसे भी अच्छा लगता है। होटलों में खाना होगा, यह सोचकर आया था और घर का खाना मिलने लगा तो लालच बढ़ गया लगता है।

और साथ-साथ बैठकर खाना तो और भी अच्छा लगता है। रूपनगर में भी साथ-साथ सब लोग डाइनिंग टेबल पर बैठकर खाना खाते थे। पर वहाँ एक मूल औपचारिकता तो निभानी ही पड़ती थी। थोड़ी सी औपचारिकता के बावजूद यहाँ का वातावरण वहाँ के मुकाबले बड़ा घनिष्ठ व रसमय रहता है। सुनील में किसी को भी अपना बना लेने की क्षमता है। जबकि रूपनगर में अपनेपन के अहसास के ऊपर हावी था 'पेइंग गेस्ट', केवल 'पेइंग गेस्ट' होने का अहसास।

रात को दोनों मस्ती में वापस लौटे। सुनील को उसके घर उतारकर यह कहकर चला आया है कि वह नहाकर पाँच मिनट में आ रहा है खाने के लिए।

घर पर सब कुछ ही तो अजीब है।

आंटी की दृष्टि उसमें क्या खोज रही है? नहाते समय भी वह यही सोचता रहा। नहा-धोकर, नाइट-सूट पहनकर, गाउन लपेटकर उसने दो कॉपियाँ लीं, उनके बीच सावधानी से आधी हो चुकी बोतल रखी और जाने को तत्पर हुआ।

दरवाजा बंद करने के लिए आंटी आईं। उन्होंने बड़े आराम व इत्मीनान से दोनों कॉपियाँ और वह बोतल उसके हाथ से लीं और गंभीर स्वर में कहा, "खाना खाकर जल्दी आओ, तुमसे कुछ बातें करनी हैं।"

उसका खून सूख गया। क्या कहे, उसकी समझ में कुछ नहीं आ रहा है। बिना कुछ कहे, अनिश्चित कदमों से वह सुनील के घर चलने लगा। मस्तिष्क एकबारगी झनझना उठा था। यह सब क्या हुआ? आंटी को कैसे पता चल गया? छिः, क्या सोचेंगी वह उसके बारे में?

बताने, पूछने के लिए सुनील के अतिरिक्त और था भी कौन?

"डोंट वरी। टैल हर दी टुथ।" सुनील ने सलाह दी, "मान लेना कि तुमने कल और परसों पी थी और कह देना कि आगे से नहीं पियूँगा। ठीक? नहीं तो बात ऐसे ही बतंगड़ बनकर रह जाएगी। नाउ कम ऑन, फेस इट।"

"ठीक है।"

ओ ईश्वर। ऐसी ही समस्याओं में घिरकर उसका दिल करता, कितना अच्छा हो कोई उसकी समस्याएँ सुलझा दे! कहे कि फिकर न कर, मैं सबकुछ समझा दूँगा, निपटा दूँगा।

कोई भी हो, बड़ा भाई, बाप या फिर···माँ।

न, न।

लेकिन अगर उसका पीने के मामले में कोई दोष नहीं है—वह जानता है, वह न पियक्कड़ है, न शौकीन। तो भी आंटी का यह मानकर चलने में ही क्या दोष है कि वह पीता है, रोज पीता है, पियक्कड़ शराबी है।

वे कुछ भी कहें, उनके दृष्टिकोण से देखा जाए तो उनका कुछ भी कहना उचित ही है। यूँ वे कोई नहीं होतीं उसके निजी शौक में दखल देनेवाली। लेकिन अपने निजी शौक को उनकी चार-दीवारी में पूरा करनेवाला वही कौन होता है?

वह कुछ भी सहन कर लेगा, लेकिन आंटी की आँखों का बदलता भाव—वह विश्वास, जो आहत हुआ हो—नहीं देख पाएगा। उफ, क्या समझेंगी वे?

क्या समझ पाएँगी कि वह पहली बार शराब ऐसे पी रहा है? इसलिए कि अब वह थक चुका है, ऊब चुका है, निराश हो चुका है इस अर्थहीन, नकारा और एकरस जिंदगी से।

जिंदगी के इस जुए को ढोते-ढोते, एक ही परिधि में चक्कर लगाते-लगाते उसकी आत्मा के कंधे दुखने लगे हैं।

दूर-दूर तक कोई ऐसा नहीं दिखता, जो उसे चाहता हो।

नहीं, वे क्यों कर समझेंगी? वह सबकुछ सहन कर लेगा, अगर उसे घर से निकाल देंगी तो निकल भी जाएगा; लेकिन एक बार अगर वह उन्हें समझा सके।

समझा सके तो—

लेकिन अगर वह उन्हें समझा सकेगा तो वह निकाला ही क्यों जाएगा?

ओ ईश्वर! अब क्या करे वह?

□

''बैठ जाओ, अमित।'' सोफे की ओर इशारा करके आंटी ने कहा है।

वह सुनील के घर से खाना खाकर आ चुका है। डरता-सा सोफे पर बैठ गया है।

''देखो अमित, मुझे ज्यादा कुछ नहीं पूछना है। बस, यही पूछना है कि यह सब क्या है?''

अमित क्या कहे? हे ईश्वर! धरती फटने की कामना लोग ऐसे ही अवसरों पर तो करते होंगे।

''देखो, अब चुप रहने से नहीं चलेगा। जरा साफ-साफ सोचो तो, तुम्हारे अंकल बिलकुल नहीं पीते। इस घर में शराब कभी आई ही नहीं। अब अगर आप पिएँगे...तो...हमें तो ठीक नहीं लगेगा।''

अभी क्या कहे वह? क्या कह दे कि किसी और के लिए लाया है! न जाने क्यों इनके आगे झूठ नहीं बोला जाएगा। साहस जुटाकर सिर थोड़ा ऊँचा किया उसने। फिर

बोला, "अगर कसम खाऊँ कि फिर कभी नहीं पियूँगा, कभी छुऊँगा भी नहीं तो माफ कर देंगी?"

वह बहुत कुछ कहना चाहता है। कहना चाहता है कि वह शराब नहीं पीता। पीना जारी रखेगा, ऐसा भी निश्चित नहीं है। शराब की तमाम बुराइयाँ वह जानता है। दरअसल केवल बीभत्स बुराइयाँ ही जानता है। और, कि एक बार इस चीज की अच्छाई और उपयोगिता जाँचने की सजा उसे यह न दीजिए कि उसपर से एकबारगी ही विश्वास उठा लिया जाए।

वह कहना चाहता है कि वह वास्तव में वैसा ही विश्वसनीय लड़का है, जैसा समझकर उन्होंने उसे पहले दिन ही इतने सारे रुपए दे दिए थे। वे गलत नहीं हैं।

लेकिन वह सब नहीं कहा जा रहा। साहस करके भी उन आँखों की ओर नहीं ताका जा रहा। कौन जाने उन आँखों में भी नमी की झलक मिल जाए!

हाँ, यह ऐसी ही तो हैं। उन आँखों से अब तक स्नेह छलकता देखा है उसने। सुनील के लिए, अपने लिए और भी जिस-तिस के लिए। आँखों से अश्रु छलकता देखने से तो मौत भली। और अश्रु का कारण भी कौन, वह स्वयं!

छिः-छिः।

उसकी अपनी आँखें नम हो आई हैं क्या?

बस, बस! इतना ही काफी है। इतना तो अब इन्हें भी समझना चाहिए। इला देवी भी उसे एकटक देख रही हैं, एकदम गौर से। आँखों की नमी की झलक भी उन्हें मिल गई है।

"अच्छा, इधर आओ तो।..."

अरे, आश्चर्य। वे हाथ बढ़ाकर उसे बुला रही हैं। बिलकुल वैसे ही, जैसे सुनील को लाड़ से बुलाया करती हैं।

ओह, तो क्या उसे माफ कर दिया गया है? उस एक क्षण में एकाएक ही उसे लगा कि यह पहली बार है, जब उसे माफ किया गया है। नहीं तो जाने-अनजाने उसे हर कुसूर की सजा दी गई है और उसने भुगती है।

इन्होंने पहली बार क्षमा किया है।

वे उसे कंधे से लगा, थपथपाकर दूसरे कमरे में चली गई हैं। और उनके जाने के बाद से अभी तक वह विह्वल रूप से बैठा है, कृतज्ञ रूप से चुप है।

न, शराब से तो तौबा!

उधर दूसरे कमरे में शायद आंटी अंकल से इस बारे में कुछ मंत्रणा कर रही हैं कि उस बोतल का क्या किया जाए?

लेकिन यह अनुभव कैसा है? ये भाव कैसे हैं, जो उमड़ रहे हैं?

और वह याद क्या कर रहा है? उसे क्या याद आ रहा है? मस्तिष्क के पीछे स्मृतियों के ताने-बाने में से कोई अस्पष्ट प्रतिक्रिया जैसे मचलकर बाहर आना चाहती है। शायद ऐसी ही कोई घटना या दुर्घटना··।

□

दिल्ली, यही दिल्ली ही तो।

हायर सेकंडरी के एकदम बाद गलत कोर्स चुन लिया था उसने—साइंस। किसी भी सलाह और पथ-प्रदर्शन के अभाव में चूँकि अधिकतर लोग यही कोर्स कर रहे हैं, यही सोचकर बी.एस-सी. में दाखिला ले लिया था। उन दिनों सोचा भी नहीं जाता था कि साइंस के अलावा और भी कोर्स लिया जा सकता है या कि अपनी रुचि की पढ़ाई भी विश्वविद्यालयों में है। लेकिन जब तक पता चले, चुनाव गलत हुआ है, विषय बदलने का समय व्यतीत हो चुका था।

अर्ध-वार्षिक परीक्षाएँ सिर पर आ गई थीं।

और पढ़ाई का यह हाल था कि 'ऑरगेनिक केमेस्ट्री' की किताब खुली है और झाँकने का मन नहीं कर रहा। इतने लंबे-लंबे उबाऊ फॉर्मूले, जो उसके जीवन में कहीं प्रयुक्त नहीं होंगे। फिर 'इनॉरगेनिक केमेस्ट्री' और उसपर तुर्रा गणित की तीन प्रकार की भिन्न-भिन्न शाखाएँ।

और मन! मन डूबता था अंग्रेजी साहित्य की किताब में, जो 'ऑप्शनल कोर्स' में लगी थी; या हिंदी की कहानियाँ, उपन्यासों में। उसे याद है, अंग्रेजी की वह 'ऑप्शनल कोर्स' की किताब उसने इतनी बार पढ़ी थी कि उसका एक-एक अक्षर रट चुका था। बाकी सारे विषय उसे उबाऊ लगते थे। तब पहली बार उसे लगा कि निर्णय गलत लिया गया है।

लेकिन सही करने का समय तो बीत चुका था।

परीक्षाएँ सिर पर और तैयारी एकदम 'निल'।

और फिर एक साल छोड़ने का मन भी नहीं। हो सकता है, थोड़ा-बहुत पढ़-लिखकर पास हो ही जाएँ।

लिहाजा मन मारकर पढ़ना पड़ता। लेकिन पढ़ें तो क्या? मन एकदम, एकदम तो उन फॉर्मूलों में नहीं लगता था। फिर असुरक्षा, नितांत अकेले पड़ जाने की तीव्र अनुभूति उसे डराने लगी थी।

ऐसी ही डरी-डरी मन:स्थिति में काम आया था उसका सहपाठी कुलकर्णी। कुलकर्णी ने उसे सुझाया था, वह उसे एक जगह ले जाएगा और वहाँ से एक ताबीज दिलवाएगा। कुछ मंत्रों के साथ उसे पहनने पर मनोवांछित फल प्राप्त होगा। उसने बताया कि वह तो उस व्यक्ति का अंध-भक्त है और पिछले कई सालों से उसकी श्रद्धा

फल लाती रही है। उन्हीं की बदौलत वह सफल भी होता आया है।

डरा, अकेला मन! डूबते को तिनके का सहारा!

परीक्षाएँ इतनी निकट आ चुकी थीं कि रात-दिन मन लगाकर पढ़ने पर भी कोर्स पूरा नहीं किया जा सकता था। और फेल होना प्राय: निश्चित था। ऐसे में कुछ भी करना चलेगा।

यूँ उसे इन साधु व ताबीजों में विश्वास तो नहीं था, लेकिन इन सबके प्रति कोई एक निश्चित धारणा उसका अपरिपक्व मन नहीं बना पाया था।

शायद यही ताबीज काम कर जाए! ताबीजों के बारे में अकसर सुना है, लेकिन कभी परखा नहीं। जब इतने लोग मानते हैं तो ताबीजों, गंडों में कुछ तो होता होगा! नहीं तो क्या ये सब मूर्ख हैं, जो ताबीज पहनते हैं? अवश्य ही असंभव कुछ सीमा तक संभव हो जाता होगा और फिर जब फेल होना लगभग निश्चित ही है तो क्यों न इसे आजमा ही लिया जाए! बात बन गई तो ठीक, नहीं तो फेल तो होना ही है।

''ठीक है, चलो भई, कुलकर्णी।''

कुलकर्णी के साथ प्रोग्राम निश्चित करके वह उसके घर पहुँचा। तब क्या उसे इतना सा भी आभास था कि इस प्रसंग के परिणाम उसके जीवन में एकदम अमिट प्रभाव छोड़ आएँगे?

खैर! कार्यक्रम बना वह कुलकर्णी के घर पहुँचा।

थोड़ी देर आपस में बातें करने के पश्चात् जब मिलने का समय हुआ तो कुलकर्णी उसे वहीं पास ही किसी के घर ले गया।

वह व्यक्ति भभूत, भस्म इत्यादि लगाए घर के आँगन में ही बैठा था और तीन-चार लोग उसके पास बैठे थे।

बारी आने पर कुलकर्णी ने उसकी समस्या उस तथाकथित बाबा को समझा दी।

उस साधु ने अमित को पास बुलाया, बिठाया और कुछ फूल दिए, जो उसने रूमाल में बाँध लिये। ताकीद की गई कि फूलों की एक भी पँखुड़ी इधर-उधर न बिखरे।

उसे कोई मंत्र बताया गया, जिसे दिन में तीन बार पढ़ना था।

अगले दिन उसे फिर आने को कहा गया। कहा गया कि जितना चढ़ावा वह चाहे, अगले दिन फूलों के बीच रखकर ले आवे और फिर नए फूल मिलेंगे और फिर ऐसा ही अगले दिन के लिए भी किया जाएगा। कुल मिलाकर सात दिन तक ऐसा होगा और सात दिन तक उसे हर शाम चढ़ावा व फूल लेकर बाबाजी के पास जाना होगा।

पर ध्यान रहे, फूल एकदम नीचे न गिरें।

उन दिनों भी वह किसी संबंधी के घर ही रहता था। बताया न, स्मृतियों में उभरते

उन बिंबों के नाम, संबंध वह भूल गया है; या याद नहीं करना चाहता।

उसने ले जाकर रूमाल में लपेटे वे फूल और उसमें डाले पाँच रुपए ड्रॉअर में रख दिए।

और फिर शाम को कॉलेज से आते ही वह उन्हें लेकर जाने को तैयार हो गया।

उसकी आंटी ने देखा और कुछ नहीं बोलीं।

दूसरे दिन फिर वही।

तीसरे दिन उसे कॉलेज से आते-आते कुछ देर हो गई थी। जैसे ही वह फूल वगैरह लेकर बस स्टॉप की ओर जा रहा था, उसे रास्ते में अंकल मिल गए। वे ऑफिस से आ रहे थे।

"कहाँ जा रहे हो?"

"जी, अपने दोस्त के घर।"

उन्होंने एक नजर उसके हाथ में दबे रूमाल पर डाली और बोले, "जरा घर आओ।"

यह कह वे चलने लगे तो वह हिचकिचाया। बोला, "अंकल, मुझे पहले ही देर..."

उत्तर में उन्होंने उसे इतनी जोर से घूरकर देखा कि उसका तो शरीर-मन दहल गया। उनके पीछे चलते हुए उसे लग रहा था जैसे वह कोई चोरी करता पकड़ा गया हो। ठीक ही तो है, उसने कब बताया कि वह सब क्या था?

लेकिन बताते शर्म आती है। क्या बताए, वह ताबीज लेने जा रहा है?

छिः। इससे पहले परिवार में ऐसा किसी ने नहीं किया। उसे एकदम मूर्ख समझा जाएगा।

अंकल घर पहुँचे। अपना कोट उतारकर उन्होंने अपने बड़े लड़के को दिया। आंटी अंदर बैठी थीं, वह भी उठकर बाहर आ गईं। स्टेज बन गया।

उसके बाद जो प्रश्न उन्होंने पूछे, उसमें आंटी का निर्विकार चेहरा देखकर ही वह समझ गया कि गुपचुप आंटी और अंकल के बीच इससे पहले ही कोई मंत्रणा हो चुकी है और शायद निष्कर्ष भी निकाल लिये गए हैं।

धत्त तेरे की! उसे क्या समझेंगे वे—मूर्ख, जाहिल, गँवार, एकदम पिछड़े विचारोंवाला! अंधविश्वासी !!

"कहाँ जा रहे थे?" अंकल पूछ रहे थे।

"जी, अपने दोस्त के घर।" उन सबके बीच खड़ा वह एकाएक सहम गया था।

"हूँ! कहाँ रहता है तुम्हारा दोस्त?"

"जी, अजमेरी गेट।"

इसके बाद जाने क्या तो हुआ। पहले तो अंकल विजयी-सी मुस्कान मुस्कराते दिखे—निमिष मात्र को। फिर अगले ही क्षण उन्होंने उसके कॉलर पकड़कर जोर का तमाचा रसीद किया। गुस्से से ऊँचा-ऊँचा जाने क्या-क्या कहा और उससे रूमाल वगैरह लेकर, उसमें से पाँच रुपए का नोट निकाल उसकी ओर फेंक फूलों को रूमाल सहित बाहर फेंक आए।

□

उसके कुछ दिन बाद उसे लगा, जो हुआ, अच्छा हुआ। एक नए संसार की ओर कदम बढ़ाते ही उसे रोक दिया गया था। शायद अच्छा ही हुआ था। सुना है, मंत्र-तंत्र से कुछ होता अवश्य है। लेकिन उसका अपना मन भी यही मानता था कि नींद की गोलियाँ लेकर सुख की नींद प्राप्त करने जैसा कुछ असहज ही प्राप्त होता होगा। और एक बार आदी हो चुकने पर जैसे गोलियाँ लिये बिना नींद नहीं आती, उसी प्रकार मंत्र-तंत्र के बिना भी जीवन नहीं कटता होगा।

अच्छा किया। एक बार बुरा लगा भी हो तो क्या हुआ? बड़े लोग जो भी करते हैं, बच्चों की भलाई के लिए ही तो करते हैं। उस समय शायद बुरा लगे, पर समय आने पर ही उसमें निहित अच्छाई समझ में आती है।

है न!

उस निषेध में निहित जो कुछ भी था, उसकी व्याख्या सुनकर एकबारगी तो वह स्तब्ध हो उठा था।

और व्याख्या सुनी भी तो किसके मुँह से—माँ के मुँह से।

छि:-छि:!! पर छि:-छि: क्या? जब करते शर्म नहीं आई तो सुनने पर क्योंकर आएगी? उसके दो साल बाद जाने किस रौ में उसकी माँ ने बताया था। बताया क्या, पूछा था। लेकिन माँ को अपने बेटे पर इतना विश्वास तो है ही कि जब उसने उसकी कसम उठाई है तो झूठ तो नहीं बोलेगा।

आंटी के शब्दों में माँ को की गई व्याख्या ऐसे हुई थी।

"हम तो हैरान रह गए, चारु। तेरा पुत्तर इतना बिगड़ गया है। मुझे तो बताते शर्म आती है। तू ऐन्ना कोलोंइ सुन्न।"

"पर एवी कीवें दस्सन।"

"तू मेरे कोलों इ सुन्न।"

"तेरा पुत्तर कुछ दिन पैले इक नवाँ शौक पूरा करन चलया सी। अब बताऊँ कैसे? बताते जीभ कटती है। हाय-हाय किंदा असर। सारे खानदान की नाक कटा दी। अब कैसे बताऊँ? अजमेरी गेट के पास रहती हैं रंडियाँ..."

बड़ा मजेदार सस्पेंस पैदा कर दिया होगा उन्होंने। कैसे तो माँ पलंग के बीचोबीच

रजाई, कंबलों से ढकी-लिपटी, आँखों में त्रस्त भाव लिये उन दोनों की ओर देख रही होंगी। सोच-सोचकर दुःखी हो रही होंगी कि उनका बेटा हाथ से निकल चुका है। बिगड़ गया है।

और कैसे तो अंकल मुँह बाए उनकी ओर निहार रहे होंगे।

सारा वातावरण सूली पर टँगा-सा हो गया होगा।

''कंजरियाँ कोल आन-जान लगया सी।''

व्याख्या समाप्त हुई।

□

जब यह सब माँ के मुँह से सुना व पूछा जा रहा था, उसे कैसा लग रहा था? अच्छा, कैसा लगना चाहिए था? इतने महीने अपने पास रखकर इतना ही तो पहचान पाई होंगी आंटी। और कह कैसे दिया होगा उन्होंने यह सबकुछ माँ से।

अब ऐसे प्रश्नों को या तो अनसुना किया जा सकता था या उनपर हँसा जा सकता था।

नकारने का प्रयत्न करे तो क्या तर्क प्रस्तुत करे—क्या कहे कि उन दिनों वह केवल सोलह-सत्रह वर्ष का था, कि वह भावनाओं के स्तर पर अधिक, शारीरिक स्तर पर कम जीता था; या कि उन दिनों तो अभी उसकी मूँछ-दाढ़ी तक नहीं आई थी।

या कि प्लीज उन बातों पर विश्वास मत करो, माँ। यह विश्वास करने जैसी कोई बात ही नहीं है। प्लीज। उससे पूछ लिया होता तो तभी वह सबकुछ बता देता, सच। उस घृणित आरोप से बेहतर तो था कि वह उन सबकी नजरों में हास्यास्पद, मूर्ख बनकर रह जाता।

लेकिन इन सब में कोई तर्क अकाट्य नहीं था। ऐसे आरोपों को नकारने के लिए अकाट्य तर्क अभी बनने हैं।

और उससे पूछा कब, किसने! बस अपने आप जमा, घटा, गुणा, भाग कर शेष बचा लिया उन्होंने।

रूमाल, फूलों और रुपयों को जमा कर अजमेरी गेट से भाग कर दिया जाए तो क्या शेष बचेगा? वेश्या ही तो।

और आज।

□

मारे धूप के पीठ में बड़ी देर से चिनचिनाहट हो रही थी। अब एकाएक जलने लगी। इला देवी ने साँस छोड़ी। लेकिन अब इधर से उधर छाया की गुंजाइश ही नहीं थी। यह कपड़े लेकर उन्हें आँगनवाले नल पर ही धोने बैठना था क्या? अंदर गुसलखाने में भी तो कूट-पीट सकती थी। पर ये दिन ही ऐसे हैं। अंदर बैठो तो ठंड और बाहर

कुछ ही देर में आग बरसने लगती है।

बस, अब पाँच-दस मिनट और हैं। सारे कपड़े तो धुल चुके। कुछ बच्चों के कपड़े हैं, बस। अमित तो ऑफिस जाने से पहले अपने धो गया। कैसी गंभीरता से जुटा हुआ था। मानो सारा जीवन कपड़े ही धोता रहा है। यूँ इला को उसके कपड़े धोने के ढंग से पता है, उसे कपड़े धोने की आदत नहीं होगी।

सहसा इला देवी एक सत्य का आविष्कार कर बैठीं। सारी उम्र किया ही क्या उन्होंने। बस, कपड़े धोती रहीं, घर-आँगन बुहारती रहीं, पति-बच्चों की देखभाल करती रहीं। सो क्या सभी कर्तव्य निभ गए। और वही क्या! औरत की किस्मत। सारी उम्र सिवा रोटी, रसोई और झाड़-पोंछ के अतिरिक्त उसके हिस्से में है भी क्या? कालचक्र अपनी धुरी पर घूमे, मौसम-हवा बदले तो भी क्या? घरवाले को साफ कमरे, कपड़े चाहिए। फिर बच्चों को माँ से लेकर आया तक की सारी जरूरतें पूरी करनेवाली माँ चाहिए। कौन करेगा? यह मर्द? इनकी तो दुनिया ही ऐसी है। अपने आप नियम बना लिये। अपने लिए क्या कुछ तो। और औरतों के हिस्से···

लेकिन क्या सभी कर्तव्य निभ गए? ऐसे ही निभ भी जाएँगे?

उनके हिस्से में क्या यही कुछ आया?

न, कुछ और भी तो आया था।

एक उत्तरदायित्व। किसने डाला था उनपर वह उत्तरदायित्व? या बिना बताए, कहे ही वह समझ गई थीं कि जिम्मेदारी उन्हीं की है।

बस, धुल चुके कपड़े।

पल्ला खींचकर इला उठ खड़ी हुई। पीठ में जहाँ जलन हो रही थी, वह जगह कुन-मुन कर उठी। लेकिन आश्चर्य। चिमटियाँ लेने के लिए कमरे में घुसी तो जी हा-हा क्यों कर उठा? चारों ओर धूप-ही-धूप।

आज इला देवी को धूप ही याद आ रही है, बरसों पहले की धूप। जैसे जन्म-जन्मांतरों की धूप। सहसा उनकी आँखों के आगे चिनगारियाँ-सी छिटक उठीं। सारा कमरा हिल गया। कुछ नजर नहीं आ रहा। चक्कर से सँभलने के लिए उन्होंने दरवाजे का सहारा लिया।

उँगलियों की अनिश्चित हरकतों से उन्होंने अलमारी से गोलियाँ निकालीं और मुँह में डाल लीं। थोड़ी देर बैठकर साँस पर काबू पाया। यह क्या हो रहा है उन्हें? फिर थोड़ी देर बाद उठीं। पहले अलमारी के पट बंद किए, फिर जाने क्या सोचकर उन्हें फिर से खोला। अलमारी के अंदर की सेफ को चाबी से खोलकर कुछ निकाला—कोई लिफाफा।

उसमें से कोई तस्वीर निकालकर उसे बड़ी देर गौर से देखती रहीं। आँखों में आँसू

उमड़-उमड़ आने को हुए।

सारा जहान उजड़ने में पंद्रह दिन ही तो लगे। जमा-जमाया बिजनेस पंद्रह दिनों में ही समाप्त हो गया। पहले उनके पिता दुर्घटना के शिकार होकर मरे और अभी उस धक्के से सँभलें कि उनका पार्टनर भी चल बसा।

तब वह कितनी बड़ी थीं। सत्रह की या अठारह की। सबसे बड़ी नहीं थीं। उनसे बड़ी थीं उनकी एक बहन और उनसे छोटे थे दो भाई। एक सातवीं में, दूसरा नौवीं में।

सबकुछ एकदम तो गड़बड़ा गया। पिताजी ने कितने चाव से अपनी बड़ी बेटी के लिए वर ढूँढ़ा था। खूब सुंदर और भले घर का। कितने लाड़ से कहा करते थे "गुड्डो का ब्याह बड़ी धूमधाम से करूँगा, दुनिया देखेगी।' कितनी-कितनी तो योजनाएँ बनाया करते थे। तो अब क्या सचमुच कुछ नहीं होगा?

गुड्डो का ब्याह नहीं होगा या बच्चों की पढ़ाई-लिखाई नहीं होगी?

सभी स्तब्ध-से तो थे! माँ भी। शायद सभी यही सोच रहे थे, अब क्या होगा?

पिता की अंत्येष्टि शोक करते-करते महीना होने को आया। दुकानों का हिसाब-किताब सब बिगड़ गया। जिस-जिसने जितना देना था, चुपचाप बिना दिए खिसक गया। कुछ लोगों ने ईमानदारी भी दिखाई। उन्होंने जो कुछ देना था, आकर दिया भी। लेकिन कमर तो टूट ही चुकी थी। व्यापार का ज्ञान तो केवल उन दोनों को ही था, जो पखवाड़े के भीतर-भीतर मर गए थे।

पहले दुकानों के हिस्से हुए, फिर उनका हिस्सा बिका और गाड़ी आगे चली।

उसके बाद की कहानी उन्हीं से आरंभ होती है। बड़ी बहन की शादी तो करनी ही थी। सभी कुछ तय हो चुका था। उसमें देर नहीं की जा सकती थी। दुकानें बेचकर और इधर-उधर से इकट्ठा की गई अपनी तमाम पूँजी का अधिकांश भाग शादी में खर्च हो गया। यह सब मानो एक स्वप्न के अंदर-अंदर हुआ।

लेकिन असली समस्या थी—बाकी का जीवन। माँ के कुछ करने का प्रश्न ही नहीं था। भाई दोनों छोटे-छोटे थे। अनायास ही घर की गाड़ी का जुआ उनके कंधे पर आ गया। उन्हें याद है, आज सब याद आ रहा है। उनके कर्तव्य में कभी थककर, टूट जाने के कारण चाहे ढील आ गई हो, अपने निजी स्वार्थ के कारण उन्होंने अपने कर्तव्यों में कभी कमी नहीं आने दी।

उन दिनों क्या कुछ नहीं किया उन्होंने! अपनी पढ़ाई के साथ-साथ ट्यूशनें कीं, घर के सारे खर्च, हिसाब-किताब का जिम्मा अपने सिर लिया। उन महीनों के लिए बचाकर रखने का प्रबंध किया, जब ट्यूशनें नहीं मिलती थीं। 'प्रभाकर' की परीक्षा दे रही थीं, दीं और उत्तीर्ण हुईं।

फिर आगे बहुत बाद में पढ़ सकी। अपनी पढ़ाई छोड़ दी, नौकरी की। धुन थी कि

छोटा भाई कम-से-कम बी.ए. कर ले। उन दो साल घर कैसे-कैसे तो सँभाल सकीं वे! पर कभी टूटकर घर बिखरने नहीं दिया।

फिर धीरे-धीरे बड़े ने हायर-सेकंडरी की परीक्षा पास की। बी.ए. में दाखिला लिया और साथ ही छोटी-मोटी नौकरी शुरू की। घर इसी तरह डगमगाता चलता रहा।

और कब तक तो चला सकीं वे। आखिर जवान लड़की घर में कोई बिठाकर रखे तो कब तक। माँ ने बार-बार इधर-उधर हाथ-पाँव मारे। उनके रिश्ते की बात चली। लेकिन जब तक छोटा हायर सेकंडरी नहीं कर लेगा, बड़ा इस योग्य नहीं हो जाता कि घर का खर्चा चला सके, उन्हें नहीं करनी शादी-वादी।

अपने अविनाश को भी तो कब तक नकारे रखा।

हाँ, अविनाश ही तो। जो लंबा-सा पतला-दुबला लड़का हर तीसरे-चौथे दिन उनकी माँ के हाल पूछने आ जाता, वही तो। लेकिन कुछ नहीं। दिल के कोने में रखी किसी मूर्ति के आगे अगर वह शिथिल हुईं तो अपने आपको कभी क्षमा नहीं कर पाएँगी।

तब ऐसे ही छह साल गुजर गए। और बहुत कुछ गुजर गया इन छह सालों में। बड़े ने बी.ए. बीच में छोड़कर साइकिलों की दुकान कर ली। छोटा बी.ए. के अंतिम वर्ष में था। लगभग-लगभग अपना दायित्व वे निभा चुकी थीं या अब उसे सौंपकर चल देने का समय शायद आ गया था।

अविनाश के घर से फिर रिश्ता माँगा गया। तब बड़े स्नेह और जतन से दुल्हन बन वह उनके साथ उनके घर आईं। मन में कहीं संतोष था, किसी भी स्वार्थ के लिए अपने कर्तव्य में कहीं कमी नहीं आने दी उन्होंने।

और दुल्हन बनकर अविनाश के घर जब कदम रखा तो अपने सुहाग का ही नहीं, अनुराग का भी सिंदूर अपनी माँग में भरा था उन्होंने।

□

तभी सहसा दरवाजे पर खट-खट हुई।

चौंककर उन्होंने अपने हाथ में ली पिता की तस्वीर एक ओर रख दी। अपनी आँखें पोंछकर धीरे से वे उठ खड़ी हुईं।

ऐसे ही बहुत-बहुत समय गुजर जाने पर कभी-कभार यूँ ही उस तस्वीर को देखकर रोने का मन कर आया करता है।

दरवाजा खोला तो बाहर अमित और सुनील दोनों खड़े थे।

"गुड मॉर्निंग!" दोनों ने झुककर एक साथ नाटकीय अंदाज में ऐसे कहा कि उन्हें हँसी आ गई। दोनों दरवाजे पर खड़े, बल्कि झुके हुए, बहुत सुंदर लग रहे थे। छिः, उन्होंने नाक-कान मले। नजर न लगे।

"अरे, तुम दोनों ऑफिस नहीं गए क्या?" उन्होंने उनके नाटक की ओर ध्यान न देकर अंदर आते हुए पूछा।

"एकदम बौड़म आदमी को दोस्त बनाना भी जी का जंजाल है, आंटी।" सुनील ने बताया, "हजरत आज दो-तीन मकान देखने निकले हैं। घर ढूँढ़ेंगे। अखबारों की कटिंग काटकर जेब में रखी हैं।"

इला देवी ने मुड़कर अमित को देखा। वह एकबारगी तो गड़बड़ा गया। उसे चीरती, क्या था उन आँखों में। हड़बड़ाहट में उसने अपनी जेब से कटिंग निकालीं और हाथ में लिये अपराधी-मुद्रा में खड़ा रहा। जैसे कोई बंदी हो। फिर सहसा लगा, उसे भी तो कुछ बोलना चाहिए।

"मैंने सोचा, इसे भी साथ ले लूँ। इसकी जजमैंट ठीक रहती है न, इसलिए।"

सुनील फिर शुरू हुआ, "नो चांस। कोई गड़बड़ नहीं, मिस्टर। मैं तुम्हारी जिद के कारण छुट्टी लेकर आ गया हूँ। इसका मतलब यह कतई नहीं है कि तुम्हारे इस चपर कनाती 'प्लान' में मैं कोई हिस्सा लेने वाला हूँ।" फिर उसका स्वर झुँझलाहट से भर गया, "मुझे समझ नहीं आता, तुझे जरूरत क्या है? दिमाग में कीड़ा है बस। यहाँ क्या दिक्कत है?"

अमित सुनील को रास्ते में भी जो बताता आया है, उसका यही अर्थ है कि इतनी छोटी जगह में रहने का वह आदी नहीं है। उसके लिए कोई अलग कमरा नहीं है। परिवार में रहकर परिवार का एक सदस्य बनकर रहना होगा, जो वह कम-से-कम यहाँ नहीं बनना चाहता। रात की शराबवाली घटना से किस अजीब ढंग से रिएक्ट कर रहा है, उसका सही-सही विश्लेषण तो वह स्वयं भी नहीं कर पा रहा। क्षमा पाकर उसका मन आंटी के प्रति कृतज्ञ है। परंतु केवल इसलिए कि उसे एक बार, चाहे किसी भी कारण से, अगर क्षमा कर दिया गया है तो कृतज्ञता व्यक्त करने के लिए यह आवश्यक तो नहीं कि वह वहीं रहे, जहाँ वह रहना नहीं चाहता है। जहाँ के लोग एक-दूसरे के हर मामले के बारे में जानते हैं। यही नहीं, उनमें टाँग भी अड़ाते हैं। सुनील ने ही तो बताया था कि वह कॉलोनी बाकी कॉलोनियों से भिन्न है। वह जानता है, स्वयं रह चुका है। जानता है कि किस रूप में भिन्न है।

"यह उन कॉलोनियों में से एक है, जहाँ जो कुछ होता है, उसकी खबर सब पड़ोसियों को हो जाती है। हर कोई किसी दूसरे के घर में क्या हो रहा है, इसे जानने के लिए उत्सुक रहता है। बड़ी कॉलोनियों में किसी को किसी से कोई मतलब नहीं होता। सालों साथ रहने पर भी यदि कोई अवसर नहीं या जान-पहचान नहीं तो पड़ोसी भी एक-दूसरे को नहीं जानते।"

ऐसी बातें सुनकर तो अमित और डर गया। उसकी आदतें, उफ। ऐसे तो बदनाम

कर देंगे। वह रात को देर-देर से घर लौटता है। कभी ऊँचा-ऊँचा रेडियो चलाता है, कभी खुद चिल्लाता है। कभी बेढंगे ढंग से सोता है और कभी··· । और फिर उसकी महिला मित्र।

सभी कुछ तो बेढब, लापरवाह ढंग से करता है वह।

नहीं, वह यहाँ रहकर उपहास का पात्र नहीं बनना चाहता। वह नहीं चाहता कि अब, जब वह किराया दे सकता है, वह ऐसे किसी भी समाज या कॉलोनी में रहे, जो उसकी बुराइयाँ देखे और उसपर प्रत्यक्ष रूप से आरोप लगा सके। न, वह किसी अच्छी कॉलोनी में ही कमरा लेकर रहेगा। लेकिन वह अब क्या कहे? सुनील भी एकदम गधा है। कैसी अजीब स्थिति में डाल दिया। आंटी के सामने ही पूछ रहा है कि क्या दिक्कत है? अब क्या यह बतानेवाली दिक्कत है?

इस मुसीबत से उसे इला ने ही उबारा। बोलीं, "लेकिन तुम्हें परेशानी क्या है, सुनील? तुम्हें कौन सा पैदल चलना है? मोटरसाइकिल से उतरकर राय ही तो देनी है न। न जाने पर कम-से-कम दो आदमी तो अभी नाराज हो सकते हैं। सोच लो।"

सुनील फिर कुछ नहीं बोला। अमित भी चुप-का-चुप ही बना रहा। लेकिन इसमें वह अपराधी क्यों अनुभव करे? नहीं रहना चाहता वह यहाँ। कोई जबरदस्ती है।

सुनील ने वातावरण जैसे सहज बनाने के लिए जोर से साँस खींची।

"अच्छा बाबा, चलते हैं।" उठकर उसने आंटी के गले में बाँहें डाल दीं और लाड़ से बोला, "आंटी, एक-एक कप चाय तो पिलाइए न। फिर चलते हैं अमित के लिए लाम पर।"

इला देवी भी सहज होकर चाय बनाने अंदर चली गईं।

□

सहसा ऋतंभरा के बाल हवा में उड़ने लगे। देर तक वह एक हाथ से उन्हें सँभाले रही, फिर झल्लाकर कहा, "धीरे चलाओ, अमित।"

अमित ने कुछ चिल्लाकर कहा, जो ऋतंभरा की समझ में नहीं आया। उसने फिर कहा, "मेरे बाल उलझ जाएँगे।" मगर स्पीड वही रही। झुंझलाकर उसने अमित की कमर में एक चिकोटी काटी।

अमित ने बैठे-बैठे बायाँ हाथ उठाकर पीछे, उसके सिर पर मारा। पर स्पीड कम नहीं की। सामने से गुजरता एक कुत्ता बच गया। ऐसे ही एक आइसक्रीमवाला भी।

घर पहुँचकर ऋतंभरा ने निःश्वास ली, सिर झटककर कटाक्ष से उसे देखा। अमित ने कहा, "तुमने मुस्कराकर यूँ कटाक्ष से देखा। नहीं, सॉरी। तुमने भुनभुनाकर यूँ कटाक्ष से देखा और यह मौन मुखर हो गया।"

फिर थोड़ी देर रुककर कहा, "यह कविता थी—आपके लिए।"

ऋतंभरा ने चिढ़कर कहा, "मेरा सिर। मौन कुकर हो गया।"

अमित बोला, "कुकर नहीं, मुखर।"

ऋतंभरा बोली, "क्या?"

अमित ने कहा, "मुखर, मुखर··· यानी चुप्पी बोलने लगी।"

ऋतंभरा कुछ देर उसे घूरती रही, "तुम हिंदी बोलनेवालों के सिर पर तो भूत सवार है। समझ नहीं आता, एम.ए. अंग्रेजी में कैसे कर रहे हो।"

अमित बोला, "हे अंग्रेज कुमारी···"

पर उसके आगे बोलने से पहले ही वह घर में घुस गई।

अमित ने साँस खींची, छोड़ी। मोटरसाइकिल की डिकी में सिर की टोपी रखी और अंदर चला गया। दोपहर के चार बजे थे। पर अंदर घनिष्ठ अँधेरा था। उसने बत्ती जलाई। ड्राइंग-रूम में कोई नहीं था। सामने दीवार पर ऋतंभरा की बनाई बाटिक-पेंटिंग के कुछ नमूने लटके थे। उनके नीचे डाइनिंग टेबल पर करीने से खूबसूरत मैट्स पर दो गुलदस्ते थे। दाईं दीवार पर पिछली बार एक सफेद चादर-सी लटकी हुई थी। अब उसका रंग कमरे के हरे रंग से मेल खाता आसमानी नीला हो गया था। इस चादर का अर्थ उसकी समझ में कभी नहीं आया था। लेकिन ऋतंभरा की कई बातों का अर्थ उसकी समझ में यूँ भी नहीं आता था। जैसी विभिन्न, विचित्र प्रकार की नई पोशाकें वह अपने लिए बनाती थी, अगर सबके बारे में वह पूछता रहे तो सारा समय इसी में निकल जाए। अब तो नई वस्तु देखकर वह प्रभावित होकर या मुस्कराकर रह जाता था, पूछता नहीं था। एक बात और थी। पूछने पर ऋतंभरा बड़े उत्साह के साथ उसे बारीकी से समझाने लगती थी और वह अपने को कोसने लगता था। जो चीज दिखने में अच्छी लगती है, वह सुनने में भी लगे, यह जरूरी तो नहीं। खाना! खाना बनाने से अधिक रुचिकर है।

ऋतंभरा की छोटी बहन मोना ट्रे में दो गिलास चाय रखकर लाई।

"अबकी बड़े दिन बाद आए।" उसने कहा, "कैसे हो?"

"ठीक हूँ।" अमित बोला, "अप्रैल से फरीदाबाद में हूँ। यहाँ रहता नहीं, इसलिए आना मुश्किल होता है। मम्मी कहाँ हैं?"

"मार्किट तक गई हैं, आती होंगी।"

कुछ देर दोनों चाय 'सिप' करते रहे। बीच में अमित उससे उसके स्कूल और परीक्षाओं के विषय में पूछता रहा। स्कूल में उसका अंतिम वर्ष था। फिर उसे भी कॉलेज जाना होगा। अमित ने पूछा, "ऋतंभरा कहाँ है?"

"सो रही है।" मोना ने बताया।

"क्या?" अमित आश्चर्यचकित हो उठा, "सो रही है?"

"सो कहाँ रही है।" मोना बोली, "सोने का तो बहाना कर रही है। आपसे कोई बात हो गई होगी। रूठकर लेटी है। मुझसे कहा, वह आपसे बात नहीं करेगी।"

अमित हँसा, "यह लड़की ससुराल में नहीं रह सकेगी। अच्छा, उसे बुलाओ। कहना, भली लड़की की तरह आ जाए, नहीं तो मैं बेडरूम में घुस आऊँगा।"

मोना हँस पड़ी। कहा, "अच्छा।" फिर हँसती हुई ही अंदर चली गई।

थोड़ी देर बाद ऋतंभरा आई। उसने पेटीकोट टाइप एक लहँगा पहना हुआ था। कमर से घंटियों जैसा एक गुच्छा बँधा था, जो उसके चलने पर उसके शरीर से टकराकर बजता था। सारे लहँगे पर जगह-जगह छोटी-छोटी घंटियाँ लटकी थीं और उनके साथ छोटे-छोटे गोल शीशे जुड़े हुए थे। लहँगे में लगी घंटियाँ मिल-जुलकर बड़े महीन स्वर में बजती थीं। कमरे की ट्यूब लाइट में लहँगा और टॉप झिलमिल-झिलमिल कर रहा था। अमित की नजरें उठीं और चिपककर रह गईं। वह उसे जब तक घूरता रहा, ऋतंभरा उसे भावशून्य चेहरे से देखती रही। प्रसन्न रही, क्योंकि वह जानती थी, उसने अमित को बाँध लिया है। फिर धीरे से चलकर, आकर वह पासवाले सोफे पर बैठ गई। पीठ टिकाकर नहीं, सोफे के किनारे पर। नजरें ऐसे झुका लीं, जैसे अमित से शरमा रही हो।

अमित न चाहते हुए भी कह उठा, "बाई जोव।"

उत्तर में कटाक्ष से उसे देखकर उसने नजरें झुका लीं। अमित अच्छी तरह जानता था कि वह अभिनय कर रही है। बाहर उसने खींचा था, अब यह अपने ढंग से उसे खींच रही है।

फिर वह उबरकर बोला, "सो गई थी क्या?"

ऋतंभरा ने नीची नजरें किए ही कहा, "नहीं तो।"

फिर चुप।

अमित अब बोर हो उठा, "यह क्या पहना है?"

एकाएक ऋतंभरा ने सिर उठाकर सीधे उसकी ओर देखकर कहा, "नई ड्रेस है। कल सिली थी।"

एकबारगी तो अमित मर मिटा। फिर बोला, "देखो ऋतु, प्लीज। भली लड़कियों की तरह बात करो। मोटरसाइकिल के कारबुरेटर में नुक्स था। धीरे करता था तो बंद हो जाती थी। अब···प्लीज···"

सहसा मुँह दबाकर ऋतु हँस दी। उसकी ओर एकटक देखकर कुछ देर हँसती रही, फिर कहा, "बुद्धू!"

युद्ध बंद हो गया। वातावरण सामान्य हो गया। अमित ने सोफे से पीठ टिका ली। साथ रखा चाय का गिलास उठा लिया और उस ओर से आती हवा से एक रिश्ता जोड़

लिया। आँखें बंद कर वह सबकुछ भूल गया। अंजली, घर ढूँढ़ने की परेशानियाँ, थकान, सुनील, वह कॉलोनी, ऑफिस की समस्याएँ—सबकुछ उस एक क्षण के मुकाबले फीका लगा।

फिर वह क्षण भी बीत गया। अपने विचारों से उबरकर उसने आँखें खोलीं। कहा, "चाय अच्छी बनी है। मोना अच्छी लड़की है।"

ऋतंभरा उसे घूरती रही, फिर बोली, "परेशान क्यों हो?"

अमित क्या बताए। ऋतंभरा को समझाने का अर्थ था—बहुत-सी बातें बताई जाएँ। बताया जाए कि ऐसा ही एक घर वह अपने लिए बनाना चाहता है। ऐसे ही एक घर के लिए वह परेशान है। या कि ऐसा ही एक संसार वह ढूँढ़ रहा है जिसमें वह हो, उसकी माँ हो, डाची माँ हो। क्या बताए कि मकान ढूँढ़ने की समस्या कितनी बड़ी होती है! उसे वह अपने उस ठंडे कमरे में बैठकर, अपने सब अपनों के बीच रहकर कभी नहीं समझ सकेगी।

और फिर सबकुछ बताना भी तो नहीं चाहिए। यह उसकी एकदम निजी समस्या है, जिसकी कटुता केवल वह स्वयं महसूस करता है। ऋतु उसे क्यों महसूस करेगी? और क्या कर पाएगी? हो सकता है, परेशान हो जाए या बिलकुल ही समझ न सके।

बोला, "कहाँ हूँ परेशान? थक गया हूँ।"

सुनील द्वारा आंटी के पास ठहरवाए पंद्रह दिन हो चले थे। बावजूद दौड़-धूप के कोई ढंग का मकान यूनिवर्सिटी के निकट नहीं मिल रहा था। ऑफिस के बाद सीधा दोनों मकान ढूँढ़ने निकलते थे। अमित के साथ-साथ सुनील भी अपनी सांध्य कक्षाओं में नहीं जा पा रहा था। आज शनिवार था। शाम को दोनों को फिर एक जगह जाना था। आज कक्षाएँ नहीं लगती थीं। लेकिन चूँकि सुनील को कोई आवश्यक काम पड़ गया था, उसने अपने ऑफिस से उसके ऑफिस फोन कर दिया था। वह सचमुच इतना थक गया था कि अप्रत्याशित मिली इस छुट्टी से उसे राहत महसूस हुई थी।

कमरे में थोड़ी देर चुप्पी रही। अमित ने पूछा, "तुम चाय नहीं पियोगी?"

ऋतंभरा मुसकराकर बोली, "अब बनाने को मन नहीं करता। और मोना की बनी चाय केवल लड़कों को अच्छी लगती है।"

अमित हँसा।

सहसा ऋतंभरा बोली, " 'आषाढ़ का एक दिन' पढ़ते हैं।"

अमित की आँखें अबकी उठीं तो उनमें प्रश्न थे। उन दोनों ने कॉलेज के जमाने में इस नाटक की मुख्य भूमिकाएँ निभाई थीं। तभी दोनों एक-दूसरे के निकट भी आए थे। लेकिन नाटक हुए तो लगभग साल होने को आया। ऋतंभरा का मतलब क्या है?"

ऋतंभरा कह रही थी, "कभी-कभी नाटकवाले वे दिन बहुत याद आते हैं।"

फिर बीच में नाटक के संवाद बोलने लगी, ''सोचती थी, वर्षों बाद जब तुम लौटोगे तो वही सबकुछ होगा। वैसे ही तुम होगे, वैसे ही मैं, यह घर, कुंभ, यहाँ का वातावरण, सबकुछ। लेकिन कुछ भी तो वैसा नहीं है। सबकुछ बदल गया। और तुम, तुम भी तो...''

अमित हँस पड़ा, ''काश, इतना भावपूर्ण अभिनय तब किया होता तो नाटक फ्लॉप तो न होता।''

ऋतंभरा नाराज हो गई, ''फ्लॉप कहाँ हुआ था? अपने को तो एक्टिंग आती नहीं, मुझे कहते हो।''

अमित हँसता रहा, ''अच्छा बाबा, तुम्हें आती है। अच्छा, तुम्हें याद है, एक बार तुमने मुझे 'बुद्धू' कहा था तो कितना हंगामा हुआ था! कई दिन तक तुमसे नाराज रहा था मैं।''

ऋतंभरा भी खिलखिलाकर हँसी। मानो कमरे के स्तब्ध मौन में सैकड़ों घंटियाँ बज उठीं, ''तुम थे ही बुद्धू! और थे क्या, हो भी। पर एक फर्क है। अब बुद्धू कहने पर नाराज नहीं होते।''

दोनों कुछ देर यूँ ही हँसते रहे। वातावरण बड़ा सुखमय हो उठा। कौन कहता है, जीवन में केवल परेशानियाँ हैं? साल-छह महीनों के बाद भी कुछ ये पल मिल जाएँ तो जीने को मन करता है।

ऐसे ही कई सुखद क्षण गुजर गए। सबकुछ बड़ा अच्छा लग रहा था। नाटक की बात करते-करते वह कहीं उदास हो आया। वंदना उन्हीं दिनों तो मिली थी।

कुल मिलाकर बड़ी देर तक वे चढ़ते यौवन के अल्हड़ उन्माद में डूबे बातें करते रहे, खिलखिलाकर हँसते रहे।

□

और फिर एकाएक अमित बीमार पड़ गया।

पिछले कई दिनों से वह अकेला ही मकान की तलाश में जा रहा था। इसी चक्कर में अपनी सांध्य कक्षाओं में भी नहीं जा पा रहा था। उस साँझ घर लौटा तो आँखें लाल थीं, चढ़ी थीं और शरीर थकान से चूर था। बिस्तर पर लेटा तो फिर उठ नहीं सका। सुनील खाने के लिए बुलाने आया तो बुखार बढ़ चुका था। तीन-चार दिन बुखार बड़ा तेज रहा। डॉक्टर देखने आता रहा। इला देवी भी पूरे जतन व ध्यान से उसकी परिचर्या करती रहीं।

एक तो वैसे ही दुर्बल शरीर, ऊपर से टायफाइड जैसी बीमारी। अमित बीमारी के दौरान सूखकर काँटा हो गया था।

चौथे दिन बड़े कमजोर और लगभग दीन स्वर में उसने इला से कहा, ''मेरी मम्मी

को बुलवा दीजिए।''

उसके चेहरे की याचना और आँखों की कातरता देख इला को हँसी आ गई। यह लड़का शेखी कितनी बघारता था! कैसे हाथ-पाँव मारता रहा है स्वतंत्र रहने के लिए! फिर मुसीबत, दु:ख में माँ की गोद ही याद आ रही है।

उससे पता पूछकर उन्होंने अगले दिन ही अपने पति को उसकी मम्मी को लिवा लाने को भेजा। अविनाश बाबू ने वहाँ जाकर जो देखा, वह सब एकदम इस सारे फ्रेम में कहीं फिट नहीं होता लगा। उसकी मम्मी की हालत तो खराब थी ही, वे कृशकाय-सी अपने बिस्तर पर लेटी थीं।

अमित की बीमारी का सुनकर वे और डाची माँ एकदम घबरा उठीं। धीरे-धीरे खाँसते, तैयार होकर निकलते-निकलते अमित की मम्मी की हालत और भी खराब हो उठी। जब वे तीनों इला के घर पहुँचे तो शाम होने जा रही थी। अमित सो रहा था।

इला ने बताया, ''दूध पीकर, फल खाकर अभी सोया है।'' फिर उनको बिठाकर, चाय-नाश्ता करवाकर जब वे सब बातें करने बैठे तो लगभग दो-तीन घंटे बातें करते रहे। दीन-सी दिखतीं अमित की मम्मी पहले काफी देर तक तो केवल इला को देखती व सुनती रहीं। बीच में फिर कुछ पूछतीं, फिर सुनतीं। धीरे-धीरे उन्हें न जाने इला में क्या नजर आया कि उनका विश्वास दृढ़ हो उठा।

फिर वह समझाती रहीं—''अमित बिगड़ा बच्चा नहीं, पर विद्रोह का तत्त्व इतना है कि न तो एडजस्ट करता है, न संधि। कहीं टिककर नहीं रह सकता ऐसा बच्चा। पर अगर तेरे पास रह सके तो मैं चिंता-मुक्त हो जाऊँ।

''दूर, उधर अकेले अब मेरे पास शक्ति नहीं कि उसके बारे में सोचती रहूँ। जाने कहाँ रहता है, क्या खाता है, कुछ पता नहीं। तू अगर किसी तरह इसे अपने पास रख ले तो इसकी परेशानियाँ तो कम होंगी ही, मेरी भी कम हो जाएँगी।''

इला देवी तो बिटर-बिटर उन्हीं के मुँह को ताकती रहीं। यह गुपचुप संधि-प्रस्तावना न भी होती तो भी टायफाइड की इस स्थिति में कहीं और जाने के लिए गुंजाइश भी नहीं रह गई थी।

डाची माँ ने छुट्टी के लिए प्रार्थना-पत्र भेज दिया था। लेकिन पंद्रह-बीस दिनों के पश्चात् अमित की मम्मी की हालत और बिगड़ गई। लगा, जैसे वे स्वयं गंभीर रूप से बीमार पड़ने वाली थीं। उन्हें पहले ही जिगर की बीमारी थी। अधिक उत्तेजना वे सहन नहीं कर पाती थीं और दिल्ली का पानी भी उन्हें रास नहीं आ रहा था।

पहले पंद्रह दिन तो अमित बेहद बुखार में तपता रहा। इतना कमजोर हो गया था कि बुढ़ापे की अवस्था महसूसने लगा था। ऐसे में कई बार वह देखता कि इला देवी या डाची माँ उसका सिर, हाथ, बदन दबा रही हैं। वह मना करने को होता, पर फिर ज्वर

से टूटता बदन राहत पाता और मस्तिष्क व मन कृतज्ञ होते रहते। वह बस उन्हें देखता रहता।

ऐसे ही एक रात वह शौचालय जाने के लिए उठा कि धक् रह गया। उसके पलंग के साथवाले सोफे पर उसकी माँ बैठे-बैठे शायद सो गई थीं। स्वयं बीमार होने के कारण अगर वे हाथ-पाँव नहीं चला सकतीं तो अपने बिगड़े बेटे को देख तो सकती ही हैं।

ईश्वर इसे सुधार!

एकाएक ही अमित का मन उमड़ आया। आज इतने दिन बीत गए, इला ही उसकी देखभाल करती रहीं। कभी-कभी उसका मन करता था, जैसा इला करती हैं, जैसे डाची माँ करती हैं, वैसे ही उसकी देखभाल स्नेहिल हाथों से उसकी माँ करे। सुबह-सुबह उसका माथा चूमकर उसे जगाए। उसके पसीने की दुर्गंध से आतंकित होने की बजाय उसे स्पंज करे। उसके लिए फल काटे, अपने हाथों से आग्रह कर-करके उसे दूध पिलाए, जैसे इला करती हैं।

बीमारी ने उसे और भी चिड़चिड़ा व जिद्दी बना दिया था। वह उसकी सब बुरी आदतें सहें। उसकी जिद माने। तुमने मुझे अपने से दूर बचपन में ही भेज दिया। क्यों माँ? क्यों दी वह ऊँची और बेहतर शिक्षा, जिसके कारण मैं अपने घर से दूर सदा घर ही तलाशता रहा या तुमसे अलग और घरों में ठहरा रहा? क्या मिला उस शिक्षा से? इतने बड़े संसार में अकेला छोड़ दिया मुझे! अभी इतना बड़ा तो नहीं हुआ था मैं कि इतने सारे थपेड़े असहाय, एकाकी सहन कर लेता! मन में कितनी ही कुंठाएँ भर गईं।

मेरे दुःख सुनो, माँ। मैं अकेला, रोज कई मौत मरता रहा। मुझसे लोगों ने जैसा चाहा, व्यवहार किया माँ। उस मोटरसाइकिलवाले ने तुम्हारे बेटे को लात मारी। और वह सेठी, जिसने वंदना को टक्कर मारी थी, रोज मेरे सीने में टक्करें मारता है, माँ! मैं तब भी कुछ नहीं कर पाया माँ, और अब भी कुछ नहीं कर पाता। दिल के अंदर जो गली दूर तक जाती है, उसमें कोई सूरज मेरे लिए नहीं उगता। मेरा मन तुम्हारी गोद की महक से महकना चाहता है। लेकिन नहीं, मैं तो बिगड़ा लड़का हूँ न। ओ माँ, तुम समझतीं क्यों नहीं? मैं तुमसे बहुत प्यार करता हूँ। मैं तुम्हारे पास आना चाहता हूँ। तुम्हारे गले से लगकर रोना चाहता हूँ। लेकिन तुम कुछ नहीं समझोगी। मुझसे दूर रहकर तुम मुझे प्यार करना चाहोगी, पर मुझे निकट पाकर तुम्हें पापा याद आ जाएँगे। पापा ने तुम्हें बड़ा दुःख दिया था। उन्होंने तुम्हें त्याग कहीं और विवाह कर लिया था। पर जिस पिता को मैंने बचपन में एकाध बार ही देखा था, उससे अगर मेरी शक्ल-सूरत मिलती है तो इसमें मेरा दोष क्या है, जो तुम्हें पीड़ा देता है? तुमने कभी सोचा है माँ, कि अपने पिता द्वारा त्याज्य मैं, मैं भी इसी पीड़ा का एक हिस्सा रोज भुगतता हूँ। त्यागी तुम्हीं नहीं

गई थीं माँ, मुझे भी त्याग दिया था उसने।

नहीं, मैं बिगड़ा लड़का हूँ, बिगड़ा ही रहूँगा।

अमित ने सहसा पाया कि बहुत प्रयत्न करने पर भी वह हिचकियाँ लेकर रो रहा है।

□

लगभग बीस दिन बाद जब अमित का ज्वर उतर गया तो उसकी माँ और डाची माँ चली गईं। ज्वर उतर गया था, लेकिन अपने पीछे इतनी कमजोरी छोड़ गया था कि अमित कुछ कदम चलने के बाद थक जाता था। डाची माँ पीछे रुक जाना चाहती थीं, लेकिन मम्मी की देखभाल के लिए उन्हें भी जाना पड़ा।

और उसके बाद स्नेह-मिश्रित चर्या और देखभाल का जो दौर शुरू हुआ, उसे क्या अमित कभी भी भुला सकता है। पहले नाश्ता वह ऑफिस जाकर लेता था। लगभग 11 बजे पास का रेस्टोरेंट चालू होता था, तब। और अब आठ बजे घर पर।

यहाँ तो सब सिस्टम ही उलट गया। इला अपने हाथ से चार स्लाइस पर जैम और ढेर सारा मक्खन लगातीं। फिर थोड़ी देर बाद फल और आधे घंटे बाद दूध। यह क्रम नियमित हो गया। पहले एक-दो दिन तो उसने सहन किया, फिर सारे घर में वह चीखता फिरा कि उसे क्या समझा जा रहा है, जंगली? जो इतना कुछ ठूँसा जा रहा है। उसे दो टोस्ट से अधिक खाने की आदत कभी रही ही नहीं।

लेकिन इला ने धीरे-धीरे सब आदतें बदलीं उसकी। और फिर उनके खिलाने का स्टाइल! दो टोस्ट, स्लाइस तो अमित खा लेता। मुश्किल बाद के दो टोस्टों को लेकर होती। इला चारों नीतियाँ—साम, दाम, दंड, भेद अपनातीं। हर रोज नए तरीके आविष्कृत होते, ताकि वह खा सके। तीसरे टोस्ट से उनका उपदेश शुरू हो जाता। चिरौरी, मिन्नतें करतीं, ‘‘अच्छा, सिर्फ यह तीसरा खा ले। चौथा मत खाना, बिलकुल नहीं। मैं कहूँगी ही नहीं।’’

वह जानता, यह धोखा है। यह चौथा खिलाए बिना मानेंगी नहीं। ऊपर-ऊपर से वह गंभीर किस्म की नाराजगी, गुस्सा दिखाता। पर मन का कोई कोना इन बातों से भीग उठता, तृप्त हो जाता। नाश्ते का जो दौर 9 बजे आरंभ होता वह 10 बजे से पहले समाप्त नहीं होता था। और फिर वह एक ही चीज खाते-खाते ऊब जाता। इला उन दिनों उसके लिए नाश्ते में प्रतिदिन भिन्न चीजें बनातीं। उनके छोटे-छोटे बच्चे इतनी फरमाइशें नहीं करते थे—खाने के बारे में, पहनने के बारे में—जितनी वह करता था। और इला उसकी हर बात मानती थीं। उसका गुस्सा, नखरा और कभी-कभी बदतमीजी की हदों को छूता हुआ उसका चिल्लाना। सब सहन करती थीं—चुपचाप, धैर्यपूर्वक। आदमी को बड़ा होने के लिए ऐसे कुछ दिन ही मिल जाएँ तो बहुत है। नहाने के तौलिए से लेकर उसकी

जुराबों तक का खयाल इला रखती थीं। कांट्रेक्ट नहीं था, फिर भी खाने से लेकर उसके कपड़े तक धोने की जिम्मेदारी उन्होंने इतने सहज ढंग से ओढ़ ली थी, तभी तो अमित चिल्ला भी पाता था। पहले कुछ दिन तो उसे अहसास भी नहीं हुआ था कि इला देवी उसके कार्य करने को बाध्य नहीं थीं। कि वह चिल्ला किस पर रहा है। इला देवी कौन हैं उसकी? यह दुनिया एक स्टेज है, ऐसा कवि ने कहा है। पर क्या सभी अभिनेताओं के अभिनय सार्थक होते हैं? एक इला देवी का अभिनय इतना सार्थक था कि कुंठाओं में जकड़े एक व्यक्ति का जीवन ही बदल गया।

□

और फिर इसके बाद एक स्वप्न शुरू हुआ। स्वप्न ही तो। अभागा अमित। इतना सुख, इतनी शांति। अभाव और मानसिक तनावों के नरक में इतने वर्ष जी लेने के बाद ठंडी, आश्वस्त करती हवा का यह सुखद झोंका! स्वप्न ही होगा। आज याद आता है तो भी स्वप्न लगता है। उसका अपना संसार इतना सुखी कभी नहीं रहा था। उस संसार में चार व्यक्ति थे—सुनील, आंटी, अंकल और वह स्वयं। इसके अतिरिक्त कोई था तो परिवेश था, आसपास का वातावरण था। पढ़ाई के प्रति एक नए दृष्टिकोण से उसने देखा था। जीवन में इतना उत्साह था कि हर चीज आसान लगती थी। आंटी का स्नेह, ध्यान। अंकल के कारण सुरक्षा की अनुभूति और फिर सुनील की मित्रता। ऐसी मित्रता, जिसकी केवल कल्पना ही की जा सकती थी। अमित अब अकेला कहाँ था। कहीं कोई ऐसी समस्या नहीं थी, जिसे वे दोनों मिलकर नहीं सुलझा सकते थे और उन चारों से आगे कहीं कुछ नहीं था। अंकल का निश्चिंत वरदहस्त, आंटी की ममता भरी गोद, सुनील का प्यार भरा निश्छल साथ—स्वर्ग कहीं नहीं था, यहीं था।

पहले अमित सोचा करता था, उसे अगर सामान्य घरेलू वातावरण मिल जाए—जो उस जैसे लाखों को सहज ही मिल जाता है—तो वह अपने विशिष्ट मस्तिष्क का प्रयोग बड़े कार्यों के लिए करेगा। अभी तो घर की परेशानियाँ ही उसके संवेदनशील मस्तिष्क को उथले देती हैं। लेकिन अमित सबकुछ भूल गया था। वह अपने इस संसार में मग्न था, सुखी था। वही ऑफिस था, वही कॉलेज। लेकिन दोनों अच्छे लगते थे। दोनों को निभाते वह थककर चूर हो जाता था, लेकिन उस थकान का नशा इतना मजेदार था कि थककर भी वह अगली सुबह की प्रतीक्षा करता, जो आज के दिन से भी ज्यादा मजेदार होगी। सुबह ऑफिस, साँझ को कक्षाएँ, लेकिन वह दीवाना वार दोनों निभाता था। इसके अतिरिक्त रेडियो, स्टेज और टी.वी. पर भी वह कार्यक्रम देता रहता था। जैसे-जैसे वे उसकी थकान बढ़ाने लगे थे, उसे और उत्फुल्ल करने लगे थे। वह जैसे थकान के उस नशे में डूबा रहना चाहता था। वह रेडियो की उत्तम आवाजों में से एक था, वह स्टेज का बेहतरीन आर्टिस्ट था। वह अपने शिक्षकों का प्रिय था। वह अपने ऑफिस में

लोकप्रिय था। वह यहाँ था, वहाँ था, हर जगह था।

ऐसे ही दिन बीतते जा रहे थे। और पंख लगाकर उड़ते उन दिनों के साथ वह स्वयं भी पंख लगाकर उड़ रहा था। हर ओर खिलखिलाहटें थीं, प्रिय लोग थे। अंजली के प्रति उसका दृष्टिकोण स्वस्थ और परिपक्व हुआ था। वह उसे उसके सही परिप्रेक्ष्य में देखने का प्रयत्न कर रहा था। ऋतंभरा उसके निकट आती जा रही थी। ऑफिस से अनुमति लेकर उसने ऑफिस का समय 1 बजे तक स्थगित करवा लिया था। सुबह 8 बजे वह कॉलेज के लिए निकलता। सुबह की कक्षाएँ 12.30 बजे तक अटेंड कर फिर ऑफिस जाता और शाम को फिर सांध्य कक्षाएँ। शनिवार व रविवार को कक्षाएँ नहीं लगती थीं। यह दिन उसके दूसरे कार्यक्रमों के लिए बचते थे। सुबह-शाम अतिरिक्त व्यायाम करता था। व्यायाम ने उसके शरीर पर लुभावना असर डाला था। उसका शरीर भर गया था, उसके चेहरे पर चमक आ गई थी, मांसपेशियाँ सख्त हो चली थीं।

यह अमित था, उत्साही अमित।

□

सर्दियों की उस नर्म-नर्म सुबह की सर्द धूप में रात की वर्षा ने मिट्टी की सोंधी महक की गुनगुनाहट भर दी थी। ढाई घंटे वह लाइब्रेरी में बैठा नोट्स उतारता रहा और बाहर से खिड़कियों और हवा पर तिरकर आती धूप व मिट्टी की खुशबू लेता रहा। उनमें कोई आमंत्रण तलाशता रहा। फिर अपने परिश्रम की संतुष्टि और मौसम की गरमाहट ने उसमें स्फूर्त उत्साह भर दिया। मन में देर से उठती सुगबुगाहट अभिव्यक्ति के लिए बेचैन हो उठी। उसने पैराडाइज कॉलोनी जाने का निश्चय किया। मन जैसे कल्पनाओं की उड़ानें भरने लगा। वह जाएगा और अपनी पूरी धवल स्निग्धता लिये ताजे फूल की तरह खिली अंजली बाहर आएगी और वह उसके सुगंधित केशों व देह में अपने अस्तित्व को एकाकार कर देगा।

लाइब्रेरी से बाहर आकर उसने देखा—वर्षा के बाद की एकदम ताजा धूप खिली हुई थी। अपनी चमकती दमकती पोशाकों में यूनिवर्सिटी के लड़के-लड़कियाँ दमकते हुए इधर-उधर आ-जा रहे थे। उस आम सुबह में भी एक खास चहल-पहल थी। कुछ लड़के-लड़कियाँ ग्रुप बनाकर भी खड़े थे। कुछ गंभीरता का मुखौटा ओढ़े इन सबसे ऊपर उठने की फिराक में थे। उनके चेहरों पर जबरन थोपी हुई अवहेलना मुखर थी।

अमित अपने बैग को कंधे से लटकाकर आगे बढ़ा। मोटरसाइकिल वह फैकल्टी के ऑफिस के बाहर छोड़ आया था। सुबह 9 बजे वह वहाँ आकर उतरा था और ऑफिस में अपना काम निबटाकर वहाँ से पैदल ही लाइब्रेरी चला गया था। इस समय 12 बजने को थे। अगला मोड़ मुड़ते ही उसने देखा कि उसकी मोटरसाइकिल के आसपास तीन लड़कियाँ थीं। दो मोटरसाइकिल पर बैठी थीं और एक हैंडिल का सहारा

लिये खड़ी थीं। उसने माथे पर हाथ मारा। पिछले कई दिनों से वह नोट कर रहा था कि ये तीनों लड़कियाँ अनायास उसे फैकल्टी के हर मोड़ पर मिल जाती थीं। उसे केवल संयोग समझकर नकारा नहीं जा सकता था। इतना ही नहीं, कभी-कभार तो आमना-सामना होने पर वह और वे तीनों मुस्करा दिया करते थे।

अमित यह भी जानता था कि इस विलास में पड़ने का उसके पास समय नहीं है। वह सुबह भागम-भाग आता तो पहली कक्षा आरंभ हो चुकी होती थी। 12.40 पर जब तक वह स्कूटर-स्टैंड पर पहुँचता, उसके ऑफिस का समय हो चुका होता था। बीच में कक्षाएँ खाली होने पर वह कभी लाइब्रेरी पुस्तकें जमा करवाने या निकलवाने चला जाता, या यूँ ही बैठकर इधर-उधर घूमकर बिता देता। उसी समय में कभी-कभी उनसे सामना हो जाता था।

खाली कक्षाओं के समय हुई मुठभेड़ों में मुस्कराहटों का आदान-प्रदान हो जाता था। बस, बात न वे आगे बढ़ाती थीं, न उसे बढ़ाने में दिलचस्पी थी। ऐसी दिलचस्पी वही विद्यार्थी ले सकते थे, जिनके पास कक्षाओं के बाद का समय खाली हो। आज शनिवार था और उसकी कक्षाएँ नहीं लगनी थीं। वह केवल लाइब्रेरी में पढ़ने के विचार से आया था। फिर उसका अंजली से मिलने का उत्साह जाता रहा, क्योंकि सहसा उसे विचार आया कि अगर 1 बजे ऑफिस पहुँचना है तो उसके पास सवा घंटा बाकी बचा है, जिसके बीच पैराडाइज कॉलोनी पहुँचकर वापस आना संभव नहीं है।

उसके पास पहुँचने तक मोटरसाइकिल के साथ खड़ी लड़की ने बाकी दोनों लड़कियों को भी उसके आगमन के प्रति सचेत कर दिया था। फिर भी, उसके निकट पहुँचने पर आँखों में धृष्ट शरारत भरे वे तीनों उसकी ओर देखती रहीं। अमित भी धीरे से वहीं उनके निकट जाकर खड़ा हो गया। उसके ऐसे खड़े होने के कारण तीनों ने बनावटी आश्चर्य का अभिनय करते हुए एक-दूसरे की ओर देखा। फिर भी अमित हाथ बाँधे खड़ा रहा। विचित्र सा अंतराल उत्पन्न हो गया। आसपास कुछ लड़के-लड़कियाँ बिखरे से खड़े थे और कुछ आ-जा रहे थे।

फिर इससे पहले कि वातावरण में अवसाद भर जाए, उन तीनों को अपनी ओर देखता पाकर वह बड़े शालीन स्वर में बोला, ''गुड मॉर्निंग एवरी बडी।''

उन तीनों चेहरों पर बिखरा आश्चर्य का भाव कृत्रिम रोष में बदल गया। सहसा एक लड़की मुँह दबाकर हँसी।

''न, न,'' अमित ने कहा, ''आप दोनों ठीक से हैं न?''

मोटर-साईकल पर बैठी दोनों लड़कियों में से एक तो चुप रही, दूसरी तेज लगती थी। बोली, ''क्या मतलब? मैं...''

''मतलब कुछ नहीं।'' अमित शरीफ स्वर में बोला, ''क्या है कि मेरी मोटरसाइकिल

पर कोई लड़की बैठे और असुविधा महसूस करे तो मुझे तो बहुत बुरा लगेगा न!''

अब जो हड़बड़ाहट हुई, वह भी नाटक है, यह अमित से छुपा न था।

''अरे, अरे,'' और ''आपकी है यह...'' जैसी आवाजों के बीच उसकी शराफत भरी, 'नहीं-नहीं, कोई बात नहीं।' किसी ने नहीं सुनी। लेकिन इस हड़बड़ाहट में मोटरसाइकिल की गद्दी पर रखी एक लड़की की पुस्तकें नीचे गिर गईं। सबके साथ अमित ने भी उठाने में मदद की। पुस्तकें उठने तक सबकुछ सध गया। वातावरण संयत- सा हो गया।

''मैं अमित हूँ, अमित खन्ना।'' उसने अपना परिचय दिया, ''यहाँ फैकल्टी में एम.ए. कर रहा हूँ, अंग्रेजी में।''

उनमें से एक ही ने परिचयों का भार सँभाला, ''मैं मधु हूँ, मधुरिमा। यह अंजू और यह रीटा।''

उसने तीनों से 'हेलो' की।

''आप क्या कोर्स कर रही हैं?'' उसने अपनी नजर में तीनों को ही एक साथ लेकर पूछा। फिर ऐसी ही दो-चार और अनौपचारिक-सी बातें करके उसने अनुमति चाही।

''मैं अब चलूँगा।''

''कहाँ जाएँगे?'' एक ने प्रश्न किया।

उसने कहा, ''यहाँ से ऑफिस जाता हूँ। देर हो रही है।'' फिर कुछ रुककर कहा, ''फिर बात करेंगे।''

उन तीनों के सिर हिलाते-न-हिलाते वह एक झटके में मोटरसाइकिल पर बैठ गया और कुछ इतनी तीव्रता से किक मारकर मोटर साइकिल दौड़ाने की चेष्टा की कि उन तीनों के ही चेहरों पर कौतुक भरी मुस्कान खेल गई। जब तक वह मोड़ मुड़कर आँखों से ओझल नहीं हो गया, तीनों उसी ओर देखती रहीं।

फिर एक बोली, ''स्साला, हीरो बनता है।''

□

आदमी का मन भी कैसा विचित्र होता है!

अधिकारों के कोनों में लगी कौन सी कील कब निकल जाए, उन्हें कमजोर कर जाए, कौन जानता है?

कोई नहीं। नहीं तो घर में लगे ताले को देखकर अमित खीझ क्यों गया था एकबारगी?

शायद कोई विशेष कारण नहीं था। सहज रूप से जैसे सब अपने-अपने घरों में जाते हैं, ऐसी ही कोई साध पूरी नहीं हुई, क्या इसीलिए?

और ऐसी ही साधें—जो सामान्य मस्तिष्क को अजीब लगें—ही तो उसे बढ़ने नहीं

देतीं। तभी तो समय जैसे बढ़ता जाता है, कोई नकेल डालकर उसे आठवीं में पढ़ते बच्चे के जैसे मस्तिष्कवाली स्थिति में पीछे धकेले जाता है, आगे बढ़ने ही नहीं देता।

हाँ, आठवीं कक्षा के बाद ही तो उसे इस महानगर में अकेला छोड़ दिया गया था।

कभी कुछ समय को—जैसे इन दिनों—वह बढ़ भी जाए तो ऐसी ही अजीबोगरीब अधूरी साध पीछा नहीं छोड़ती। उसका अहं किसी से कुछ कहने नहीं देता। क्या कहे कि आंटी घर में लगा ताला, मुझे कभी बचपन की उन गलियों में ले जाता है, जहाँ हर घर में ताले लगे नजर आते हैं और कभी वहाँ जहाँ हर बच्चे की माँ घर होती थी, उसकी नहीं होती थी। इसलिए ताला मत लगाया करो। ऊँह, यह बात भी कोई कहने की है! समझने की है।

अभी तो यह सामने लगा ताला मन कड़वा कर गया है।

बड़ी कड़वी-कड़वी-सी यादें। सारे बचपन के दौरान वह जब-जब स्कूल से लौटता, मम्मी और डाची माँ नौकरी पर गए होते थे। स्कूल से आकर, उनके ऑफिस जाकर या किसी को भेजकर, चाबी मँगवाकर ताला खोलता था।

जब तक वह अपने हिस्से का 'घर' नहीं पा लेगा, आठवीं से आगे नहीं बढ़ेगा। यह उसकी जिद ही सही।

लेकिन नहीं बढ़ पाएगा, ऐसा भी कैसे कहा जा सकता है! अनगिनत लोग बिना ठीक हुए, बिना इलाज हुए पूरी जिंदगी बिता ही तो जाते हैं। और वह न भी बढ़ पाए तो भी किसी का क्या आता-जाता है? दुनिया भक् से एकदम हवा तो नहीं हो जाएगी न!

तो फिर एक बूढ़े आदमी को भी, जिसे जीवन में अब कुछ भी करना शेष नहीं, जिलाने का प्रयत्न क्यों रहता है? एक युवा मस्तिष्क को संतुलित, सामान्य रखने के लिए मनोवैज्ञानिक इतने-इतने प्रयत्न क्यों करता है? क्यों नहीं भाड़ में जाने देते हम इन सबको?

शायद इसलिए कि बावजूद अपनी सारी विकृतियों के, जानवरों के ऊपर हैं हम। तभी तो व्यक्ति मात्र की कद्र भी करना चाहते हैं—व्यक्ति-क्षमता के अनुसार।

पड़ोसियों से चाबी माँगकर मरे मन से जब दरवाजा खोला तो पूरा रूपनगर और जाने कौन-कौन से घर के द्वार, एक-एक कर उसके सामने खुलते चले गए।

लेकिन हा-हा करते सूने घर में ही थोड़ी देर के बाद अच्छा लगने लगा। अक्तूबर महीने की कमरे की ठंडक, दिल-दिमाग दोनों शीतल कर गई। ऊपर से यह दुर्लभ शांति।

काफी देर तक शांति की यह स्थिति बनी रही। जबरन भूख को जब तक दबाता रहा, तब तक। जब भूख एकबारगी असह्य हो उठी तो वह आंटी पर ही खीझ उठा।

छि:, कैसी तो लापरवाही!

उसकी किसी को परवाह नहीं है। ऊँह, पता नहीं उसे घर आना है? जैसे वह कुछ है ही नहीं। उसका कोई महत्त्व ही नहीं।

यह क्या कि अपनी मरजी से जब चाहा खिलाया-पिलाया, सिर पर उठा लिया, और जब चाहा, तोड़-मरोड़कर फेंक दिया!

बस पड़ोसियों को बोल दिया, खाना बना रखा है। अमित से कहना, खा ले। जैसे ऐसे ही खिलाकर बड़ा तो अहसान करेंगी न! होटलोंवाला सिलसिला आरंभ हो गया तो ठीक है। उसे कौन होटलों की आदत नहीं है!

नहीं खाना उसे खाना। आकर जब देखेंगी न कि खाना वैसे-का-वैसा रखा है तो खीझेंगी भी खूब। अपने आपको दुःखी भी करेंगी। होने दो दुःखी। उसका क्या जाता है? उसे नहीं दुःखी कर रहीं? भला यह कोई तरीका है! जब पता है कि कोई भी काम करवा लो, अपने आप परोसकर नहीं खाया जाता उससे, तो गईं ही क्यों? थोड़ी देर बाद नहीं जाया जा सकता था इस राज्योद्धार को?

दूसरी गली में किसी के घर के उत्सव में हाथ बँटाने गई हैं। हुँह, जैसे इनके बिना किसी का काम कोई चलेगा भला!

कहीं उत्सव हो, बस पहुँच जाएँगी।

सारा ध्यान उधर ही लगा देंगी। जैसे इनके बिना तो सब अव्यवस्थित हो जाएगा न!

और वह चाहे भूखा मरे।

ठीक है, ऐसा है तो ऐसा ही सही। उसकी परवाह नहीं करतीं, न करें। अब वह भी दिखा देगा, वह किसी की करुणा या दया पर आश्रित रहनेवाला जीव नहीं है। अपने आप होटल में जाकर खा सकता है।

पर यह विचार कुछ जँचा नहीं। उसे डर लगा। न, होटल नहीं, बिलकुल नहीं। न ईश्वर, फिर से वह पहलेवाला सिलसिला नहीं।

क्यों, होटल में क्यों नहीं? ऐसे कैसे पालतू हो गए तुम कि वहाँ का विचार नहीं जँच रहा, जहाँ खूब-खूब खाते रहे हो?

धत्त तेरे की, सबकुछ गड़बड़ हो गया न! आंटी पर खीझते-न-खीझते अपने ऊपर ही लानत-मलामत भेजने लगे।

सायं लगभग 6 बजे जब इला आई तो उसका सूजा-सूजा मुँह देखकर ही सब समझ गई।

झटपट अंदर जाकर उन्होंने खाना गरम किया। एक चपाती, जो बनाकर गई थीं, उनमें से एक चपाती को गरम कर थाली में रखा और ताजा रोटी बनाने के लिए गूँधा हुआ आटा फ्रिज में से निकाल लिया।

दोपहरवाली रोटियाँ वे स्वयं खा लेंगी।

मिर्च का अचार उसे अच्छा लगता है, इसलिए थाली में वह भी रखा।

लेकिन अमित किताब में सिर गड़ाए भी क्या यह सब देखता रहा?

नहीं, उसे नहीं देखना यह सब।

जब इला खाने की थाली लेकर आईं तो उसने जैसे सार्वजनिक सुनाकर कहा, ''हम पढ़ रहे हैं, कोई हमें डिस्टर्ब न करे।''

उसका स्वाभिमानी मन अपनी कमजोरी छुपाना चाहता है, इला जानती हैं।

कोई तो जैसे दस-पाँच जने हैं न घर में।

एकाएक हँसीं इला, ''हाँ-हाँ, कोई डिस्टर्ब नहीं कर रहा तुम्हें। अच्छा चलो, चुपचाप राजा बेटे की तरह खाना खा लो तो।''

''नहीं खाना मुझे खाना।'' कहकर उसने पुस्तक में और चेहरा गड़ा लिया।

नाराज है, नखरे करके खाएगा, यह तो इला जानती हैं। इसके लिए तैयार भी होकर आई हैं वह। लेकिन तैयार होकर नहीं आईं तो उस दृश्य के लिए, जो उन्होंने जबरदस्ती उसका चेहरा उठाकर देखा।

''अरे, इत्ता बड़ा लड़का रो रहा है? जरा सा खाना मिलने में देर हो गई, इसलिए रो रहा है? हाँ?''

क्या इसलिए? इला को भी उत्तर मालूम है। लेकिन यह सब भुलाकर अभी तो इसे गुदगुदाना होगा।

''नहीं बस, छोड़िए मुझे। नहीं खाना मुझे। ले जाइए इसे। वहाँ जाइए, टिंकू की मम्मी के घर। वहाँ कितनों को खाना खिलाया, सुनूँ तो? उसे ही खिलाइए। इधर-उधर की 'फार्मोलिटीज' तो बहुत जरूरी हैं न!''

ऊँ···ऊँ···ऊ···उ···उ···उ···सिसक-सिसकर रोना? आखिर ऐसा भी क्या गजब हो गया! पलक मारते ही वह समझ गई। नहीं तो इतना हँसता-खेलता चेहरा, ऐसा बुझा-बुझा-सा हुआ, सो क्या उन्हीं के कारण?

या किसी विश्वास की टूटन है यह?

उन्होंने थाली एक ओर रखी और उसे समझाने लगीं। फिर उसका चेहरा, सिर सहलाती-थपथपाती रहीं।

और वह सिर नीचा रखने का भरसक प्रयत्न करते हुए रोता रहा।

इला एकटक उसका चेहरा देख रही थीं। कहीं कुछ असहज जरूर लग रहा है। इतना बड़ा 19-20 साल का लड़का और ऐसी बच्चों की-सी हरकतें! बाहर कोई सुनेगा तो क्या विश्वास करेगा?

लेकिन वे समझती हैं। उन्हें कसम लेनी होगी कि भरसक वे इस लड़के के घर

आने के समय घर पर रहेंगी। चाहे इसके लिए कुछ दूसरे आवश्यक काम स्थगित करने पड़ें। मोटरसाइकिल के हॉर्न की पहली आवाज के साथ ही दरवाजा खोल देना होगा उन्हें।

हाथ का सारा काम छोड़कर भी।

लेकिन क्यों? क्यों कर रही हैं वह यह सब?

क्यों?

कहा न, मानव-मन बड़ा विचित्र होता है।

शायद इसीलिए।

उसके सारे प्रवास में अपनी यह चुपचाप ली कसम उन्होंने निभाई है।

अमित को घर में घुसने के लिए कभी दरवाजा भी खटखटाने की आवश्यकता नहीं हुई।

कभी मोटरसाइकिल के हॉर्न को दोबारा बजाना भी पड़ा हो तो भी ताले की चाबी लेने इधर-उधर नहीं जाना पड़ा उसे।

उसके खाने से अधिक उसकी भावनाओं का विचार उन्होंने रखा है।

□

सुनील अपनी तेज चाल चलता हुआ उसके सम्मुख आ खड़ा हुआ, "देर हो गई मुझे?"

अमित सिर झुकाए खड़ा रहा, "आज ऑफिस से निकलते ही ऋतंभरा मिल गई थी, इसलिए शाम की पहली क्लास में नहीं पहुँच सका। जाहिर है, आप मुझे सारी फैकल्टी में ढूँढ़ते रहे हैं और अब व्यंग्य कस रहे हैं।"

सहसा उसने उसे दोनों कंधों से पकड़ लिया, "भाई, पढ़ाई में क्या रखा है? चल, पिक्चर देखते हैं, बाहर खाना खाएँगे।"

अमित उसी दबे स्वर में बोला, "बताया तो है, ऋतु मिल गई थी।"

सुनील एकदम भड़क उठा—इसीलिए तो अच्छा लगता है, "ऋतु मिल गई थी। क्या वाहियात हादसा है! यह ऋतु से मिलने का मौसम नहीं। जनवरी शुरू हो चुकी है। फाइनल सेमिस्टर शुरू हो चुका है। और आपको सोलह में से बारह पेपर्स की तैयारी करनी है। कहाँ रहती है यह?"

अमित सहम गया, "कहीं नहीं।"

सुनील कुछ देर उसका सहमा चेहरा देखता रहा, फिर नरम पड़ा, "तू सुधरेगा नहीं भाई। अच्छा, चल। कँवर सर तेरे बारे में पूछ रहे थे। बहाना बना दिया था। अटेंडेंस दिलवा दी थी।"

अमित ऐसे मौकों पर सजल हो जाता था। धीरे-धीरे ही इतना भावुक होना बंद

कर पाया था। चुपचाप दोनों साथ चलते रहे।

अब चलते-चलते ही अमित ने सहज स्वर में पूछा, "हमारी मार्निंग भाभी का क्या हाल है?"

अमित की तरह ही सुनील ने भी ऑफिस का समय बदलवा लिया था। लेकिन वह 11.15 बजे चला जाता था। अंतिम दो कक्षाएँ नहीं अटेंड कर पाता था। उसकी दोस्ती एक बहुत मृदुल, सौम्य-सी लड़की से पहले से थी। अब चूँकि वे खाली कक्षाओं में सुबह मिल पाते थे, यह दोस्ती घनिष्ठ होती जा रही थी। मृदुला को अमित 'मार्निंग भाभी' कहकर संबोधित करता था। एकदम मीठा स्वर, भोला मन!

अमित कहता, "जानती हैं आप, मैं आपको 'मार्निंग भाभी' क्यों कहता हूँ?"

मृदुला सुनील के दोस्तों में से अमित को बहुत चाहती थी। वह यह भी जानती थी कि सुनील भी अमित के निकट है। इसीलिए किसी भी लड़के से बात न करनेवाली यह लजीली लड़की अमित से बातें कर लेती थी। नजरें नीची कर, धीरे-धीरे। अमित और सुनील तो बाद में हँसा करते थे। और अमित उसकी नकल कर सुनील को चिढ़ाया करता था।

हर बार की तरह सिर नीचे किए ही मृदुला ने 'न' में सिर हिलाया। हलके से कहा, "नहीं, क्यों कहते हो?"

"इसलिए कि यह महाशय महादिल फेंक व्यक्ति है। अब देखो न मार्निंग में आपको बनाया है। दोपहर, शाम और···नहीं-नहीं, 'दोपहर भाभी' और 'शाम भाभी' के लिए और लड़कियों को बनाया है।"

सुनील भी मजाक में गंभीरतापूर्वक हिस्सा लेता—"अब यार, यह कोई बात हुई! मैं जानता हूँ, तू तो चाहता है, मेरी बनी-बनाई लड़कियाँ छूट जाएँ। ऐसी बातें भी कोई बताता है भला!"

मृदुला हँसती रहती।

क्लास-रूम आ गया था। लेकिन सर अभी तक नहीं आए थे। अमित ने कहा, "चल, अपनी 'ईवनिंग भाभी' से मिलते हैं।"

'ईवनिंग भाभी' से मतलब प्रवाल से था। प्रवाल एम.ए. प्रथम वर्ष में प्रविष्ट हुई थी और सुनील के प्रयत्नों से सांध्य छात्रों के यूनियन की सेक्रेटरी चुनी गई थी। सुनील स्वयं जनरल सेक्रेटरी था। सुनील के बार-बार कहने पर भी वह इन सबको व्यर्थ के काम कहकर टाल देता था।

अनौपचारिक रूप से उबासी लेते हुए सुनील ने कहा, "तू मरवाएगा किसी दिन। ईवनिंग-वीवनिंग कुछ नहीं है। शाम को भी तो काटना होता है। वैसे वो जितना मुझे चाहती है उतना तुझे भी तो चाहती है।"

अमित ने सुना अनसुना कर दिया। तभी उनके जाने से पहले ही प्रवाल आती दिखाई पड़ गई।

अमित बोला, "लो, थिंक ऑफ द बवाल, एंड देयर शी इज।"

प्रवाल निकट आई तो अमित लगभग चिल्लाकर बोला, "हाय जाने-बवाल!" फिर कहकर उसने ऐसे बचने की चेष्टा में हाथ उठाए, जैसे वह उसपर कुछ फेंककर मारने जा रही हो।

प्रवाल केवल हँस दी। उसके हाथ में कुछ पुस्तकें थीं, उन्हें सुनील को देते हुए उससे पूछा, "कब आए?"

अमित बोला, "वो इश्तहार लग गए तुम लोगों की यूनियन के?"

प्रवाल बोली, "अरे, इश्तहारों की चिंता तुम्हें कब से होने लगी है?" फिर एकाएक सुनील को लक्ष्य कर बोली, "अच्छा, चलती हूँ।" फिर रुककर क्लास-रूम की ओर देखा, जिसके बाहर वे खड़े थे—"तुम दो ही हो, बस? ललित नहीं आया?"

सुनील ने पुस्तकें खोल ली थी, उसे झटके से बंद कर बोला, "हम दो काफी नहीं हैं?" फिर एकटक जैसे उसकी आँखों में झाँककर बोला, "नाहल साब लेट परमिशन नहीं देते।"

प्रवाल उसकी ओर देखकर असहज ढंग से चली गई।

सुनील ही अधिकतर उसे पढ़ाता रहता था। अमित तो स्वयं सुनील की लाई पुस्तकें पढ़ता था। प्रवाल से एक साल सीनियर होने के कारण वह उसकी कुछ अधिक मदद कर सकता था।

अमित को कई बार लगता था, सुनील सही अर्थों में जीवित है। उसमें उत्साह है, जो वह औरों में भी फूँकता है। उसका उत्साह अमित के आवेग भरे मन से मेल खाता था। अकेला उत्साहित नहीं रहा जाता और आवेग को भी किसी के साथ बाँटना होता है। दोनों ही एक-दूसरे के साथ से संतुष्ट थे, प्रसन्न थे।

अमित पूरी तरह से निश्चिंत नहीं था। लेकिन प्रवाल को लेकर सुनील के मन में प्रतिद्वंद्विता है, ऐसा उसे लगता था। कई बार बातें करते हुए उसने नोट किया था कि सुनील असहज व्यवहार करता था। या तो वह अतिरिक्त उत्साह और अभिनय से बात करता था या किसी बात की पृष्ठभूमि में जो वह पहले उससे कर चुका होता था, बात करता था। जैसे आशा कर रहा हो कि प्रवाल उसका अधिकार माने!

लेकिन इसे लेकर अमित के मन में कोई शंका नहीं थी। प्रतिद्वंद्विता तो तब हो जब वह स्वयं प्रतिद्वंद्वी हो। सुनील की मृदुला फैकल्टी की किसी भी लड़की से कम नहीं थी। सुनील अंग्रेजी में एम.ए. कर रहा था, वह हिंदी में। उस लड़की में स्थिरता थी, जो फैकल्टी की सभी खूबसूरत लड़कियों में नहीं थी। उसमें चंचलता, सस्तापन कहीं नहीं था।

इसी प्रकार अमित का अपना संसार था। प्रवाल को लेकर उन दोनों में ठनेगी, यह सोचना ही उसे व्यर्थ लगता था। वह तो वैसे ही ऊब चुका है। अब वह नए प्रेमी की तरह लड़की की मनुहार नहीं कर सकता। उसका मन करता है, विवाह कर ले और किसी एक लड़की के प्यार में खो जाए—अपनी तमाम अनुभूतियों को एक आश्रय दे दे। ऋतंभरा खूबसूरत थी और लड़कियों से भिन्न थी और उम्र में उससे दो साल कम थी।

अंजली बहुत कम उम्र है, अपरिपक्व है और अपने किशोर मन के अलस संसार में व्यस्त है। उसकी समस्याएँ एकदम भिन्न प्रकार की हैं, जैसे उतने बड़े बच्चों की होती हैं।

प्रवाल के लिए मन के किसी भी कोने में प्यार टाइप की गुंजाइश नहीं, सहपाठी होने का अहसास भर है। और हाँ, सुनील ठीक कहता है, शाम भी तो काटनी होती है। दोस्ती हो सकती है प्रवाल से, प्यार नहीं।

इसीलिए तो प्रतिद्वंद्विता का प्रश्न नहीं।

और फिर सुनील की मृदुला से बढ़कर तो प्रवाल नहीं। सो वही क्यों प्रवाल को लेकर प्रतिद्वंद्विता ओढ़ेगा! यह सब उसका वहम है।

'' 'मदर करेज' नाटक मॉडर्न स्कूल के हॉल में होने वाला है।'' सुनील कह रहा था, ''विदेशी अभिनेता आए हैं।''

'मदर करेज' उनके पाठ्यक्रम में लगा नाटक था, इसीलिए दोनों की रुचि उसे देखने में थी।

सुनील बोल रहा था, ''उसे देखने चलेंगे। 'टैक्स्ट' समझने में मदद मिलेगी। ये साले आधुनिक नाटककार क्या कहते हैं, अपनी तो कुछ समझ में नहीं आता। ऊपर से मतलब कुछ होता है, वास्तव में कुछ और होता है और मतलब भी ऐसा कि एक 'इंटर प्रेटेशन' से दूसरे 'इंटर प्रेटेशन' निकालते चलो।''

''अच्छा,'' अमित ने कहा, ''चलेंगे। और सुन, मैंने 'शेक्सपीरियन ट्रेजेडी' की एक नई पुस्तक ढूँढ़ी है। ए.सी. ब्रैडले ने लिखी है।''

सुनील ने माथे पर हाथ मारा। सुनील अपने और अमित के लिए लाइब्रेरी से किताबें ढूँढ़-ढूँढ़कर लाता था। यही नहीं, कई बार उसका 'ट्यूटोरियल' तैयार करने में भी मदद करता था। उसे कोई-न-कोई पुस्तक या उसमें लिखा उद्धरण समझाता रहता था। अमित में लाइब्रेरी जाकर पुस्तकें खोजने जितना धैर्य कभी था ही नहीं। अगर कोई नई पुस्तक हाथ लग भी जाए तो महत्त्व की है या नहीं, इसका पता दस-पंद्रह मिनटों में कैसे लगाया जा सकता था? लेकिन फिर भी कभी-कभी वह प्रयत्न अवश्य करता था। पर अधिकतर नई पुस्तकों के लिए वह सुनील पर निर्भर करता था। अभी उसके माथे पर हाथ मारने से समझ गया, कहीं कोई गलती हो गई।

"भाई साहब, ए.सी. ब्रैडले की शेक्सपीरियन ट्रेजेडी पर यह पुस्तक आज से पंद्रह साल पहले आ चुकी है और आपको आज मिली है। लेकिन पुस्तक अच्छी है। मुश्किल यह है कि इसके बाद और भी बहुत अच्छा लिखा जा चुका है। वैसे तू इसे पढ़ जरूर लेना। 'हेमलेट' और 'एंटोनी ऐंड क्लियोपेट्रा' पर चेप्टर अच्छी तरह पढ़ना। 'ही हैज समथिंग सब्स्टांशिल ऐंड इंटेरेस्टिंग टू से'। लेकिन इसके बाद नए लेखन के लिए 'ट्वंटियथ सेंचुरी एस्सेज' पढ़ना, उसमें लेटेस्ट एस्सेज हैं 'क्रिटिक्स' के।" फिर कुछ देर रुककर बोला, "या ऐसा करना, अगर मिल जाए तो लाना, मैं तुझे निशान लगा दूँगा, जो रेलेवेंट पोर्शंस हैं। नहीं तो अपना वक्त बर्बाद करेगा।"

अमित को सुविधा है। सुनील सारी पुस्तक पढ़ लेता है। या जल्दी-जल्दी पन्नों पर से गुजर जाता है। उसकी समझ, दृष्टि अपने प्रयोग की चीज पकड़ने में दक्ष है। अमित केवल वही पढ़ता है, जो सुनील पढ़कर 'मार्क' कर चुका हो। यूँ धीरे-धीरे अमित भी इस ओर सजग हो रहा था। कम-से-कम प्रयत्न तो कर रहा था। पढ़ाई में उसकी रुचि जाग चुकी थी।

फिर अगली क्लास लगने तक दोनों अपने-अपने विषयों पर बातें करते रहे।

□

सुनील ने हाथ के इशारे से स्कूटर रोका। लेकिन वह निकल गया। झल्लाकर उसने कहा, "डैम्मिट।"

प्रवाल गाढ़े रंग का चश्मा लगाए पीछे खड़ी थी, गंभीर थी। कुछ बोली नहीं। सुनील मुड़कर उससे बोला, "तुम क्यों नहीं ट्राई करतीं? लड़कियों के रोकने से तो जाता हुआ भगवान् भी रुक जाए।"

प्रवाल मुसकराई, बोली, "मैं तुम्हारे साथ जा ही नहीं रही। ट्राई क्यों करूँ!"

सुनील पास आकर खड़ा हो गया। शरारत से बोला, "तो आप यहाँ क्या कर रही हैं?"

प्रवाल बचने जैसी चेष्टा में पीछे हटी, "दूर होकर बात करो। मैं तो यहाँ स्कूटर लेने के लिए खड़ी हूँ। मुझे कहीं जाना है।"

सुनील हँस पड़ा। फिर एक स्कूटर दूर से आता दिखा तो पटरियों के पास आ गया। प्रवाल भी उसके निकट आकर खड़ी हो गई। अब की दोनों ने हाथ दिया। लेकिन उसमें पहले से कोई बैठा था, रुका नहीं। प्रवाल ने कहा, "चलो, पैदल चलते हैं। पटेल चौक से शायद मिल जाए। नहीं तो बीचवाले बस स्टॉप पर खड़े होते हैं। बस आ गई तो देखेंगे।"

सुनील मान गया। दोनों चुपचाप चलने लगे।

आज रविवार था। अमित शनिवार को ही फरीदाबाद चला गया था। सुनील सुबह

9 बजे लाइब्रेरी में पढ़ने आया था। प्रवाल भी आई हुई थी। कुछ देर सुनील पढ़ता रहा, फिर उठकर उसके पास जाकर कुछ बातें कीं। उसके लिए ढूँढ़कर एक-दो पुस्तकें लाया। उसे उसके विषय की बातें समझाईं। दोनों में तालमेल बैठ गया। एकाएक वह बोर हो उठा।

"लेट्स मिक्स बिजनेस विद प्लेजर।" उसने कहा।

प्रवाल ने आश्चर्यचकित हो पूछा, "क्या मतलब?"

"मतलब खाक। चलो उठो, चलकर पिक्चर देखेंगे।"

प्रवाल एकटक उसे देखती रही। सुनील अपने विशेष अंदाज से उसे देख रहा था। सहसा वह अच्छा लगा। प्रवाल के लिए सुनील या अमित पहले लड़के नहीं। कश्मीरी गेट में जहाँ वे पहले रहते थे, उसके काफी चर्चे थे। लेकिन गंभीर किस्म का प्यार-व्यार का कोई किस्सा कभी नहीं हुआ। और फिर, अभी तो इसकी आँखों में शरारत अच्छी लग रही है।

"ऐसे कैसे देख रहे हो?" उसने हँसकर कहा।

"देख रहा हूँ," सुनील एकटक उसकी आँखों में देखकर बोलता रहा, "देख रहा हूँ कि तुममें इनकार करने जितनी हिम्मत है या नहीं। देखो, सोचो मत। मेरे माँगने पर आज तक किसी लड़की ने मेरा साथ मना नहीं किया। तुम भी नहीं कर पाओगी। चाहो तो कोशिश कर लो।"

प्रवाल ने हँसते-हँसते नजरें झुका लीं। कहा, "डोंट टैल मी, जैसे तुम्हीं डॉन-जुआँ हो, जिसे कोई लड़की मना नहीं कर सकती।"

सुनील उसी अंदाज में बोलता रहा, "नहीं, मैं डॉन-जुआँ नहीं। बट यू कांट रिफ्यूज मी।"

प्रवाल ने जैसे घबराकर कहा, "अच्छा बाबा, अब नजरें तो हटाओ। आस-पास सब देख रहे हैं। प्लीज।"

सुनील बोला नहीं, चुपचाप घूरता रहा।

"भई प्लीज, यह कोई बात है!" प्रवाल सचमुच परेशान हो उठी।

सुनील ने कहा, "बात है या नहीं, हाँ करो या ना। किस्सा अभी समाप्त कर दूँगा।"

लाइब्रेरी के खूब ऊँचे हॉल की सबसे ऊपर खिड़की पर बैठे दो कबूतर गुटर-गूँ करने लगे थे। उनकी गुटर-गूँ की आवाजें नीचे तक पहुँचीं तो बरबस ही प्रवाल हँस दी। बोली, "देखो, वे प्रोटेस्ट कर रहे हैं।"

सुनील ने कहा, "मेरी ओर से कर रहे हैं।" लेकिन नजरें नहीं हटाईं।

प्रवाल ने झुँझलाकर कहा, "भई, यह कोई बात नहीं।" फिर परेशानी में सिर

इधर-उधर झटकती रही। एकाएक हँसकर बोली, "अच्छा, चलो बाबा; लेकिन प्रोग्राम तो बनाओ कि कहाँ जाना है? मुझे-तुम्हें सूट भी करेगा या नहीं!"

अबकी बार सुनील ने नजरें हटाईं, "उसकी फिक्र तुम न करो। 'अल्पना' चलेंगे, 'गन्स ऑफ द नैवरान' देखेंगे।"

फिर रुककर पुस्तकें समेटते हुए कहा, "देखा, कहा था न कि तुम इनकार नहीं कर सकतीं।"

प्रवाल ने जरा जोर से हँसकर कहा, "आए हाय। एज इफ···" फिर अपनी कॉपी-किताब समेटकर भागने की मुद्रा में कुरसी पर बैठकर बोली, "प्रवाल ने तो जान बचाई है। जा कौन रहा है।" कहकर वह कुरसी से उठी और दबी हँसी हँसते-हँसते लाइब्रेरी से बाहर निकल गई।

सुनील ने अपनी पुस्तकें-कॉपियाँ समेटीं और सधी चाल वह भी बाहर आ गया। बाहर प्रवाल खड़ी थी। वह कुछ देर उसके पास रुककर बोला, "मैं जानता हूँ, तुम मेरे साथ चल रही हो।" फिर चलता रहा। प्रवाल भी 'नहीं चल रही हूँ।' कहकर चलती रही। वहीं से चलते-चलते दोनों सड़क तक आ गए थे और अब बस स्टॉप की ओर बढ़ रहे थे।

सुनील कह रहा था, "नखरों की आदत होती है तुम लड़कियों में, और कुछ नहीं। चाहे खुद भी मन कर रहा हो तो भी 'न, न' की रट लगाए रहती हो।"

प्रवाल ने उसे चिढ़ाया, "आज लगता है, अमित नहीं है, जो छुटे घूम रहे हो!"

"यह अमित बीच में क्यों आ गया?" सुनील आहिस्ता हुआ।

"अमित नहीं का क्या मतलब? आई विल टैल हिम। मैं तुम्हें पिक्चर दिखाने ले गया था, उससे छुपाऊँगा नहीं। उससे डरता नहीं हूँ मैं।"

सामने से एक ग्रुप बनाकर कुछ विद्यार्थी जोर-जोर से बातें करते आ रहे थे। दोनों ने उनके गुजर जाने तक कोई बात नहीं की। चलते-चलते बस स्टॉप भी आ गया और जल्दी ही बस भी। बस में काफी भीड़ होने के कारण दोनों को काफी असुविधा होती रही। सारे रास्ते वे आपस में कोई बात भी न कर सके। भीड़ में बस के झटकों से बचने के लिए एक-दो बार प्रवाल ने सुनील का सहारा लिया, फिर उसी के सहारे खड़ी हो गई। दोनों में एक और तालमेल बैठ गया। नजरें एक-दूसरे से चुराते हुए वे सटे खड़े रहे।

फिल्म देखकर बाहर निकले तो प्रवाल मुसकराकर बराबर खड़ी हो गई। हर बार ऐसा ही होता है। यही तो नियम है। अभी तो दोपहर है। पहले प्रपोजल, फिर फिल्म, घूमना-फिरना और फिर···फिर रेस्टोरेंट। हाँ, यह लड़के बंद और काले रेस्टोरेंट ही पसंद करते हैं।

नई मुलाकात भी तो नहीं। और फिर घूम-फिरकर भूमिका तो बँध चुकी है। अब प्रवाल की मुस्कराहट में शरारत थी।

''ऐसा करते हैं,'' सुनील लगभग गंभीर स्वर में बोल रहा था, ''काफी ठंड-सी हो गई है। चलकर किसी गरम-गरम रेस्टोरेंट में गरम-गरम चाय पिएँगे।''

''ठीक है।'' प्रवाल ने कहा, ''लेकिन कहाँ?''

''कमला नगर चलते हैं।'' सुनील ने कहा, ''वह इलाका जाना-पहचाना है।''

वे दोनों सड़क के किनारे खड़े थे। मुड़कर जैसे सब तय हो गया हो, उसने खाली स्कूटर रोका और दोनों बैठ गए।

''प्रवाल, तुम्हारे डैडी क्या करते हैं?'' सुनील ने स्कूटर चलने के थोड़ी देर बाद पूछा।

प्रवाल उससे एकदम सटकर बैठी थी। सारी सीट खाली होने के बावजूद सीट का एक कोना ही घिरा था। हॉल में भी अँधेरे में दोनों के हाथ एक-दूसरे का स्पर्श करते रहे थे। बीच-बीच में सुनील ने प्रवाल का हाथ दबाया भी। प्रवाल ने वैसे ही उत्तर भी दिया था। फिर दोनों के हाथ एक-दूसरे का बदन टटोलते रहे थे।

प्रवाल उदास हो गई। उसके कंधे पर सिर टिकाकर बोली, ''मेरे डैडी नहीं हैं।''

सुनील ने कहा, ''आयम सॉरी।''

प्रवाल कुछ देर सिर रखे रही, फिर उठा लिया। दूसरे कोने में खिसककर बैठ गई। बाहर आते-जाते लोग देखती रही। सहसा ऊबड़-खाबड़ सड़क पर स्कूटर उछलने-सा लगा। घबराकर उसने सुनील की बाँह पकड़कर ड्राइवर से कहा, ''आहिस्ता चलाओ भई।''

स्कूटर ड्राइवर उसकी ओर देखकर बदमाशी से मुस्कराया। प्रवाल सुनील के पास खिसक आई। उसे स्कूटर ड्राइवर से डर लगा।

सुनील ने उसका हाथ थपथपाया, कहा, ''डोंट वरी।''

स्कूटर से उतरकर प्रवाल का मजाक का मूड लौट आया। आँखों व चेहरे पर शरारत भरकर बोली, ''चलो, सामनेवाले बंगाली रेस्टोरेंट चलते हैं, रसगुल्ले खाएँगे।'' सुनील गंभीर हो रहा, ''मैं इस इलाके को अच्छी तरह जानता हूँ। सामने गली में एक अच्छा रेस्टोरेंट है—'कोजी कंफर्टेबल'। वहीं चलते हैं।''

प्रवाल समझ तो रही थी, बोली कुछ नहीं। रेस्टोरेंट फर्स्ट फ्लोर पर था।

उन दोनों के घुसते ही काउंटर पर बैठे आदमी ने सुनील को 'हेलो' की और आँख मारी। प्रवाल समझ गई, यहाँ के लोग इसे जानते हैं। चलो, एक तरीके से तो अच्छा ही है। दोनों अंदर जाकर एक फेमिली केबिन में एक ही सोफे पर बैठ गए। सुनील ने पर्दा खींच दिया।

"बहुत ठंड है।" सुनील ने कहा और उसकी बाँह पकड़ने की चेष्टा की।

"क्या करते हो? भई···प्लीज।" फिर जैसे डाँटते स्वर में कहा, "सुनील!"

सुनील जानता था, कोई भी लड़की काले-अँधेरे रेस्टोरेंट के केबिन में ना-नुकुर तो करेगी ही। उसने उसकी बाँह छोड़कर उसे कंधे से पकड़ लिया और चूम लिया। फिर कहा, "व्हाट प्लीज!"

प्रवाल ने अचानक कहा, "वेटर।"

सुनील चौंककर सीधा हो गया। लेकिन कहीं कोई न था। दोनों हँसने लगे। सुनील ने कहा, "डराती हो?"

प्रवाल ने कहा, "तुम डरते हो। मैं कहाँ डराती हूँ?"

सुनील बोला, "जोजेफ कह रहा था, तुम कल मीटिंग में नहीं गईं। क्या हुआ था?"

प्रवाल ने कहा, "मैं एक हूँ। तुम्हारे साथ रह सकती हूँ या मीटिंग अटेंड कर सकती हूँ।"

सुनील हँसा। हलके स्वर में बोला, "कर लिया करो, यह भी जरूरी है।" फिर हल्के से उसके कंधे पर सिर टिकाकर आँखें बंद कर लीं।

प्रवाल ने उसका सिर उठाया, "कोई आ जाएगा। तुम्हें तो कुछ खयाल नहीं।"

सुनील उनींदे स्वर में बोला, "ऐसी तैसी। यहाँ सब जानते हैं। कोई आए तो कॉफी बोल देना। मैं तो सोता हूँ।"

सुनील ने फिर सिर रखना चाहा तो प्रवाल ने झटक दिया, "नहीं, बस! पहले उसे आकर चले जाने दो।"

सुनील उसकी ओर कुछ क्षण देखता रहा। फिर उठकर थोड़ा पर्दा हटाकर किसी वेटर को बुलाकर कटलेट्स और कॉफी लाने को कहा। फिर जाने किससे पूछा, "कैसे हो?"

वेटर अंदर आकर पानी वगैरह रख गया और जाते समय पर्दा खींच गया।

सुनील ने सिर मेज के किनारे टिका लिया। सहसा मृदुला की याद आई। मृदुला में जो था, वह इस लड़की में नहीं था। मृदुला शांत, मीठी और नरम थी और यह मिर्ची-सी करारी है, उसने सोचा। फिर जैसे उसने अपने आप से पूछा, 'मृदुला से धोखा कर रहे हो।' और फिर अपने आपसे ही कहा, 'नानसेंस, धोखा क्या? लड़का हूँ। कोई लड़की अपनी देह पेश करे तो आदर्शवादी क्यों बनूँ?' लेकिन मन नहीं माना। जी किया, उठकर बाहर चला जाए, खुली हवा में।

उसने सुना, प्रवाल कह रही थी, "क्या हुआ?"

"कुछ नहीं।" उसने सिर उठाकर उसकी ओर देखा। प्रवाल ने बालों से पिन

निकाल ली थी। सारे बाल खुल गए थे। काफी बाल चेहरे पर आ गए थे। काले बालों के बीच उसका चेहरा उत्तेजक लग रहा था।

सुनील मुस्कराया, ''मिर्ची।''

''क्या···क्या?'' प्रवाल की समझ में कुछ नहीं आया।

''कुछ नहीं।'' सुनील ने कहा, ''अमित तुम्हारी बड़ी तारीफ करता है। पटा लेगा तुम्हें किसी दिन।''

''ओ हो।'' प्रवाल ने उसे चिढ़ाया, ''तो तुम क्यों जल रहे हो?''

सुनील सीधा होकर बैठ गया। सोफे से पीठ टिका ली, ''जल नहीं रहा हूँ। लेकिन तुम्हें कहा तो क्या उसके साथ भी ऐसे ही आओगी?''

सुनील स्वयं समझ नहीं पा रहा था कि वह इस समय अमित की बात क्यों कर रहा था! शायद वह जानता था कि यह मात्र संयोग है कि अमित यहाँ नहीं है, नहीं तो 'प्रोपोजल' पहले अमित का होता तो शायद वही···

सुनील को प्रवाल पर विश्वास नहीं है। पर उसका आत्मविश्वास तो प्रवाल के विश्वास से संबंधित है न! लेकिन ऐसी लड़कियाँ तो···यह ठीक है कि प्रवाल उसकी पत्नी नहीं बनने जा रही। प्रवाल को भी उसके और मृदुला के घनिष्ठ संबंधों की खबर है। वह यह भी जानती है कि सुनील मृदुला के मुकाबले किसी को कभी नहीं चाहेगा। लेकिन अमित···इसका अर्थ हुआ, अगर अमित को पता चला कि हम दोनों यहाँ आए थे तो वह भी इसे पटाकर फिल्म दिखाकर यहाँ ला सकता है। तो फिर बात क्या बनी?

यह ठीक है कि प्रवाल और उसके संबंधों में गहराई कहीं नहीं। भावनाओं का उससे कोई संबंध नहीं। ऐसे ही जैसे अमित के संबंध कई लड़कियों से हैं। वही कौन दूध का धुला है! वह लड़की, जो रूपनगर में उसके कमरे में देखी थी, वहाँ कीर्तन करने तो आई नहीं होगी। और रेडियो, स्टेज, टी.वी. पर काम करती लड़कियों से उसके संबंध नहीं हैं क्या? और वह सभी भावनात्मक हैं क्या? प्रवाल से ऊपरी संबंधों के बावजूद वह चाह रहा था कि प्रवाल केवल उसी का अधिकार माने, उसी की बात माने। यह नहीं कि अमित के हाथ भी पट जाए। लेकिन नहीं, छोड़ो। एक लड़की—वह भी प्रवाल—उसके पीछे प्रतिद्वंद्विता क्यों पाली जाए! पर अमित कौन सीधा है! उसके पास मोटरसाइकिल है। लेकिन कभी उसने उसे सिखाई नहीं, प्रयोग के लिए नहीं दी। सोचता होगा, लड़कियाँ इंप्रेस हो जाएँगी। हुँह! उसे यह नहीं खलता कि क्यों नहीं दी, यह खलता है कि देनी चाहिए थी। अगर उसके पास होती तो अब तक अमित को भी चलानी आ गई होती। इस बारे में कभी मौका देखकर कहेगा सुनील।

और दबी जबानों से उसने सुना है कि अमित उसपर कटाक्ष करता है। उसकी अनुपस्थिति में उसके बारे में अनियंत्रित रूप से कुछ भी बक जाता है।

प्रवाल कह रही थी, ''क्या है? क्या सोच रहे हो?''

''कुछ नहीं।'' उसने प्रवाल को अपने में खींच लिया। फिर धीरे से पूछा, '' 'मदर करेज' देखने चलोगी?''

□

अमित आँखें फाड़े सुन रहा था, ''यार, लड़की है, कमाल है। मैं शर्त लगाकर कह सकता हूँ कि मैं पहला लड़का नहीं, जिसने उसे चूमा हो। क्या स्टाइल है!''

अमित ने खूब रुचि लेकर पूछा, ''कैसे, कैसे? बता न!''

सुनील ने कहा, ''यार, जिस तरीके से उसने मेरे होंठों को दबाकर चूमा है, उफ्! अब तक स्वाद बाकी है।'' फिर कुछ रुककर, उबरकर बोला, ''होंठ चूमने के ढंग से पता चल जाता है। जब तक अनुभव न हो, होंठ ऐसे चूमे ही नहीं जा सकते।''

अमित उत्सुकता में और आगे खिसक गया, ''और बता न, क्या-क्या हुआ?''

सुनील बताने लगा, ''होना क्या था, खाक! उस रेस्टोरेंट में और हो भी क्या सकता था?''

कुछ देर सुनील जैसे याद करता रहा कि जो कुछ हुआ था, उसमें से क्या बताया जा सकता था। हारकर उसने आम बात ही बताई, ''लेकिन यार, बड़ी गरम लड़की है। अभी तक होंठ याद आने पर गरम हो जाते हैं।''

अमित सहसा सँभलकर, ठीक होकर बैठ गया। ठीक है, उसने सोचा, ऐसी कौन सी वह 'एक लड़काव्रता' है। कल हमारे साथ भी जाएगी ही, फिर देखेंगे। फिर वह विचार उसने सुनील पर प्रकट भी कर दिया।

''एनी डे।'' सुनील कह रहा था, ''एनी डे यार। उसे तो आमंत्रण की जरूरत है। और फिर तेरे आमंत्रण पर! नॉट अ चांस दैट शी विल रिफ्यूज यू।''

अमित प्रसन्न हुआ। सोच-सोचकर प्रसन्न होता रहा कि बिना किसी मानसिक या मॉरल ऑब्लीगेशन के किसी लड़की के बदन को यूँ आराम से सहलाया जा सकता था। भावनाओं का कोई चक्कर नहीं; वादों, वफाओं का चक्कर नहीं। वाह!

सहसा वह सुनील की डाँट सुनकर चौंक उठा। जिस संसार में डूब गया था, उससे उबर आया।

सुनील उसे डाँट रहा था, ''व्हाट नॉनसेंस। भाई, अपने ही खयालों में डूब गया है। मैं तेरी जगह होता तो डाँटता। कहता कि समय खराब किया। पढ़ा क्यों नहीं?''

अमित ने सिर हिलाया। हाँ, ठीक ही तो। मित्र कोई गलत काम करे, गलत राह जाए तो उसे रोकना चाहिए कि चस्के ले-लेकर उसकी आवारगी पर चटखारे लेने चाहिए? पर नहीं, सुनील मजाक कर रहा है। वरना अपना दायित्व वह पूरी तरह समझता है। वह कोई काम गलत नहीं करता।

सुनील पूछ रहा था, ''मम्मी का क्या हाल है?''

अमित अपने संसार में पूरी तरह लौट आया, ''यार, यही एक समस्या है, जिसका हल नहीं सूझता। माँ इतनी बीमार हैं कि कहीं भी उस ढंग से मेरे साथ किराए के मकानों में नहीं ठहर सकतीं, जिस ढंग से मुझे रहना पड़ता है। अच्छे मकान का किराया मैं अफोर्ड नहीं कर सकता। फिर, डाची माँ अस्पताल में हैं, सो एक तो दवाइयाँ और डॉक्टरी सेवा सहज उपलब्ध है, दूसरे अस्पताल का अपना मकान है—खूब बड़ा, हवादार और सुविधाजनक। और फिर उनके लिए पूरे समय कोई देखभाल करनेवाला चाहिए। डाची माँ के लिए तो जैसे-तैसे वे थोड़ा-बहुत काम भी करती हैं। अगर वो आ भी गई तो डाची माँ अकेली रह जाएँगी। वे दोनों एक-दूसरे को पूरक हैं।''

अमित अचानक अचकचाकर रुक गया। नहीं, वह सबकुछ नहीं बता सकता। कैसे बताए कि विवाह के आरंभिक महीनों में माँ को पापा ने इतना सताया था—और वह नख-शिख पापा पर है—कि उसकी सूरत अनजाने ही माँ को उत्तेजित कर देती है! न, वह वहाँ जाकर भी नहीं रह सकता। एम.ए. क्या वह इसीलिए कर रहा है?

वह स्वयं स्पष्ट उत्तर नहीं ढूँढ़ना चाहता अपने अंतर्मन से।

दोनों ही थोड़ी देर चुप ही रहे।

फिर सुनील ने ही बात बदली। बोला, ''एक बात कहनी है तुमसे।''

अमित ने प्रश्नसूचक दृष्टि से उसे देखा।

''ऐसा है कि…'' स्पष्ट लग रहा था कि सुनील बड़ी सावधानी से शब्दों का चयन कर रहा है। ऐसे झुककर दोनों हाथों का प्रयोग करते हुए धीरे-धीरे वह तभी बताता है, जब कोई नाज़ुक बात कहनी हो।

''ऐसा है कि परसों मैं 'मदर करेज' की दो टिकटें लाया था। यू नो…'' सुनील ने उसकी ओर देखा तो उसने फिर सिर हिलाया। हाँ, तीन-चार दिन पहले 'मदर करेज' देखने की बात तो हुई थी।

जब सुनील शब्द ढूँढ़ रहा था तो वह बीच में ही बोला, ''तो…।'' फिर कुछ देर बाद जैसे बड़ी समझदारी की। पूछा, ''कितने की है?''

पैसे तो बराबर-बराबर बाँटने होंगे न। यह क्या कि सुनील ही दोहरा खर्च करे। वह तो वैसे ही अंधाधुंध खर्च करनेवाला जीव है। उसके पास तो कभी पैसे होते ही नहीं। पेट्रोल भी कई बार आंटी से उधार लेकर डलवाता है। सो शायद सुनील पैसों की बात करते झिझक रहा है कि उससे कैसे माँगे! लेकिन आज तो अमित जैसे 'ईडियट' का अवतार बना था।

सुनील ने प्रश्न नहीं सुना। वह अपनी ही धुन में था, ''यू सी,…'' वह फिर हिचकिचाता रहा, ''यू सी…दिस गर्ल प्रवाल वांट्स टू गो, टू…'' कहकर जैसे उसकी

प्रतिक्रिया जानने के लिए उसने उसकी ओर देखा।

अमित परेशान हो उठा। उसमें समस्या क्या है? प्रवाल साथ जाना चाहती है तो क्या है? वे तीनों अधिकतर साथ रहते भी तो हैं। फिर वह उलझते स्वर में बोला, ''तो ठीक है, उसे भी ले चलेंगे।''

सुनील फिर बोला, ''मैं कल भी वहाँ गया था—मॉडर्न स्कूल। सोचा, एक टिकट और ले लूँगा। पर साली टिकट मिलनी बंद हो चुकी हैं। हाउस फुल हैं।''

अब धीरे-धीरे कहीं एकाएक ही अमित की समझ में सबकुछ आ गया। निराशा और अपमान की मिली-जुली भावना से उसका चेहरा तमतमा आया। अपमानित-सा वह उसे घूरता रहा। फिर नजरें झुका लीं। सुनील जैसा व्यक्ति क्या ऐसी गलती करेगा? अमित का विश्वास भी डगमगा गया।

और सुनील क्या करे? वह अमित को चाहता है। लेकिन कुछ है, जो वह बराबर के स्तर पर नहीं चाहता। कहीं तो अमित उसका 'प्रोटेजी' बनकर रहे।

प्रवाल का जाना इसलिए जरूरी है, क्योंकि नई हुई दोस्ती में मजा है। फिर प्रवाल लड़की है, मादक और अनुभवी। लेकिन अमित के साथ संबंध इतने स्थूल तो नहीं। अमित उसके मित्रों में से एक नहीं था। एक ही मित्र था। नहीं, यह स्थिति सँभाले नहीं सँभलेगी। इस स्थिति का एक ही हल है—नाटक की एक और टिकट, जो उपलब्ध नहीं है।

कुछ पूछना है, इसीलिए अमित ने पूछा, ''लेकिन वह तो रात को समाप्त होगा। प्रवाल को मुश्किल नहीं होगी? घर क्या बताएगी?''

अबकी बार सुनील नाराज हो गया, ''मैंने कब कहा कि वह जाएगी ही? मैंने कहा, शी वांट्स टू गो बट इट इज नॉट नैसेसरी।''

अमित को बात बहुत चुभी होगी, यह सुनील एकदम महसूस कर गया। नहीं, वह प्रवाल के लिए इतना बड़ा मूल्य नहीं चुका सकता! अमित संग्रहणीय है। इस धरातल पर वह लड़ना नहीं चाहता। पर शायद इस केस में यही जमीन है। वह अमित से ऊपर उठना चाहता है। लेकिन इस तरह की लड़ाई में तो वह बहुत नीचे गिर जाएगा।

कुछ देर बाद सुनील ही बोला, ''तुझे अभी तक यही समझ नहीं आया कि तेरे सामने प्रवाल कुछ नहीं है! बस, मृदुला की बात अलग है। टिकट मिल जाती तो देखते, पर तुझपर तो हजार लड़कियाँ कुर्बान, मेरे भाई।''

अमित का सीना गर्व से फूल उठा। यह झूठ भी हो, बात सँभालने का एक ढंग भी हो, तो भी कितना मजेदार है, सुखदायक!

फिर प्रकट में बोला, इस बार स्वर में आत्मविश्वास था, ''ऐसी कोई बात नहीं। न मेरी दुश्मनी प्रवाल से है, न तुझसे। लेकिन कई बार आदमी लड़कियों से संभ्रांतता या

डीसेंसी में बात कर आता है। अगर उसने ऑफर किया है तो शायद तू इनकार न कर पाया हो। आई कैन अंडरस्टैंड। हमारे बीच तो म्यूचुअल अंडरस्टैंडिंग है। कोई फर्क नहीं पड़ता। लेकिन प्रवाल के सामने तुझे 'एंबैरेस्ड' नहीं देखना चाहता।''

वह मन से कह रहा था। सहसा उसे लगा, सुनील के स्थान पर अगर वह स्वयं होता तो बात कब की हाथ से निकल चुकी होती। लेकिन सुनील सब सँभाल लेगा। वह जो भी करेगा, ठीक करेगा, सोच-समझकर करेगा। अगर वह प्रवाल को ले जाने के लिए मान जाता है तो इसका अर्थ होगा, स्थिति ऐसी हो गई होगी कि प्रवाल को न ले जाना असभ्यता होती। ऐसी स्थिति में वह समझ से काम लेगा। और 'अंडरस्टैंडिंग' का अर्थ क्या है? और ऐसा करके भी वह उन अनगिनत समझदारियों के समक्ष कुछ भी नहीं जो सुनील करता है। सुनील अगर प्रवाल के साथ जाकर खुश होगा तो उसे खुशी होगी। सुनील जैसे मित्र के लिए यह भी कोई त्याग हुआ भला!

''देख अमित, अब बेकार नहीं बोलना, हाँ।'' सुनील कह रहा था, ''यह ठीक है कि मुझे उससे बात करनी होगी, समझाना होगा; लेकिन सब ठीक हो जाएगा।''

सुनील और अमित के पास करने के लिए सदा ही खूब बातें होती थीं। धीरे-धीरे विषय बदलते रहे और वे अपनी बातों में डूब गए। फिर रविवार रात को वही दोनों नाटक देखने गए।

□

सुनील के क्लास-रूम तक पहुँचते-पहुँचते पढ़ाई आरंभ हो गई थी।

अमित के अतिरिक्त केवल ललित और था क्लास में। भाटिया सर से काफी देर तो वे यूँ ही अनौपचारिक बातचीत करते रहे। मि. भाटिया वैसे भी हँसमुख व्यक्ति थे। उनकी बातें मजेदार होती थीं। थोड़ी देर के बाद जैसे ही वे विषय की ओर उन्मुख होते या पुस्तक खोलना चाहते, यूँ ही सा कोई प्रश्न अमित पूछ लेता। फिर उसने बता ही दिया, ''सर, सुनील की यूनियन मीटिंग है। समाप्त हो चुकी होगी। आप 5 मिनट और रुक जाइए।''

5 मिनट से भी ऊपर हो गए। अमित परेशान हो उठा। सुनील को 'शेक्सपियर' की क्लास वैसे ही अच्छी लगती है। 'यूनियन' की मीटिंग में प्रवाल भी होगी और बस। भाई फ्लर्ट मार रहा होगा। लेकिन यह उसने यूँ ही सोचा था। वास्तविकता यही थी कि उसकी देरी के कारण वह स्वयं झुँझलाहट से भर उठा था।

हुँह! मैं देर से पहुँचूँ तो डाँटने लगता है, आप पहुँचे तो कुछ नहीं। आज आने दो इसे।

हारकर भाटिया साहब 'एंटोनी एंड क्लियोपेट्रा' पढ़ाने लग गए।

थोड़ी देर बाद सुनील क्लास-रूम के पिछले दरवाजे से आकर चुपचाप उसके

साथ बैठ गया। अमित ने मुँह फुलाकर नाराजगी से उसे देखा। आँखों से आँखें मिलाकर और जरा हाथ जोड़कर सुनील ने डरने का अभिनय किया। लेकिन ऐसे मौके कब मिलते थे! अमित को बहुत कम मिलते थे। आज देखेंगे बच्चू!

भाटिया सर कह रहे थे, "पहले आधे नाटक में 'शेक्सपियर' ने एंटोनी को बहुत नीचे दिखाया है। पाप की गहराइयों में वह गले तक डूबा है। रोम का लड़ाकू सिपाही और सीनेटर न देश के आक्रमणकारियों के प्रति सजग है, न सीनेट के प्रति। वह क्लियोपेट्रा की सुंदरता में खो गया है, अपने दायित्व भूल गया है। वह कुछ नहीं जानता, कुछ नहीं समझता। फिर दिखाया है कि केवल स्वार्थ-सिद्धि के लिए, केवल अस्थायी शांति बनाए रखने के लिए अपने को भी धोखा देकर वह ऑक्टेवियस सीजर की बहन से विवाह का प्रस्ताव मान लेता है। पर विवाह के बाद फिर क्लियोपेट्रा के पास चला जाता है।"

अमित और सुनील चुप सुन रहे थे। फिर सुनील फुसफुसाया, "इसमें नया क्या है? यह तो हमें मालूम है।"

अमित चुप रहा।

"क्लियोपेट्रा को मध्यम कद का माना गया है। उसकी त्वचा भी टैंड थी। उसका शरीर उसकी वय—वह 35 वर्ष की थी, जब एंटोनी से मिली थी—से मेल खाता था। अर्थात खूब भरा था। तो क्या था, जो एंटोनी को आकर्षित करता था? वह था क्लियोपेट्रा का व्यक्तित्व। इनोबार्बस, जो सीजर का दूत था—क्लियोपेट्रा के आकर्षण रहस्य को समझता है। उसने कहा था, 'समय उसके सौंदर्य को नष्ट नहीं कर पा रहा, न रीति-रिवाजों के बंधन उसके व्यक्तित्व को बासीपन दे सकते हैं। उस एक औरत में सैकड़ों व्यक्तित्व हैं। जहाँ दूसरी महिलाएँ खिला-खिलाकर भूख मार देती हैं, वहाँ क्लियोपेट्रा जितना भूखे को संतुष्ट करती है, उतनी ही अधिक उसकी भूख बढ़ती है।"

भाटिया सर अंग्रेजी में समझा रहे थे। अमित ने सुनील को देखा। वह कुछ खोया-सा लगा। उसने सामने देखते हुए ही उसे कुहनी का टहोका दिया। उसे लगा, सुनील चौंक गया था। सुनील साधारणतया क्लास में केवल पढ़ाई की ओर ध्यान देता था।

"...एंटोनी, क्लियोपेट्रा के जीवन में तीसरा आदमी था। पहला पॉम्पी था, दूसरा जूलियस सीजर...तो मैं बता रहा था कि नाटक के आधे भाग में एंटोनी कहीं महान् नहीं है। यही नहीं, सीजर के साथ जलयुद्ध में जब क्लियोपेट्रा का जहाजी बेड़ा उसका साथ छोड़ देता है तो लड़ने की अपेक्षा वह क्लियोपेट्रा के जहाज में भाग आता है। लेकिन यहाँ से शेक्सपियर उसे धीरे-धीरे ऊपर उठाता है। और यही शेक्सपियर जैसे नाटककार की विशेषता है। नाटक के अंत तक एंटोनी न सिपाही है, न लड़ाका और न राजनीतिज्ञ है। वह केवल प्रेमी है। उसका प्रेम इतनी तीव्रता से उभरता है कि राजाओं के इतिहास

में वह ज्वलंत हो उठता है। क्लियोपेट्रा के मरने की झूठी खबर सुनकर वह तलवार पर गिरकर आत्महत्या का प्रयत्न करता है और घायल हो जाता है।''

अमित ने सुनील को कनखियों से देखा, वह सचमुच परेशान तो नहीं। पर नहीं। सुनील न केवल ध्यान से सुनता लगा, बल्कि लगा, वह कुछ कहना भी चाहता है।

''वह किसी रूप में जीवित नहीं। केवल अपने प्यार पर जीवित है और उसी के लिए मर जाता है। यह उसे महान् बनाता है, उसे नाटक के नायक बनने योग्य बनाता है, उसके अफेयर को ट्रैजिक बनाता है।''

''एक्सक्यूज मी, सर।'' सुनील बीच में बोला।

''यस!'' भाटिया सर ने रुककर पूछा।

सुनील ने बैठे-बैठे ही अपनी पुस्तक खोली और पृष्ठ पलटता हुआ बोला, ''सर, क्या यही बात आप क्लियोपेट्रा के बारे में कह सकते हैं?''

''कौन सी बात?''

''यही प्यार की महानता के बारे में। क्या आप मानते हैं कि क्लियोपेट्रा का प्यार भी उतना ही सच्चा और तीव्र था जितना एंटोनी का था?''

''आई डोंट नो व्हाट डू यू मीन! ऑफकोर्स इट वाज। वह उसके लिए मर गई।''

सुनील उत्तेजित नहीं था, पर शिथिल भी नहीं था। ''ऑयम सॉरी सर, आई फ्राइंड इट डिफरेंट।'' वह बोला।

अमित और ललित ध्यान से सुन रहे थे। सुनील अपनी बात तर्कों द्वारा प्रस्तुत करता था और उसके तर्कों में जान होती थी।

''तुम ऐसा क्यों मानते हो?''

''सर, क्लियोपेट्रा एंटोनी के कारण नहीं मरी। हाँ, एंटोनी जरूर उसके कारण मरा। एक स्थान पर तो यह संकेत भी मिलता है कि क्लियोपेट्रा ने—यह समझकर कि एंटोनी मर चुका है—सीजर को विवाह संदेश भी भेजा था, जिसे सीजर ने स्वीकार कर लिया था। लेकिन क्लियोपेट्रा को संदेह हो गया था कि सीजर धोखा कर रहा है। वह उसे जान से मार देगा। जब उसके इस संदेह की पुष्टि हो गई, तभी उसने आत्महत्या की थी।''

''बट माई बॉय, मरते-मरते एंटोनी क्लियोपेट्रा के सामने था।'' भाटिया सर मुसकराए।

''यस, मैं वह भी बता रहा हूँ। सीन यूँ है कि एंटोनी को पता चलता है कि क्लियोपेट्रा नहीं रही। वह तलवार पर गिरकर आत्महत्या का असफल प्रयास कर चुका है। सहसा उसे पता चलता है, क्लियोपेट्रा जिंदा है और अपने किले में है। वहाँ से वह घायल और लगभग मरणासन्न अवस्था में केवल उसे देखने की इच्छा लिए उसके दरवाजे तक पहुँचता है। अब क्या आपको अजीब नहीं लगता कि क्लियोपेट्रा अपने प्रेमी

को—जो मरणासन्न अवस्था में केवल उसे देखने की इच्छा लिये उसके दरवाजे पर खड़ा है—उसे सुरक्षा नहीं देती, या उसके पास नहीं आ जाती? या किले का दरवाजा नहीं खुलवा देती? 'ऑन द कॉट्रिरी' वह उसे अपने पास रस्सों के सहारे ऊपर खिंचवाती है— अपनी महिला सेविकाओं द्वारा। वह तब भी डरती रही कि कहीं सीजर न आ जाए, उसे मार न दे! क्या यह प्यार है? जरा सोचिए कि एंटोनी की उस समय की हालत क्या थी? क्या वह इस योग्य था कि उपचार के बदले इतनी यातना सह लेता? क्या उसे असीम दर्द नहीं हुआ होगा? क्या यह प्यार है?''

अमित मुग्ध भाव से सुन रहा था। वाह, क्या बात कही है! लेकिन उसने कहाँ से पढ़ा? हमें तो पता ही नहीं चला। हमने इस दिशा में सोचा ही नहीं। देखें, सर के पास उसका क्या उत्तर है!

''गुड!'' भाटिया सर कह रहे थे, ''लेकिन उसमें गलत कहाँ है? यह तुम्हारे दृष्टिकोण की व्याख्या है। दूसरा दृष्टिकोण यह भी तो हो सकता है कि वह औरत है, अपनी इज्जत खराब होने के डर से डरती है। इसलिए नीचे नहीं आती।''

''वाह, यह खूब रही, सर! इसका अर्थ तो यह हुआ कि उसका प्रेमी चाहे उसकी आँखों के सामने तड़पता रहे—केवल इसलिए कि वह उसकी गोद में मरना चाहता है—लेकिन वह केवल इस विचार से, क्योंकि सीजर के वहाँ पहुँचने का आभास अभी उसे नहीं है; कि सीजर आ पहुँचा है या आसपास घात लगाए बैठा है, ऐसी खबर भी उसे नहीं मिली है—वह केवल इस विचार से, अनुमान से नीचे नहीं आना चाहती कि कहीं उसका वध न कर दिया जाए, उसकी बेइज्जती न की जाए! ऐसी स्थिति में यह व्यवहार क्या प्यार हुआ?''

सहसा अमित भी बोल उठा, ''राइट सर! और जलयुद्ध में भी तो वह उसी के कारण हारती है। ऐन मौके पर जब युद्ध चरम सीमा तक पहुँच चुका है और एंटोनी युद्ध जीत भी सकता है—वह एंटोनी को छोड़कर भागने को तैयार हो जाती है। यह भी प्यार की तो निशानी नहीं!''

भाटिया सर उनके चुप होने पर भी सोच में डूबे चुप ही रहे। अमित और सुनील ने एक-दूसरे को देखा। वे दोनों उत्साहित हो उठे।

अब भाटिया सर की खैर नहीं। अब या तो वे कन्विंस करके उठेंगे या कन्विंस होकर।

ललित अभी चुप ही बैठा था। वह मेधावी छात्र था, पर चुप था। सांध्य की नीरस कक्षाओं में 22 विद्यार्थियों के नाम दर्ज होने पर भी केवल 2-3 का उपस्थित रहना उनकी रुचि और लगन का ही तो परिचायक था।

''देखो'' सर कह रहे थे, ''मैंने पहले ही कहा था कि यह तुम्हारा दृष्टिकोण है।

हमें दूसरे के दृष्टिकोण से भी देखना चाहिए। तुम लोग लड़के हो, शायद औरत की इस मजबूरी को नहीं समझ रहे। बात के दो पहलू होते हैं। एक ही बात की व्याख्या तुम अपने ढंग से करोगे, अमित अपने ढंग से और ललित अपने ढंग से। वैसे सुनील, तुमने जो कहा है क्लियोपेट्रा के प्रेम-संदेश के विषय में, वह पाठ्य पुस्तक में कहाँ है, जरा मुझे दिखाओ।''

''सर,'' सुनील बोला, ''इस एडीशन के अंत में समीक्षकों के अपने अनुमान और विश्लेषण हैं। इतिहासकारों ने इस तथ्य का पता लगाया है कि उसने सीजर को विवाह संदेश भेजा था। इस पुस्तक के अंत के पृष्ठों पर लिखा है।''

''देखो सुनील, इतिहासकार और नाटककार में अंतर है। इतिहासकार केवल तथ्य कहता है सबूतों के आधार पर। लेकिन साहित्यकार-नाटककार कहानी कहता है। यकीनन उसकी कहानी तथ्यों पर ही आधारित होनी चाहिए। लेकिन मुख्य तथ्यों का वह एक फ्रेम बुनता है, जिसमें वह अपनी कहानी फिट करता है—अर्थात् गहरी बड़ी स्थूल रेखाओं को वह बिगड़ने नहीं देता। जो स्पष्ट रूप से उजागर है—जो सर्वमान्य है—उसे वह अमान्य नहीं करता। लेकिन जहाँ फेर-बदल हो सकती है और वह उसकी कहानी में नाटकीय रुचि या नवीनता उत्पन्न करती है, वहाँ बड़ी सावधानी से थोड़ा-बहुत बदला जा सकता है, अगर कोई प्रसंग या तथ्य विवादास्पद है तो। अर्थात् सूक्ष्म रेखाओं को टेढ़ा-सीधा करने की गुंजाइश तो है, पर बड़ी रेखाओं को नहीं। क्लियोपेट्रा ने विवाह-संदेश सीजर को भेजा था या नहीं, यह विवादास्पद है। कुछ इतिहासकार कहते हैं, भेजा था; कुछ का मत है, नहीं भेजा था। और भी मत हैं। हर एक आलोचक का अपना अलग मत है। लेकिन वे सब साबित नहीं किए जा सके।''

भाटिया साहब ने रुककर सुनील और अमित की ओर देखा, ''और कुछ कहना है?''

अबकी बार ललित बोला, ''सर, बेहतर यह होगा कि हम अपने को पुस्तक तक सीमित रखें। ये बातें अतिरिक्त रूप से जानी व सराही जा सकती हैं, लेकिन परीक्षा में तो हमें पाठ्य पुस्तक की बात ही कहनी, समझनी होगी ना!''

भाटिया सर आगे बढ़े। लेकिन अमित बड़े गर्व से सुनील को देख रहा था।

× × ×

दोनों भाटिया सर से बातें करते बाहर निकले। सारा गलियारा पारकर जब वे बिल्डिंग के बाहर आए तो अमित ने देखा—प्रवाल खड़ी थी। भाटिया सर सुनील से कुछ कह रहे थे। अमित ललित से बातें करता पीछे चल रहा था। फिर सुनील और भाटिया साहब बातें करते आगे निकल गए।

अमित और ललित को देखकर प्रवाल भी उनमें आ मिली। अमित ने पूछा,

"तुम्हारी क्लास समाप्त हो गई?"

"हाँ।" प्रवाल ने बताया, "तुम्हारी?"

"आज हमारी अंतिम क्लास नहीं लगी। तुम घर नहीं गईं।"

"चली जाती हूँ।" प्रवाल हँसी।

"आज मीटिंग थी तुम्हारी। क्या हुआ?" ललित ने पूछा।

"होना क्या था, रुटीन प्रोसीडिंग्स, बस।"

कुछ देर वह यूनियन मीटिंग के विषय में बोलती रही, फिर सुनील भी आ गया। थोड़ी देर चारों बातें करते रहे। फिर ललित साइकिल स्टैंड से अपनी साइकिल लेने चला गया। प्रवाल, सुनील और अमित उस ओर चलने लगे, जहाँ अमित की मोटरसाइकिल खड़ी थी। धीरे-धीरे तीनों वहाँ आकर रुक गए।

"आज खूब मजा आया!" अमित कह रहा था, "यू नो, प्रवाल। दिस गाइ इज टू मच'। क्लियोपेट्रा को लेकर आज भाटिया सर से इसने खूब बहस की।"

प्रवाल ने कहा, "क्या उसकी बेवफाई को लेकर?"

"हाँ···" अमित रुक गया। तो सुनील इस विषय पर प्रवाल से पहले ही बहस कर चुका है। अमित अब थक चुका था। भूख भी जोरों की लग उठी थी। उसने सुनील की ओर देखा।

सुनील का चेहरा कुछ उलझन में था। "अमित," सुनील ने धीरे से कहा, "सुनो, इसे दो बार बस बदलनी पड़ती है। माल रोड से सीधी बस मिल जाती है। क्या इसे मोड़ से बस दिलवा आएँ?"

सुनील की समझ में नहीं आ रहा था। 'मदर करेज' की टिकटोंवाली बात जैसी बात ही यह भी थी। अमित को आज दोपहर की मुलाकात के विषय में नहीं बताया जा सकता। और इतनी मुलायम लड़की से मुलायम बातें ही तो की जा सकती हैं। उसे माल रोड से बस पकड़वाने का प्रबंध करने जैसे वादे-सी मुलायम बात। फिर एक क्षण को अमित का चेहरा देखकर वह भी पसीज गया—भूख से तमतमाया, थका चेहरा।

थोड़ा-बहुत अमित की समझ में आया, बहुत सा नहीं आया। बोला, "ठीक है। लेकिन पहुँचाने कौन जाएगा?"

अमित और प्रवाल देर से बातें कर रहे हैं। प्रवाल को केवल जाने की समस्या होती तो वह उसे कह देती। उसने कहा नहीं तो क्या वह उसके साथ नहीं जाना चाहती। लेकिन सुनील अभी ढंग से मोटरसाइकिल नहीं चला पाता। और इतनी रात को अकेले मोटरसाइकिल पर भेजना सुरक्षित नहीं होगा। तो क्या? तो क्या सुनील चाहता है कि अमित अकेला घर जाए अपनी मोटरसाइकिल पर और वह प्रवाल को छोड़कर घर पहुँचेगा। लेकिन पहुँचेगा कैसे? यहाँ से पैदल माल रोड जाते 20-25 मिनट तो लगेंगे

ही। फिर उसे बस पर चढ़ाकर अपनी बस पकड़ते एक-डेढ़ घंटा लग जाएगा। अभी 9.30 बजे हैं। तो क्या यह ग्यारह बजे घर पहुँचेगा?

कुछ समझ नहीं आ रहा है। अमित झुँझला उठा। उसके प्रश्न के उत्तर में सुनील भी मौन था, प्रवाल भी। झुँझलाहट भरे स्वर में ही उसने कहा, "अच्छा, ठीक है। तुम रुको, मैं छोड़कर आता हूँ। तुम्हें ठीक से चलानी नहीं आती।"

सुनील ने पूछा, "क्या?"

अमित बोला, "मोटरसाइकिल।"

सुनील को एकबारगी सब याद हो आया। इसी बात पर अमित को एकाध सुनाने को मन हुआ। पर जबरन यह इच्छा वह दबा गया। प्रवाल असहाय दृष्टि से उसे देख रही थी।

फिर सुनील बोला, "यह ठीक है। तुम्हीं छोड़ आओ…बेशक। पर क्यों न तीनों ही एक साथ चलें!"

भूख और जोर से भड़क उठी थी। पर कुछ समझते, कुछ न समझते वह बोला, "चलो, जल्दी करते हैं।"

उसने मोटरसाइकिल स्टार्ट की और बैठ गया। उसके बैठने और किसी भी दूसरे व्यक्ति के उसके बाद बैठने के बीच का अंतराल जब उसे अनुभव हुआ तो उसने पीछे मुड़कर देखा। पीछे प्रवाल सुनील के प्रति अपनी वफादारी प्रकट कर रही थी। वह उसे संकेत से कह रही थी कि पहले वह बैठे। अमित से सटकर बैठना होगा, इसलिए। सहसा उसे षड्यंत्र की बू आने लगी। मन वितृष्णा से भर उठा। सुनील ने शायद भाँप लिया। वह जल्दी उसके पीछे बैठ गया, फिर प्रवाल बैठी। माल रोड के बस स्टैंड पर इतना अँधेरा था कि वहाँ प्रवाल को अकेले छोड़ आना ठीक नहीं लगा। 15 मिनट की प्रतीक्षा के बाद बस आई और वे घर लौटे। अगले दिन भी यही।

और फिर यह प्रतिदिन का क्रम बन गया।

□

फरवरी का महीना शुरू हो गया था। वातावरण में काफी ठंड भी। अमित कॉरीडोर में खड़ा कुछ सोच रहा था।

सहसा किसी महीन स्वर ने उसे चौंका दिया, "हेलो!"

उस दिन जो लड़की उसकी मोटरसाइकिल पर बैठी थी, वही थी। पहले की तरह अब भी यह लड़की फैकल्टी में इधर-उधर, इस-उस कोने में दिख जाती थी। लेकिन एक-दूसरे को देखकर हल्के से मुसकरा देने के अतिक्ति दोनों में से कोई आगे नहीं बढ़ा था। लेकिन कई बार वह बहुत अच्छी लगी थी। अमित के न चाहने पर भी रह-रहकर उसकी दृष्टि उसके सीने पर अटक जाती थी। उसके शरीर के अनुपात में उसके सीने

का उभार बहुत ज्यादा था। उसके चेहरे पर बिखरा सौम्य सौंदर्य ऐसी कल्पना को और आगे नहीं बढ़ने देता था। उसके अपने ग्रुप में भी उसे जोर से बोलते नहीं सुना था। आज अपनी उदासी से उसका चेहरा मेल खाता लग रहा था। किसी से बातें करने को दिल कर रहा था।

"लगता है, आप मुझे जानते नहीं!"

"जानता क्यों नहीं!" अमित बोला, "आप फैकल्टी की खूबसूरत लड़की हैं। हिस्ट्री में एम.ए. कर रही हैं और मेरी मोटरसाइकिल पर एक दिन बैठी थीं। यह मेरी बदकिस्मती है कि न तो मोटरसाइकिल चल रही थी, न मैं चला रहा था।"

"नहीं," उसका चेहरा सुर्ख हो आया, "मेरा यह मतलब नहीं था। आप शायद मुझे पहचानते नहीं। कपूर अंकल की लड़की की शादी में आप आए थे न! मैं उसकी कजिन हूँ।"

"अच्छा!" अमित को याद आ गया। लेकिन उस दिन इसे देखा था, याद नहीं आया, "आपका नाम क्या है?"

"विधू।" वह ठंड से कँपकँपाई।

"काफी ठंड है। नहीं?" उसने पूछा।

विधू ने सिर हिलाया।

"चाय पिएँगी? बाहर धूप में लॉन में बैठकर पिएँगे।"

विधू एकदम सिर हिलाकर मान गई। फिर वे चलने लगे। चलते-चलते बातें भी करते रहे। विधू घास से अलग जाकर बैठ गई। वह चाय ले आया और दोनों धीरे-धीरे बातें करते रहे। जाने क्यों अमित को लग नहीं रहा था कि वे पहली बार मिले हैं। दोनों की बातें कुछ इस सहजता से चल रही थीं कि अजनबीपन का अहसास एकदम नहीं हो रहा था। विधू अंजली नहीं थी, ऋतंभरा भी नहीं थी।

वह उसकी बातें सुनती थी, सिर हिला-हिलाकर हामी भरती थी, खूबसूरत आँखें उसके चेहरे पर टिकाकर उसको एकटक देखती रहती थी—जब वह बात कर रहा होता था और बीच-बीच में उसकी बात को टहोका भी दिए जाती थी।

अमित अपनी कम बात करनेवाली स्थिति से उबर आया था। विधू से बातें करना अच्छा लग रहा था। यहाँ खतरा नहीं था, जैसा ऋतंभरा से रहता था कि बात बीच में काट देगी या खिंचाई करेगी। विधू के तीखे नैन-नक्श उसे बहुत अच्छे लगे।

थोड़ी देर बाद विधू की वे दोनों सहेलियाँ भी आ गईं। उनके बाद दो लड़के और भी। दोनों उनकी क्लास के ही थे। और उन छहों में आपस में खूब दोस्ती हो गई।

□

कुछ देर अमित और ऋतंभरा दोनों चुपचाप साथ चलते रहे। आसपास के रोमांटिक वातावरण और आपसी साथ को जैसे दोनों पीते रहे। दूब की घास की चादर फैली थी। वर्षा हो चुकी थी और सूर्यास्त होने को था। उसकी लालिमा वर्षा के बाद स्वच्छ हो चुके वातावरण से गुजरकर हरी घास में मिल रही थी। जो रंग घास पर उन दोनों के आसपास उन्मुक्त बिखरा था, वह मादक था। ऋतंभरा लगभग दो महीने के बाद अमित से मिल रही थी। पिछले साल उसने एक एयर लाइंस में एयर होस्टेस के पद के लिए प्रार्थना-पत्र दिया था। नवंबर में उसे बंबई इंटरव्यू के लिए बुलाया गया था। नवंबर में ही उसे सूचना मिली कि वह चुन ली गई थी और उसकी ट्रेनिंग दिसंबर से ही शुरू हो रही थी।

बस, तभी जाते समय वह अमित से मिलकर गई थी। ट्रेनिंग के बीच केवल दो दिन की छुट्टी लेकर वह आई थी। ऋतुंभरा ने साड़ी पहनी थी। ऊपर शॉल लपेटे वह अत्यंत आभिजात्य लग रही थी। उसके सारे व्यक्तित्व में एक राजसी शान थी। उसकी आँखें और भी आकर्षक हो उठी थीं। अमित ने नोट किया था कि ऋतंभरा पहले से अधिक निखर गई थी। ट्रेनिंग में बाकायदा ढंग से मेकअप करना सिखाया जाता था। अपने को आकर्षक और चुस्त रखना ही तो उनकी नौकरी थी। और ऋतंभरा को तो स्वयं नई-नई पोशाकें पहनने, बनाने और शृंगार करने का बहुत शौक था। उसे सचमुच यह ट्रेनिंग रास आ रही थी। ऋतंभरा ने चलते-चलते पूछा, ''जहाँ रहते हो, वहाँ के लोग कैसे हैं?''

अमित ने सामने देखकर कहा, ''अच्छे हैं।''

अमित अपेक्षाकृत चुप था। कमीज व पैंट के ऊपर उसने भी शॉल ओढ़ रखी थी। कुछ देर चलते रहने के बाद उसने कहा, ''तुमने तो बताया भी नहीं। तुम तो कह रही थीं कि यह सब मजाक है। यानी तुम्हारा एप्लाई करना, ट्रेनिंग के लिए जाना वगैरह।''

ऋतंभरा का मन भीग उठा। उसे इस लड़के को धोखा देने का अधिकार नहीं। लेकिन वह क्या करे?

बोली, ''मैंने मजाक ही समझा था।''

अमित बोला, ''पर अब तो तुमने दो महीने से इधर का रुख ही नहीं किया। यह मजाक नहीं है, ऋतु।'' दोनों थोड़ी देर चुप हो रहे।

अमित बोला, ''तुम्हारे जाने के थोड़े दिन बाद मुझे टायफॉइड हो गया था।''

ऋतंभरा जानती थी कि अमित ने अकेले ही अपने बीमारी भुगती होगी। आंटी ने कितनी मदद की होगी, यह उसे कैसे मालूम होगा। उसने सहसा उसकी बाँहें पकड़ लीं। रुक गई। फँसे-से स्वर में कहा, ''मुझे खबर क्यों नहीं की?''

अमित ने धीरे से बाँह छुड़ाकर कहा, ''तुमने अपना पता मुझे नहीं दिया था।

तुम्हारी मम्मी से मैं तुम्हारा पता क्यों पूछता?''

ऋतु उसे एकटक देखती रही। सारा वातावरण डूबते सूरज की किरणों से लाल हो उठा।

वह आसपास की वस्तुओं से अनभिज्ञ हो उठी। आस-पास चलनेवाले इक्का-दुक्का लोगों की उपस्थिति नकारकर उसने अमित का सिर झुकाकर अपने वक्ष से लगा लिया।

लगभग अगले ही क्षण अमित ने धीरे से अपने को अलग कर लिया। उसने अपने आसपास देखा। शायद उन्हें ऐसा नहीं करना चाहिए था। फिर सकुचाए-से दोनों चलने लगे। ऋतु अमित से प्यार करती है, अगर यह स्पष्ट है तो फिर द्वंद्व कैसा?

लेकिन केवल ऋतु ही जानती है कि अनजाने ही वह कहाँ पहुँच गई थी।

उसके जीवन में ग्लैमर था, अमीरी और सुख था। सारा जीवन जिस जीवन की कल्पना करती रही थी, यह वही दुनिया थी।

आस-पास गोरे, लंबे, ऊँचे और स्वस्थ युवक थे, जो कैप्टेन थे, स्टुअर्ट थे या और अन्य पदों पर थे। वे सब स्मार्ट थे, आकर्षक व्यक्तित्ववाले थे। उन सबके बीच वह बहुत लोकप्रिय थी। उनकी प्रशंसात्मक दृष्टियों के प्रति भी सजग थी।

इधर अकेले अमित था। उसकी आँखें भी उसे अच्छी लगती थीं। उसकी आँखें ही तो थीं, जिनमें आँखें डालकर वह देख नहीं पाती थी। इतनी आधुनिक होते हुए भी नजरें चुरा लेती थी, शरमा जाती थी। उसकी आँखों से झलकती अपनी तारीफ उसे अच्छी लगती थी। उसकी कविताएँ सुनना और विशेषकर उन कविताओं को सुनना, जो केवल उसी के लिए लिखी गई थीं, बड़ा सुखद लगता था।

लेकिन इतने लोग थे वहाँ—बंबई में। सब उसके रूप और व्यक्तित्व पर मुग्ध, उसके लिए कुछ भी करने को तैयार, उसपर मरने-मिटने को तैयार।

फिर जब वह आकाश में होते तो कॉकपिट में कैप्टेन और 'क्रू' के अन्य चुस्त व आकर्षक व्यक्तियों के मजाक में हिस्सा लेती। देश भर के सबसे अमीर और आभिजात्य समाज के लोग उसके संपर्क में आते। उनके सामने अपने व्यक्तित्व का प्रदर्शन, अपने रूप और इंटेलीजेंस का प्रदर्शन—यह सब मादक था। इसे छोड़ा नहीं जा सकता था।

तो क्या अमित को छोड़ा जा सकता था? नहीं।

तो फिर? वह आखिर चाहती क्या है?

जब तक वह इस पद पर है, उसे अविवाहित रहना होगा यह उसकी नौकरी की अनिवार्य शर्त थी।

तो क्या हुआ? वे दोनों प्यार तो करते हैं। जब शादी करनी होगी, तो वह नौकरी छोड़ देगी।

लेकिन अमित अकेला है। उसे उसकी जरूरत है। वह उससे विवाह करना चाहता है।

वह क्या अपनाना चाहेगी? अमित को या अपनी ग्लैमरस, भव्य और एडवेंचरस नौकरी को?

अगर वह उसके लिए नौकरी नहीं छोड़ सकती तो उसे अपने लिए प्रतीक्षा करने को कहना क्या स्वार्थ नहीं होगा? इसका अर्थ होगा, वह दोनों नावों पर पैर रखकर चलना चाहती है। वह दोनों संसार के सुख चाहती है।

तो क्या वह अमित को मात्र उपादान समझती है! मात्र एक वस्तु, जिसे केवल अपने उपयोग के लिए रखा गया हो! न, इतना प्यारा अमित। फिर उसका दोष क्या है? उसे इस स्थिति में रखना उसके बस का नहीं है। और वह भी एक व्यक्ति है। उसके पास अपना भी मस्तिष्क है। वही क्यों ऐसे रहना स्वीकार करेगा?

तभी स्तब्ध करता, सारे विचारों को धकियाता, उसे ग्लानि और शर्म महसूस कराता एक नाम उसके मस्तिष्क की दीवारों से जा टकराया—कैप्टेन विनय। इस नाम को बड़ी देर से अपने दिमाग के इर्द-गिर्द मँडराता उसने महसूस किया था। लेकिन बड़ी देर से उसे नकार रही थी।

कैप्टेन विनय।

अहमदाबाद के होटल में साथ-साथ ठहरे थे वे सब। इतना उन्मुक्त वातावरण, इतना विलास। वह उसकी ओर खिंचा था। उसकी प्रशंसात्मक दृष्टि की उपेक्षा उससे नहीं हुई थी। न सोचना चाहकर भी उसे उस रात के आलिंगन, चुंबन याद हो आए। उसने उसे चुंबन से आगे बढ़ने से तो रोका था और वह रुक भी गया था; लेकिन कब तक?

ऋतंभरा को अपने ऊपर ही अब विश्वास नहीं है। वह कभी भी कमजोर पड़ सकती है। अपने अमित को क्या वह जूठन पेश करेगी?

उसके विश्वास के साथ, उसके प्यार के साथ क्या ऐसा नीच धोखा करेगी?

नहीं, नहीं। उसे लगा, वह चीखी थी। अपने ही मस्तिष्क में उभरी इस चीख से वह चौंक उठी। उसने दृष्टि उठाकर अमित की ओर देखा। उसके गाल लाल हो उठे थे। सारा चेहरा एक विशेष रंग और साँचे में ढल गया लगता था। अमित में बेहद आकर्षण है, उसने सोचा।

अमित कह रहा था, "अब तक तो ठीक हो चुकी होगी। हमें घूमते हुए एक घंटे से ऊपर तो हो चुका है।"

वे दोनों इंडिया गेट से लौट रहे थे कि टायर पंक्चर हो गया। शुक्र था कि मार्किट से थोड़ा पहले हुआ था। उस दिन छुट्टी थी। बहुत ढूँढ़ने पर एक दुकान खुली मिली

थी। मोटरसाइकिल घसीटते-घसीटते अमित तो थक गया था। बीच-बीच में वह चिढ़ भी जाता था, ''मेम साहब तो ऐसे हाथ समेटे चल रही हैं और मुझे इस मुश्किल में डाल रखा है। तुम लड़कियों के मजे हैं। तुम्हें सबकुछ बिना हाथ हिलाए चाहिए। कोई आए और तुमसे मान-मनुहार करे, तुमसे प्यार-व्यार करे, फिर रास्ते की सारी अड़चनें दूर कर बैंड बजाता आए और तुम्हें ब्याह ले जाए। और आप लोग जैसे मान-मनुहार सुनकर, खुश होकर अहसान कर देंगी या डोली में चढ़कर एक घर से दूसरे घर उतरकर अहसान कर देंगी और इधर हमारे जैसे लोगों का हाल…''

अमित बोलता चल रहा था और चिढ़ता रहा था।

फिर मोटरसाइकिल पंक्चर लगाने को देकर वे दोनों लोदी गार्डन पहुँचे थे। लगभग एक घंटा वहाँ बैठ, घूमकर अब वे वापस मोटरसाइकिल लेने जा रहे थे।

ऋतंभरा ने कहा, ''हाँ, एक घंटे में तो हो जानी चाहिए।''

इसके बाद दोनों में कोई बात नहीं हुई। दुकान पर पहुँचकर, हवा वगैरह जाँचकर वह मोटरसाइकिल लेकर आ गया।

स्टार्ट करने से पहले उसने पूछा, ''अब जाने का मन है या नहीं?''

ऋतंभरा ने सिर हिलाकर कहा, ''हाँ, है।''

अमित बोला, ''छोटे-मोटे रेस्टोरेंट्स की आदत तो छूट गई होगी?'' फिर पूछा, ''कहाँ चलें?''

ऋतंभरा ने कहा, ''पता नहीं।''

''भई, हमारी इस छोटी सी दिल्ली में कुछेक फाइव-स्टार ढाबे हैं। शायद आपको पसंद आ जाएँ। एक तो यहीं पास ही है 'होटल क्लैरिजिज'।'' सहसा वह एक निर्णय-सा लेकर बोला, ''नो, लेट्स गो टू होटल अशोक! ओह गॉड, क्या होटल है! इतनी भव्य इमारत! अंदर घुसो तो लगता है जैसे किसी महल में घुस रहे हैं। आइए रानी साहिबा, आपको वहीं ले चलते हैं।''

ऋतंभरा ने आश्चर्यचकित होकर पूछा, ''होटल अशोक? यह कौन सा होटल है?''

अमित एक क्षण उसे देखता रहा, ''आई सी। आपको भी शायद अशोका होटल कहने पर समझ आए। धन्य हैं ये विदेशी! हमारे भारतीयों के अपने रखे नाम बिगड़वा दिए। चलिए मेम, मैं अशोका होटल की ही बात कर रहा हूँ।''

ऋतंभरा थोड़ी संकुचित होकर हँस दी। अमित ने मोटरसाइकिल स्टार्ट की और उसे बिठाया। रास्ते में कोई विशेष बात नहीं हुई। ऋतंभरा ने उसे हाथों से घेरकर पकड़ रखा था और उसकी पीठ पर सिर टिकाया हुआ था।

एकाध बार उसने मजाक भी किया, ''सो मत जाना। तुम तो बस…''

ऋतंभरा बोली कुछ नहीं, वैसे ही रही। अमित के ऊपर उसने पूरा भार डाला हुआ था। उसे मोटरसाइकिल चलाने में असुविधा तो हो रही थी, पर अच्छा भी लग रहा था। अशोक होटल के एक रेस्टोरेंट में पहुँचकर उन्होंने कोने की एक टेबल बैठने के लिए चुनी। दो-तीन मेजों को छोड़कर एक खूबसूरत लकड़ी की पार्टीशन थी, जिसके बीच में कटाई के कारण आर-पार दिखता था। उनके अगली मेज पर दो व्यक्ति बैठे हुए थे। अमित बोला, ‘‘ट्रेनिंग के बाद तुम्हें दो साल का बॉण्ड भरना होगा। तुम दो साल तक नौकरी नहीं छोड़ सकतीं।’’

ऋतंभरा चुप हो गई। फिर से उसकी आँखों में उदासी घिर आई। फिर अनायास ही उसने कहा, ‘‘तुम क्या चाहते हो?’’

अमित शायद समझता है। वह उसके मन की दशा भी जान रहा है। ऋतंभरा दोनों चीजें चाहती है। वह न उसे छोड़ना चाहती है, न अपनी नौकरी। और यह तो निश्चित है कि पैसे के लिए उसे नौकरी की आवश्यकता नहीं। जिस चीज को संतुष्ट करने के लिए वह नौकरी त्यागना नहीं चाहती, वह कुछ और ही है। शायद उसके व्यक्तित्व का एक ऐसा पहलू, जो संसार घूमकर, एडवेंचर कर संतुष्टि चाहता है। क्षण मात्र के लिए उसके मस्तिष्क में एक प्रसंग स्पष्ट हो आया। वे दोनों कहीं जा रहे थे। सफदरजंग वाले चौक पर लाल बत्ती के कारण उनकी मोटरसाइकिल रुकी खड़ी थी। साथ ही एक उजड्ड-सा आदमी अपनी मोटरसाइकिल लेकर उनके बराबर आकर खड़ा हो गया। वह बड़े बदतमीज और भद्दे ढंग से उसे घूर रहा था।

अमित ने देखा अनदेखा कर दिया था। थोड़ी देर तो ऋतंभरा चुप रही, फिर बड़े संयत लेकिन झगड़ेवाले स्वर में कहा, ‘‘क्या है?’’

उस व्यक्ति ने शायद इसकी कल्पना नहीं की थी। वह एकबारगी तो गड़बड़ा गया, फिर सकपकाकर सामने की ओर, इधर-उधर देखा और सँभलकर बोला, ‘‘की गल्ल ए?’’

सहसा ऋतंभरा क्रुद्ध हो उठी। मोटरसाइकिल से उतरकर बोली, ‘‘बताऊँ, की गल्ल ए?’’ फिर दबे स्वर में बोली, ‘‘स्साला।’’

वह व्यक्ति तो स्तब्ध रह गया। अमित को लगा, अब झगड़ा बढ़ेगा।

ऋतंभरा भी आसपास और पीछे के ट्रैफिक के प्रति सजग थी। लेकिन वह कहीं नहीं देख रही थी। उसने अपना हाथ शॉल से बाहर निकाला और उसे दिखाया। बोली, ‘‘अभी ठीक कर दूँगी। ज्यादा बदमाश बनते हैं।’’

अमित कुछ कौतुक से और कुछ स्तब्ध-सा देख रहा था। अगर वह व्यक्ति कुछ भी कहेगा तो वह जानता था, उसकी जरूरत होगी।

उस व्यक्ति ने कुछ हकलाकर कहा, जो उसे नहीं सुनाई दिया। लेकिन अमित

मोटरसाइकिल से उतर गया। यह सब आधे मिनट में हो गया। साइडवाली लाइट हरी हो चुकी थी। उनकी ओर वाली बत्ती हरी होने में अब भी एक मिनट था। उतरकर उसने उस व्यक्ति से पूछा, "भाई साहब, आपकी इच्छा क्या है?" उसने कुछ कहना चाहा तो वह फिर बोला, "एक तो आप बदतमीजी करते हैं, ऊपर से बात बना रहे हैं।"

आसपास के दो-तीन स्कूटर-मोटरसाइकिलवाले इधर ही देख रहे थे। वह व्यक्ति बौखलाया-सा लग रहा था। इतने में ऋतंभरा फिर आकर बोली—उसके चेहरे पर ऐसे भाव थे, जैसे यह सब नाटक हो रहा हो, इसमें गंभीर कुछ भी न हो। यूँ अमित बड़ी दुविधा महसूस कर रहा था, "इनसे क्या कहता है स्टूपिड। खबरदार, जो इन्हें कुछ कहा!"

बत्ती हरी हो गई और उसी जल्दी व हड़बड़ाहट में वह गियर बदलकर चला गया।

ऋतंभरा ने फिर उस दिशा में देखकर कहा, "स्साला।" फिर अमित की ओर देखकर फिस्स से हँस पड़ी। अमित कुछ देर नाराज होकर उसे घूरता रहा, फिर डपटकर बोला, "चुप करो। दिस इज ए बैड आइडिया ऑफ ए जोक।" फिर नाराज होकर मोटरसाइकिल पर बैठ गया था।

अमित जानता है, ऋतंभरा स्वार्थी नहीं है। यह उसका स्वार्थ नहीं, पर अपने इस एडवेंचर के शौक को पूरा करने की कीमत चुकानी उसे भारी पड़ रही थी। वह यह भी जानता है कि धीरे-धीरे अपने नए संसार में वह रच-खप जाएगी। फिर शायद वह उसकी आवश्यकता इतनी तीव्रता से महसूस नहीं करेगी। केवल उससे छूटना भर है, जिस धक्के के लिए वह तैयार नहीं हो पा रही।

फिर उसने अपने मन को टटोला। आज ही नहीं, पिछले कई दिनों से मन अंजली से बेईमानी करने पर उतरा हुआ है। उसे ऋतंभरा का व्यक्तित्व लुभा चला था। यहाँ आकर वह एक समान धरातल पर सूक्ष्म-से सूक्ष्म बात कर सकता था। ऋतंभरा अंजली के समान अपरिपक्व नहीं थी।

उसे लगा, उसके प्रति अंजली का आकर्षण भी मात्र शारीरिक या वय: संधिकाल के मादक दौर का परिणाम है। अंजली को अभी कॉलेज जाना है। अभी उसके जीवन में वही पहला है। उसका संसार सीमित है। कल क्या होगा, कोई कैसे कह सकता है!

सहसा उसे लगा, वह ऋतंभरा का जाना सह नहीं पाएगा। ऋतंभरा उससे पूछ रही थी, वह क्या चाहता है? यह तो बताने की जरूरत नहीं कि वह ऋतंभरा को चाहता है। अकेली जिंदगी से वह ऊब चुका है। वह अपना एक संसार चाहता है। वह ऋतंभरा के साथ अपने भविष्य और घर के रूप-रंग सजाना चाहता है।

वह अगर यह सब उसे बताकर उसे लौट आने को कहे तो शायद ऋतंभरा न जाए। लेकिन शेष जीवन उसे इस बात का पछतावा रहेगा। वह न खुद चैन से रह

सकेगी, न उसे रहने देगी।

ना। अच्छा यही है कि उसे इस नौकरी के बारे में स्वयं निर्णय लेने दिया जाए। ट्रेनिंग के बाद उसे बॉण्ड भरकर देना है या नहीं, इसका फैसला उसे ही करना चाहिए। इससे अगर वह उससे विवाह का निर्णय लेती है तो बाद का पछताना कम रह जाएगा। लेकिन उसके विपरीत निर्णय लेने पर अमित तो मर जाएगा।

कुछ देर उसे देखता रहा। फिर बोला, ''तुममें सबसे बड़ी खूबी जानती हो क्या है? तुम्हारा आत्मविश्वास। इसे मत खोओ।''

फिर वह रुका। बोला, ''तुम अच्छी तरह जानती हो, तुम क्या चाहती हो। केवल मेरे मुँह से कहलवाना चाहती हो।''

वेटर ने मीनू लाकर रख दिया। अमित ने बिना मीनू देखे उसे दो कॉफी लाने को कहा।

दूसरी मेज से वे दोनों व्यक्ति उठकर बाहर जा रहे थे। उन तीनों मेजों पर कोई नहीं था। साथ ही वह लकड़ी की आकर्षक पार्टीशन थी।

सहसा उसने मुड़कर ऋतंभरा को अपने वक्ष में भींच लिया। बड़ी देर तक वह सबसे अनभिज्ञ उसे वक्ष से लगाए रहा, फिर बड़े मुलायम स्वर में पूछा, ''कल वापस जाना है न तुम्हें?''

ऋतंभरा सहसा ही फूट-फूटकर रो पड़ी। ''नो, नो। आई डोंट वांट टू गो। मैं नहीं जाऊँगी, अमित।''

अमित ने उसके बालों में उँगली फिराई। वह उसे चुप भी करा रहा था और उसे रोने भी दे रहा था। रोकर उसके दिल का बोझ हल्का हो जाएगा।

थोड़ी देर बाद वे दोनों सोफे से पीठ टिकाकर बैठ गए। ऋतंभरा ने अपना सिर उसके कंधे से टिका दिया। वेटर दो कॉफी दे गया। बना भी गया।

दोनों में से किसी ने भी कॉफी नहीं पी। अमित ने मुड़कर देखा, ऋतंभरा चुपचाप रो रही थी।

अमित का मन भीग गया। आँखें भी भारी हो उठीं, ''रो क्यों रही हो? जाने का निर्णय तो तुम्हारा ही है।''

ऋतंभरा ने रोती आँखें उठाकर कहा, ''आई एम नॉट गोइंग। टू हैल विद दिस जॉब।''

अमित बोला, ''तो फिर क्यों रो रही हो? कम ऑन, बी ए गुड गर्ल।''

ऋतंभरा थोड़ा शांत होकर सीधी बैठ गई। दोनों कॉफी पीने लगे। कॉफी पीते-पीते बड़े शांत और सधे स्वर में ऋतंभरा ने कहा, ''मैं नहीं जाऊँगी।''

अमित बोला, ''तुम जो करोगी, मुझे मंजूर होगा। बस, इतना जरूर कह सकता हूँ

कि यू विल कम बैक।''

''सच अमित!'' ऋतंभरा ने उसे कसकर भींच लिया।

''हाँ, बिलकुल सच। अच्छा, अब मुँह ऊपर उठाकर जरा हँसकर दिखाओ तो! देखें, चाँद बदली से निकलकर हँसता है तो कितने फूल महकते हैं!''

ऋतंभरा ने धीरे से सिर उठाया और मुसकराई, ''मैं नहीं जाऊँगी, अमित। आई लव यू।''

अमित जानता था, वह जाएगी। लेकिन कहीं यह मानने को मन करता था कि वह सचमुच नहीं जाएगी।

□

रेस्टोरेंट से बाहर निकलकर अनायास ही एक बड़ी मजेदार घटना घटी। ऋतंभरा ने अपनी आदत के अनुसार मोटरसाइकिल पर बैठकर—जैसे अमित और उसकी मोटरसाइकिल उसके बाप की जायदाद हो—इस अंदाज से शान से कहा, ''सुनिए, हम मंदिर जाएँगे। रास्ते में कोई मंदिर दिखे तो रोक लीजिएगा।''

अमित जानता था, यह चापलूसी हो रही है। यह 'सुनिए' और 'रोक लीजिएगा' घनिष्ठता और पत्नी जैसा प्रभाव छोड़ने के लिए प्रयोग में लाए जा रहे हैं। जानते-बूझते वह आह्लाद से भर उठा। उसका ऐसा बोलना और यह क्षण उसे एकाएक बहुत सुखद लगे। लेकिन उसने कहा कुछ नहीं। चुपचाप मोटरसाइकिल स्टार्ट की। इस समय वे अशोक होटल जानेवाली सड़क पर से जा रहे थे कि सड़क पर तेजी से जाते-जाते उसने एक खतरनाक 'यू टर्न' के साथ एकाएक मोटरसाइकिल वापस मोड़ ली। ऋतंभरा ने उसे पीछे से कसकर पकड़ लिया।

''क्या करते हो जी, मैं गिर जाऊँगी।''

उत्तर में उसने एक ओर इशारा कर कहा, ''तुम्हारा मंदिर।''

सड़क से कुछ दूर हटकर सचमुच एक मंदिर-सा बना था, जहाँ तक एक बजरी की सड़क जाती थी। मोटरसाइकिल से उतरकर उसने बड़ी संभ्रांत महिला की तरह सिर पर पल्ला किया और अंदर गई। पीछे-पीछे वह भी गया।

''क्या करते हो जी? जूते तो उतारिए।''

''देखो मैडम, तुम हो आओ। भगवान् आजकल मेरे घर में रहते हैं। मुझसे ज्यादा उनकी जरूरत तुम्हें है।''

ऋतंभरा ने एक-दो बार जिद की, फिर अंदर जाने लगी। जाने से पहले मुड़कर बोली, ''यह पर्स रख लीजिए। और सुनिए, कुछ चेंज तो दीजिए।''

अमित जानता था, वह ऐसे क्यों बोल रही है। पर फिर भी सबकुछ बड़ा अच्छा लग रहा था। उसने चुपचाप पैसे निकालकर दे दिए और पर्स लेकर बाहर आ गया।

थोड़ी देर बाद वह बाहर आई और जब अमित मोटरसाइकिल स्टार्ट कर चुका तो बोली, "हम तो उस तरफ चलेंगे। सड़क पर नहीं जाएँगे।"

उस तरफ, जिस तरफ वह जाना चाहती थी, घास थी। उसने उस ओर मोड़ते हुए पूछा, "मार आई मस्का?"

घास में काफी गड्ढे थे, इस कारण उसने कोई उत्तर नहीं दिया। घास के एकदम बाद सीमेंट का रास्ता बना हुआ था। अमित ने उस रास्ते पर मोटरसाइकिल चढ़ा दी। तभी सहसा उसे पीछे से शोर सुनाई दिया। लगभग दस-बारह माली, जो—जिस रास्ते पर से वे अंदर आए थे—उसके आसपास काम कर रहे थे, अपनी-अपनी खुरपी, दराँती उठा-उठाकर चिल्लाकर उनसे कुछ कह रहे थे।

मोटरसाइकिल मोड़ने की गुंजाइश नहीं थी और साथवाली घास पर अमित उतारना नहीं चाहता था, इसलिए उसने मोटरसाइकिल बिना रोके पूछा, "क्या कह रहे हैं ये लोग?"

ऋतंभरा ने हँसी रोककर कहा, "कुछ नहीं, तुम चलते जाओ।"

जैसे ही वह कुछ दूर और बढ़ा, उसे वह रास्ता दो-तीन रास्तों में बँटता दिखाई दिया। लंबे-चौड़े घास के मैदान दिखाई दिए, लोग बाल-बच्चों सहित घूमते दिखाई दिए और वह समझ गया कि अनजाने में वह पार्क में आ गया था। पीछे से लगभग चार-पाँच माली अपनी-अपनी खुरपी-दराँतियाँ लेकर चिल्लाते हुए उसके पीछे आ रहे थे।

पीछे मुड़ना बेकार था। वे लोग उसकी कोई बात नहीं मानेंगे। वह आगे बढ़ता गया। यह बाग का दूसरा छोर था। उसकी मोटरसाइकिल देखकर जो माली टाइप का व्यक्ति बेंच से उठकर भौंचक सा मुँह बाए खड़ा रह गया था, उसकी शक्ल याद करके तो अमित कई दिनों तक हँसता रहा था। फिर एक और माली उसे देखकर दौड़कर सामने आकर ऐसी मुद्रा में खड़ा हो गया जैसे वह उन्हें आगे नहीं जाने देगा।

अमित जानता था, अगर उसने उन्हें रोक लिया तो बात बिगड़ेगी। ऋतंभरा चाहती तो उसे पहले बता सकती थी कि यह बाग है। पर यह लड़की···उफ!

उसने यूँ ही एक ओर मोटरसाइकिल मोड़ दी। छोटे-छोटे पौधों की क्यारियों से होते हुए अपने तीव्र वेग के कारण वह पार्क में बनाए एक ऊँचे टीले पर चढ़ गई।

जहाँ वे दोनों थे, वह इस समय बाग का सबसे ऊपरी स्थान था। एक क्षण रुककर उसने अपने चारों ओर दृष्टि दौड़ाई। एक ओर से दो माली ऊपर चढ़ रहे थे और पाँच-दस माली किस्म के लोग दूर से दौड़ते आ रहे थे। आस-पास एक-दो दंपत्ती रुककर उन्हें देखने लगे थे।

अमित ने देखा, बाहर जाने का केवल एक रास्ता था, जहाँ सीढ़ियाँ थीं। लेकिन

सीढ़ियाँ काफी थीं और वह नहीं जानता था कि मोटरसाइकिल उनपर से जा सकेगी या नहीं। लेकिन दूसरा कोई विकल्प नहीं था। होता भी तो ध्यान से देखने का अवकाश नहीं था। सभी कुछ एक दु:स्वप्न की तरह था। अमित ने निर्णय लिया और चिल्लाकर कहा, "सँभलकर ऋतु, कसकर बैठना।" फिर उसने मोटरसाइकिल गियर में डाली।

गति को तेजी से बढ़ाता वह पार्क के निकास द्वार पर बनी सीढ़ियों की ओर बढ़ा। एकबारगी उसने कसके आँखें मूँदीं और फिर अपनी मोटरसाइकिल सीढ़ियों पर उतार दी।

बड़ी मुश्किल से वह मोटरसाइकिल का बैलेंस सँभाल पाया। ऋतंभरा भी अगर उसे कसकर न पकड़ी होती तो गिर ही जाती।

फिर दो-तीन आइसक्रीम वालों को मुसकराते, आश्चर्यचकित छोड़ वह यह जा और वह जा।

लेकिन काफी दूर पहुँचकर उसने ऋतंभरा को बहुत डाँटा।

अगले दिन सुबह ही ऋतंभरा को वापस रिपोर्ट करनी थी बंबई में। दोनों ने वहीं से विदा ली।

□

उसके कुछ दिन बाद जब एक दिन वह ऋतंभरा के घर गया तो पता चला, वह एयर होस्टेस का इंटरव्यू देने गई है। अगली बार गया तो वह घर पर थी, पर इंटरव्यू के बारे में जानबूझकर वह कुछ नहीं पूछ सका। वह भी बताने से कतराती रही। सहज होने के सायास प्रयत्नों के बावजूद या उन प्रयत्नों के कारण दोनों के बीच असहजता व्याप्त हो गई थी।

फिर और एक दिन ऋतु के घर गया तो पता चला, ऋतु को ड्यूटी ज्वाइन किए पंद्रहवाँ दिन था। उसके बाद कई महीने वह उसके घर नहीं गया। ऑफिस में फोन कर उसने उसे बुलाया भी तो भी वह नहीं गया।

फिर एक दिन एक विशेष मन:स्थिति के वश होकर वह गया। उसकी माँ चिंतित थीं "अमित बेटे, ऋतु अपना फॉर्म घर भूल गई है। और कह रही थी, इसकी लास्ट डेट है। तू उसे दे आएगा, अगर फुरसत हो तो?"

"हाँ, आंटी।" उसने कहा और सहसा प्रसन्न हो उठा कि इतने दिनों बाद ऋतु को देखेगा। काम करती व्यस्त ऋतु कैसी लगती होगी, उसे देखने की इच्छा उमड़ आई। अभी तक ऋतु का अल्हड़ शोख रूप देखा था। काम क्या उसे व्यस्त रूप दे पाया होगा?

मोटरसाइकिल वायुयान की गति से उड़ाता वह पालम पहुँचा। वहाँ पूछताछ करने पर मालूम हुआ, ऋतु स्टाफ कैंटीन में है। तेजी से कदम बढ़ाते हुए वह कैंटीन में घुस गया। चारों ओर लोग तो थे, पर उसे भीड़ नहीं कहा जा सकता था। काफी चुस्त-सी वर्दियों में कैंटीन और खूबसूरत लड़कियाँ—जो एयर होस्टेस भी हो सकती थीं—प्रसन्न

मुद्रा में आ-जा रहे थे या बैठकर बातें कर रहे थे।

एक कोनेवाली मेज पर उसने ऋतु को बैठे देखा। लेकिन अपने सामनेवाले युवक से खिलखिलाकर बात करते उसे देखकर वह सहसा बुझ-सा गया। उसका उत्साह क्षीण पड़ गया। वह आगे बढ़ा तो ऋतु ने उसे देख लिया। वह वहीं से चिल्लाई, "हाय अमित, कम ऑन।" फिर निकट आने पर उसने उसे बिठाया और परिचय करवाया, "मीट माई कैप्टेन—कैप्टेन मि. कुलकर्णी! मि. कुलकर्णी, अमित, अवर···" उसे पता नहीं, रिश्ता जोड़ने का प्रयत्न उसने जान-बूझकर छोड़ दिया या उसकी समझ में नहीं आया कि अमित उसका क्या था?

इसके पहले कि 'अवर···' के बाद के शब्द उसे अव्यवस्थित कर असमंजस की स्थिति में डाल दे, अमित ने बात का सूत्र सँभाल लिया, "हाऊ डू यू डू मि. कुलकर्णी?" उसने कहा।

थोड़ी देर बैठना भी उसे दूभर लगने लगा। "तुम्हारी फ्लाइट है क्या?" उसने ऋतु से पूछा।

"हाँ, अभी है, थोड़ी देर बाद; पर इनके साथ नहीं।" उसने उत्तर दिया।

ऋतु भी जानती थी कि क्या हो चुका है? उसे अपना फॉर्म देकर वह जल्दी-से-जल्दी उस क्षेत्र से बाहर निकल आया। अपनी मोटरसाइकिल उठाते हुए उसने ऊपर देखा। एक हवाई जहाज उड़ रहा था। उसके चेहरे पर एक कड़वी मुस्कान खेल गई।

□

इला देवी ने रोज की तरह आटा और सब्जियाँ फ्रिज में रख दीं।

अमित के आने पर खाना गरम करेंगी।

अभी 8 बजे हैं। अभी एक-दो घंटे बच्चों के साथ सिर खपाना है, उनके होम वर्क देखने हैं। पति अभी घूमने निकले हैं। एक-आध घंटे बाद लौटकर वह भी बच्चों को पढ़ाने में मदद करेंगे। पढ़ाते-पढ़ाते 10 बज गए। बच्चों के सोने का समय हो चुका। सब बिस्तर में लेटकर, रजाइयों में दुबककर कहानियाँ कह रहे हैं या सुनने की जिद कर रहे हैं। सबसे छोटे लड़के को कहानियाँ पढ़ना पसंद हैं। वह कोई कॉमिक्स लिये तन्मय होकर पढ़ रहा है।

इला के पति बोले, "अमित के आने का समय हो चुका है। आया नहीं अब तक?"

इला उनका बिस्तर ठीक कर रही थीं। बोलीं, "आजकल वे लोग प्रवाल को छोड़ने जाते हैं, 10.15 से पहले नहीं लौटते।"

वह चुप हो गए। थोड़ी देर बाद इला ही बोलीं, "अमित पास तो हो जाएगा इस बार। मैं चाहती हूँ, वह आई.ए.एस. की परीक्षा दे। सुनिए, कब होती हैं उसकी परीक्षाएँ?"

अविनाश बोले, ''सितंबर या अक्तूबर में होंगी, पर आसान नहीं होतीं।''

इला बोलीं, ''नहीं, मुश्किल काम वह अब कर सकता है। सुनती हूँ, कोई पुस्तक लिख रहा है।''

अविनाश ने चौंककर पूछा, ''पुस्तक? कैसी पुस्तक?''

इला बिस्तर पर उनके पायताने बैठी थीं। ठंड लगी तो उन्होंने भी पैर ऊपर कर लिये। रजाई घुटनों तक ओढ़ ली। हल्के से हँसकर बोलीं, ''उससे कुछ कहना या पूछना नहीं। मैंने यूँ ही उसकी अलमारी में कुछ पन्ने देखे हैं। वह पुस्तक लिख रहा है।''

अविनाश बाबू ने पूछा, ''क्या कोई उपन्यास लिख रहा है? लाओ, जरा देखें।''

इला सतर्क स्वर में बोलीं, ''न, बिलकुल नहीं। उसे आभास भी नहीं होना चाहिए कि हमें पता है। वह उम्र के बड़े नाजुक दौर में है। आपको अजीब लगेगा; पर यह लड़का अभी भावनाओं के स्तर पर परिपक्व नहीं हुआ है। यूँ समझ लो, जैसे अपना संजीव दो साल बाद हायर सेकंडरी के बाद जैसा होगा, वैसा यह अब है। कहीं अटका हुआ। इसे अपने मन की भड़ास निकालने दो। उन सारे पृष्ठों पर घृणा व कुंठा के सिवा और कुछ भी नहीं। बदला लेने की भावना एकदम रोमांटिक रूप से उसके दिमाग में बैठी हुई है। ऐसे में उसे शर्म आएगी, अगर उसे पता चला कि कोई उसकी पुस्तक पढ़ चुका है; क्योंकि मस्तिष्क के हिसाब से वह जानता है कि घृणा और कुंठा अच्छे विषय नहीं। उन्हें पढ़कर लोग उसपर हँसेंगे या उससे नफरत करेंगे।''

अविनाश बोले, ''तो लिखने के बाद जब वह पुस्तक छपेगी, तब?''

इला देवी हँसीं। कमरे के सन्नाटे में उनकी हँसी की आवाज खिल-खिल कर उठी। बोलीं, ''यह अपनी भूमि है। यहाँ पुस्तक छपना आसान नहीं। और फिर उसकी पुस्तक, जिसके लेखक का नाम नहीं, जिसे कोई जानता नहीं।'' फिर उनका स्वर गहरा हो उठा। ''यह पुस्तक या इस पुस्तक के जितने भी पन्ने वह लिखेगा, मेरा दावा है, लिखने के बाद जला देगा। मैं उसी दिन की प्रतीक्षा कर रही हूँ। उस आग में उसकी सारी कुंठाएँ भी जल जाएँगी। उसकी घृणा, जीवन के प्रति उसका 'नकारात्मक' दृष्टिकोण, वह सब भी जल जाएँगे। वह तब सही ढंग से स्वस्थ हो जाएगा। तब तक उसे केवल प्यार और सुरक्षा की आवश्यकता है। प्यार और सुरक्षा, जो बहुत पहले, बचपन में पीछे छूट गए थे।''

अविनाश बाबू के चेहरे पर विस्मय देखकर वह बोलीं, ''अपनी कहानियाँ मुझे सुनाता रहता है, बचपन से लेकर अब तक की। आप सुनेंगे तो हँसेंगे। कोई और सुने तो समझे, पागल है। लेकिन मैं सीरियसली सुनती हूँ। ही वांट्स टू बी टेकन सीरियसली। बट आई अम श्योर, ही विल बी ऑल राइट वेरी सून।''

अविनाश बाबू थोड़ी देर चुप रहे, फिर बोले, "आई होप सो।"

थोड़ी देर बाद कमरे की चुप्पी बाहर होते शोर से टूटी। अविनाश बाबू और इला देवी कुछ देर तो सतर्क होकर बाहर की आवाजें सुनते रहे, फिर एकाएक इला उठकर बोलीं, "यह तो सुनील और अमित हैं। क्या हुआ?"

तेजी से वह उठकर बाहर गईं तो देखा कि सुनील के घर से आवाजें आ रही हैं। वहाँ जाकर पता चला कि सुनील और अमित का एक्सीडेंट हो गया था। पूरी बात पूछी तो पता चला कि प्रवाल के साथ दोनों बस की प्रतीक्षा कर रहे थे। मोटरसाइकिल पास ही खड़ी थी कि एक ट्रक आया। उसका ड्राइवर शायद नशे में था या रात को लड़की को देखकर शरारत के मूड में आ गया था। अमित कुछ लेने मोटरसाइकिल के उस ओर गया तो उसने देखा, एक ट्रक बड़े धीरे-धीरे उस ओर आ रहा था। यह सोचकर कि वह अपने आप रुक जाएगा या बचाव कर लेगा, अमित डिकी से कुछ निकालने लगा। लेकिन बड़ी सधी गति से, बड़े धीरे से ट्रक ने पहले मोटरसाइकिल को टक्कर मारी, फिर उसका अगला इस्पाती हिस्सा अमित से टकराया और ट्रक फिर उसी गति से आगे बढ़ गया।

अमित बिलकुल पीछे गिरा और उसके सिर का पिछला भाग सड़क से जोर से टकराया। कुहनियों के बल रुकने की चेष्टा में कुहनियाँ बुरी तरह छिल गई थीं। यह मात्र संयोग था कि ट्रक का अगला पहिया उसके बिलकुल नजदीक से गुजर गया था, लेकिन एक-दो हलकी खरोंचें टाँग में आई थीं और वह मौत के मुँह से वापस लौट आया था।

कुछ देर तक तो सुनील और प्रवाल भौंचक होकर ट्रक की गतिविधियाँ देखते रहे थे।

सबकुछ जैसे क्षण मात्र में होकर गुजर गया। जब ट्रक अमित को गिराकर आगे बढ़ा तो सुनील एकदम गुस्से में भर उठा।

वह चिल्लाता हुआ उस ट्रक के पीछे दौड़ा। लेकिन ट्रक की गति तेज हो गई थी। ड्राइवर का दरवाजा खोलने के चक्कर में उसका अँगूठा बुरी तरह दरवाजे के बीच आ गया। लेकिन तब तक ट्रक गति बढ़ाकर निकल गया था।

उसके जाते ही अमित एकदम खड़ा हो गया था। फिर प्रवाल को बस में चढ़ाकर, मोटरसाइकिल को धीरे-धीरे चलाकर वह घर तक लाया था।

उनके घाव समय के साथ धीरे-धीरे ठीक होते रहे।

□

पहली बार सुनील के चोट खाए अँगूठे में लगाई प्रवाल के रुमाल की गाँठ अमित को चौंका गई। प्रवाल उन दोनों की मित्र है। फिर अमित की कुहनियों, सिर और टाँगों की चोटों को नकारकर सुनील को मुखर प्राथमिकता देने का क्या अर्थ?

जब अमित ने इसका कारण ढूँढ़ने का प्रयत्न किया तो वह और चौंक उठा।

वह सुनील को मृदुला के जीवन से नहीं खेलने देगा।

और प्रवाल कहीं सफल हो गई या सुनील कहीं फिसल गया तो इस मूर्ख प्रतिद्वंद्विता का परिणाम बहुत भयंकर होगा।

वह सुनील को बातचीत द्वारा समझाएगा। अगर वह नहीं समझा तो अमित प्रवाल को उठाकर नदी में फेंक देगा।

□

स्मिता बैनर्जी

दो वर्ष पहले स्मिता बैनर्जी से मुलाकात बड़े नाटकीय ढंग से हुई थी। उन दिनों अमित का लिखा एक नाटक रेडियो से प्रसारित किया जाना था। उसकी रिहर्सल, रिकॉर्डिंग वाले दिन एक दूसरा ही नाटक घट गया।

रिहर्सल लगभग 3 बजे शुरू हुई थी। सारे पात्र इकट्ठे थे। नारी पात्र केवल एक ही था, जिसे स्मिता अभिनीत कर रही थी। अमित केवल लेखक के रूप में उपस्थित था। कहीं कोई बात, घटना का स्पष्टीकरण वगैरह करने के लिए ही वह बैठा था।

निर्देशिका श्रीमती पांडेय उठ खड़ी हुईं, ''चलो अमित, रिकॉर्डिंग रूम में बैठेंगे। नाऊ एवरीबडी, गेट रेडी। मैं सीधे रिकॉर्ड करने जा रही हूँ। इस बीच केवल पाँच मिनट का ब्रेक है। किसी को कोई काम हो, चाय-पानी करना हो, पाँच मिनट के अंदर करके कम हियर। ओ.के.?''

लेकिन दस मिनट, पंद्रह मिनट, आधा घंटा बीत गया। नायिका स्मिता नदारद थी। श्रीमती पांडेय अपनी तकनीकी व्यस्तता और जिम्मेदारी के कारण झुंझला रही थीं। सब लोग थे, केवल स्मिता ही नहीं थी। फिर एक-दो लोगों को इधर-उधर कैंटीन वगैरह देखने भेजा गया। अमित यूँ स्मिता को मात्र अपने नाटक की नायिका के रूप में जानता था। फिर भी वह उसे देखने के लिए बाहर चला गया।

जहाँ स्मिता के होने की संभावना नहीं थी, वहाँ अमित केवल अपना बैग देखने चला गया था—ठीक-ठाक पड़ा है या नहीं।

स्मिता ऑफिस के फोन पर किसी से बड़े दबे स्वर में बातें कर रही थी। अमित ने माथा पीट लिया। उसे बड़ी झुंझलाहट हुई। यानी क्या अंदाज है! उधर सारी 'कास्ट', तकनीकी स्टाफ परेशान है कि नायिका आए तो नाटक शुरू करें और इधर उन सबकी परेशानी को नकारकर यह लड़की रोमांस में व्यस्त है!

स्वार्थी लड़की!

गुस्से में बड़े उद्दंड, असभ्य ढंग से वह उसके निकट खड़ा होकर उसकी बातें सुनने लगा।

सहसा वह हैरान रह गया। स्मिता बात नहीं कर रही थी, घुटे-घुटे स्वर में रो रही थी। अमित ने उसके हाथ से रिसीवर लेकर कान से लगाया। कनेक्शन कट चुका था। स्मिता ने उसे देखकर अपना मुँह अपनी चुन्नी में छुपा लिया। फिर भी छनकर उसकी दबी सिसकियों की आवाज उसे सुनाई देती रही।

ऐसा क्या हो गया?

जाने क्यों वह अनायास ही इस लड़की के प्रति आर्द्र हो आया! जो बात थी, जाने कैसे उसका आभास उसे हो आया था! उसका मन किया, वह उसका चेहरा उठाकर उसे दिलासा दे। उसकी तकलीफ किसी भी तरह कम कर दे। थोड़ी देर वह चुपचाप खड़ा रहा, फिर उसने कहा, ''एक्सक्यूज मी मिस बैनर्जी, आप चलेंगी? उधर सब आपकी प्रतीक्षा कर रहे हैं।''

थोड़ी देर तक स्मिता का सिसकना जारी रहा। फिर प्रयत्न करके जैसे उसने अपना चेहरा उठाया। अमित को लगा, वह अभी चीखकर कुछ कहेगी। उसकी आँखों के भाव बड़े विचित्र थे। लेकिन उसने भी लगभग नियंत्रित स्वर में कहा, ''विल यू टेल देम, आई कांट डू दिस रोल। प्लीज।''

अमित चुपचाप खड़ा उसकी ओर देखता रहा।

'ओह नो' उसने अपना चेहरा फिर छुपा लिया। सारी केशराशि उसकी पीठ, गरदन और चेहरे पर बिखरी पड़ी थी।

''आई कांट डू दिस।···आपने लिखा है यह नाटक?'' उसने सहसा पूछा।

अमित फिर भी चुपचाप खड़ा रहा।

''डू यू बिलीव ऑल दिस, जो आपने लिखा है। यही यथार्थ है क्या आपका···?''

''आप जरा ढंग से, संयत होकर चलेंगी? अभी कुछ भी सुनने-समझने की मनोदशा आपकी नहीं है।''

स्मिता चुप हो उसे घूरती रही।

''प्लीज। यह जरूरी नहीं किसी भी आर्टिस्ट के लिए कि वह किन्हीं निजी कारणों या किन्हीं भावनाओं के कारण कोई विशेष रोल न कर सके।''

स्मिता कुछ देर उसे देखती रही, फिर उसने पूछा, ''आपको मालूम है, मैं किसे फोन कर रही थी?''

अमित मुस्कराया, ''शायद हाँ। आप अपने मित्र या हो सकता है, अपने फियाँसी से बात कर रही थीं। किसी ऐसे व्यक्ति से, जिसे आप बहुत चाहती हैं।''

लेकिन स्मिता पूर्ववत् गंभीर थी, ''हाँ···अच्छा, आप उनसे मिलेंगे? प्लीज, आई वांट यू टू सी हिम। फिर देखते हैं, आपका यथार्थ सच है या मेरा!''

''अच्छा, ठीक है। अब चलें? वहाँ वाकई सब बहुत परेशान हो रहे होंगे।''

अब जैसे स्मिता को वाकई चेत आया, ''अरे हाँ। उफ, सब मेरे बारे में जाने क्या सोच रहे होंगे! चलिए।'' उसने अपना बैग उठाया और दरवाजे की ओर बढ़ी, ''सब सोच रहे होंगे कि मैं कितनी असभ्य, स्वार्थी लड़की हूँ, घमंडी हूँ। है न?''

केवल उसे दिलासा देने के लिए अमित ने द्वार खोलते हुए कहा, ''नहीं, ऐसी कोई बात नहीं।''

□

नाटक की रिकॉर्डिंग जल्दी ही समाप्त हो गई। इसके बाद फिर स्मिता के कारण कोई परेशानी नहीं हुई। उसने खूब मन लगाकर अपना रोल अदा किया। और इस कारण श्रीमती पांडेय का क्षोभ कुछ कम हो गया। नाटक जब संभावित समय से पहले समाप्त हो गया तो श्रीमती पांडेय और भी खुश थीं।

बाहर निकलते ही अमित जैसे भूल गया था। उसने विदा लेनी चाही तो स्मिता ने टोका, ''भूल गए क्या? मिलेंगे नहीं उनसे? रुकिए न, 7 बजे आने को कहा था, आते होंगे। चलिए, चलकर लॉन में कहीं बैठते हैं।''

फिर चलते-चलते स्मिता ने कहा, ''आपको पता है, पंद्रह दिनों से हम दोनों में कुट्टी थी। आपकी वजह से, यूँ कहिए, आपके नाटक की वजह से आज हम झुक गए।'' वह काफी प्रफुल्ल स्वर में बोल रही थी। दुनिया जैसे उसके लिए एकाएक नई हो गई थी। अमित चुपचाप सुनता चल रहा था। अमित का होना मात्र किसी भी इकाई के अस्तित्व-सा था। उस समय अमित न होकर कोई और होता तो भी स्मिता बोलती रहती और अमित तो बड़े धीरज से सुन रहा था ''नहीं तो हम···हम तो उनसे नाक रगड़वा लें, हाँ। चलिए, यहीं बैठते हैं। अच्छा, एक बात बताइए मिस्टर अमित, क्या आप सचमुच ऐसा ही सोचते हैं, जैसा आपने लिखा है? क्या सचमुच कोई भी लड़की अपने पति को ऐसे···''

''माफ कीजिएगा, जिसको उस लड़की ने छोड़ा था, वह उसका पति नहीं था, होने वाला पति था। तब तक वे दोनों केवल मित्र थे।''

''ओ.के.!'' वह फिर हँसी तो सफेद दाँतों की पंक्ति चमक उठी और बालों की पूरी लट उसके चेहरे पर आ गई। उसने उसे हटाते हुए कहा, ''ओ.के., होने वाला ही सही। लेकिन कोई भी लड़की क्या अपने मित्र को, जो उसका होने वाला पति हो, केवल इसलिए छोड़ सकती है, क्योंकि वह पंगु हो जाता है! रिश्तों के तमाम नाजुक तारों को इतनी बेरहमी से कोई छेड़ सकता है!···''

''देखिए, शायरी की बात मैं नहीं जानता, स्मिताजी। लेकिन भावुकता के दौर से बाहर आकर देखिए तो यही बात सच लगेगी। सारे नाटक का थीम ही यही है। दिक्कत यही है कि यही सच है, यही यथार्थ है। कोई जीवन भर किसी के लिए नर्स बन जाए,

केवल किसी एक व्यक्ति के लिए जिए और उसी के लिए मर जाए, कहानी फिल्मों में तो देखना-सुनना अच्छा लगता है; पर ऐसा होता नहीं। उस 'कोई' की भी भावनाएँ होंगी। और जहाँ तक मैं लड़कियों को—या लड़कों को भी—समझता हूँ, वे अपने जीवनसाथी के रूप में 'प्रेसंटेबल पार्टनर' चाहते हैं। जो हो सके तो इतने खूबसूरत, अच्छे हों कि उन्हें दूसरों को दिखाया जा सके। अपनी 'प्राउड पोजेशन' के रूप में। इसलिए पंगु हो चुके उस व्यक्ति को—असहाय, अक्षम व्यक्ति को—अगर हमारी नायिका छोड़ देती है तो हमारे रोमांटिक विचारों को ठेस लगती है। चाहे जीवन का यथार्थ यही हो···" सहसा वह रुका, "मैं बहुत बोल रहा हूँ न? एक लेखक अपनी रचना पर घंटों बात कर सकता है, स्मिताजी। मैं तो बोलता ही जाऊँगा। लेकिन छोड़िए इसे। आपके वो नहीं आए! नाम क्या है उनका? उनके बारे में कुछ बताइए न उनके आने से पहले।"

लेकिन स्मिता अब बोली तो गंभीर स्वर फिर लौट आया था, "तो आप समझते हैं कि यही सच है?"

"काश, मैं गलत होता; लेकिन स्मिताजी, सच तो यही है।"

"अगर मान लीजिए, हम आपको गलत सिद्ध कर दें तो क्या दीजिएगा?"

"मुझे वाकई बड़ी खुशी होगी ऐसे असाधारण लोगों से मिलकर।"

फिर देर तक वे दोनों बातें करते रहे। स्मिता उसे बताती रही कि निखिल—उसका मित्र—क्या है, कहाँ रहता है, कैसी बातें करता है। उसे कैसे तंग करता है, फिर वह उसे कैसे तंग करती है। फिर कई घटनाएँ उसने सुनाईं। पिछले तीन वर्षों से एक-दूसरे को जानते हैं और विवाह करने ही वाले हैं। अमित कृत्रिम उत्सुकता से सुनता रहा। वह कहना चाहता था कि देवीजी, कृपया मुझे 'बोर' न कीजिए। लेकिन इस मासूम-सी दिखती लड़की से ऐसा कहने की उसमें हिम्मत न थी। फिर बातों-बातों में सहसा उसने पूछा तो स्मिता ने बताया कि वह स्वयं डॉक्टर है, किसी बड़ी प्राइवेट कंपनी की क्लीनिक में। बाद में जब वह उसके ऑफिस गया था तो उसने पाया था कि चारमंजिला जिस इमारत में स्मिता डॉक्टर है, वह पूरी एयर कंडीशंड है और स्मिता हार्ट स्पेशलिस्ट है। इतनी कम उम्र में ऐसी उपलब्धि! अमित विस्मित हुआ था।

आठ बज चुके थे, लेकिन निखिल अभी तक नहीं आया था। स्मिता के किस्से भी लगभग समाप्त हो चुके थे। तब अमित उठ खड़ा हुआ, "छोड़िए स्मिताजी! लगता है, आपके वो आपकी कद्र नहीं जानते। आप जैसी खूबसूरत लड़की हमारी मित्र होती तो हम घंटा भर पहले आ जाते।"

"और फिर, अगर हमारी टाँग-बाँह टूट जाती तो जिंदगी भर के लिए छोड़ जाते।" स्मिता ने हँसकर कहा।

चोट-सी खाकर वह तड़प उठा। यह गलत है, यह उसने अपने आपको समझाया। फिर सहज स्वर में कहा, "मैं क्या करता, इसे छोड़िए। चलिए, आपको घर पहुँचा दूँ। लगता है, आपके निखिल बाबू अब नहीं आएँगे।"

"हूँ, लगता तो यही है। अच्छा, चलिए। लगता है, किसी काम में फँस गए। यूँ एक बात कहूँ, अमितजी। देर से पहुँचना, न पहुँचना, भूल जाना और ऐसी ही कई कमियों के बावजूद कुछ व्यक्तियों में कुछ ऐसी विशेषताएँ होती हैं, जो इन सब कमियों को 'कंपनसेट' कर देती हैं। उन कमियों पर गुस्सा आ सकता है। कुछ समय के लिए गंभीर-सी नाराजगी भी रहती है। फिर विशेषताएँ हावी हो जाती हैं। एक बात सीखिए हमसे अमित बाबू। हम लेखक नहीं हैं। आपकी तरह कोई दर्शन शायद हम न कह सकें। लेकिन यह सच है कि प्यार से बड़ी न्यामत कोई नहीं है। देह से ऊपर एक चीज होती है। शायद रूह कहते हैं या कुछ और होती होगी। उसे भी देखने की दृष्टि पैदा कीजिए। या देखिए मत उसे, महसूस करने की चेष्टा कीजिए। संक्षेप में कहूँ तो अमितजी, लगता है, आपने कभी प्यार नहीं किया। प्यार करके देखिए, पंगु, बदसूरत व्यक्ति भी अच्छा लगने लगेगा।"

अब अमित धीरे से हँसा। मन-ही-मन उसने एक साँस छोड़कर अपने से कहा, 'मिस्टर अमित कुमार खन्ना, क्या वाकई तुम्हारा चौखटा ऐसा है कि जो तुम हो, उसकी झलक भी लोगों को नहीं मिलती? तुमने कभी प्यार नहीं किया, यह लड़की कहती है। कहते क्यों नहीं कि स्मिता, तुम गलत कह रही हो। मैंने प्यार भी किया है।'

लेकिन प्रकट में उसने कहा, "यह तो बताइए, आपको छोड़ना कहाँ होगा?"

उत्तर में स्मिता ने उसे अपना पता और घर आने का आमंत्रण दिया।

अभी उसने मोटरसाइकिल को किक मारी ही थी कि एक कार गेट से अंदर घुसी। उसमें से उतरकर जो व्यक्ति खड़ा हुआ था, वह निखिल था। स्मिता ने किलककर कहा, "ठहरिए अमित बाबू, वे आ गए!"

रात का अँधेरा काफी हो चला था, नहीं तो अमित ऐसी गलती शायद कभी न करता। स्मिता ने परिचय करवाया तो उसने हाथ बढ़ाकर कहना चाहा, 'हेलो, हाऊ डू यू डू' कि तभी वह जड़ रह गया।

निखिल के दाएँ हाथ के स्थान पर मांस का एक लोथड़ा भर था।

बाद में कई बार वह स्मिता के घर व ऑफिस आता-जाता रहा था—कभी-कभार महीने-दो महीने में एक बार। तब धीरे-धीरे उसे पता चला था कि निखिल का यह अंग-भंग जन्म से है। निखिल का व्यक्तित्व दो-तीन मुलाकातों में उसे अत्यंत प्रभावित कर गया।

उन दोनों के साथ वह अत्यंत सहज अनुभव करता था। कहीं कोई बनावट नहीं

थी, न किसी प्रकार की प्रतियोगिता का प्रश्न था। निखिल सरकारी अस्पताल में मनोचिकित्सक था—'साइकोलॉजिस्ट'। अपने मरीजों के कई किस्से वह मजेदार ढंग से सुनाता था। और सबसे अधिक प्रभावित करती थी उसकी आश्वस्त करती मुसकान। जब वह मुसकराता था तो लगता था, सूरज बादलों से बाहर आ गया हो। धरती सुंदर जान पड़ती थी।

□

अमित की मोटरसाइकिल जब स्मिता की क्लीनिक के सम्मुख रुकी तो 5 बजने वाले थे। 5.30 बजे स्मिता की छुट्टी होती थी।

अगर वह मरीज देख रही होगी तो भी आज वह उसी के पास बैठेगा। निखिल आया हुआ हो तो मजा आ जाएगा।

जैसे ही उसके कमरे में घुसा, उसने देखा कि वह हर बार की तरह किसी मरीज से बात कर रही थी। उसने अपना बैग सोफे पर पटका और कुरसी पर बैठकर उसकी ओर देखने लगा। स्मिता ने भी उसकी ओर देखा और मुस्करा दी। जाने क्यों अमित चाहकर भी मुस्करा नहीं सका। स्मिता अपने काम में व्यस्त हो गई और अमित ने मेज पर बाँह रखकर उसपर अपना सिर टिका लिया।

सेठी!

उफ! घबराकर अमित ने आँखें खोल दीं। स्मिता पूर्ववत् अपने काम में व्यस्त थी। एक और व्यक्ति अंदर आ गया था।

वर्षों पहले जिस नाटक का सूत्रपात किया था, क्या आज वास्तव में उसका यवनिका पतन हो गया? अपना मन टटोलो तो, अमित।

दिवाकर देशपांडे—एक दोस्त। असामान्य, विकृत मस्तिष्कवाला दोस्त।

अशोक—एक भोला सा लड़का।

कालिया—कुत्ते की जाति का आदमी।

कालीचरण—किसी भी प्रकार का चरित्र न रखनेवाला पशु और भी कई व्यक्ति। आज बंद आँखों के सम्मुख तैरते चले जा रहे हैं एक-एक करके, जैसे कोई परेड निकल रही हो।

पर सेठी के विषय में सोचते ही, उससे हुई आज की मुलाकात की याद आते ही मन घबरा क्यों उठता है?

इसलिए, क्योंकि सेठी के नाम से जुड़ा हुआ केवल एक ही ऐसा नाम है, जिसे अमित नकारना चाहता है। जिसका नाम अपने मस्तिष्क में दर्ज करने से कतरा रहा है। लेकिन कब तक?

मस्तिष्क की दीवारों से टक्कर मारती हुई एक ही आवाज गूँज रही है—

वंदना··वंदना··कहाँ होगी वंदना?

अमित को लगता था, यह गलत है, लेकिन चाहकर भी वह रुक नहीं पा रहा था। एक अबूझ क्रोध उसमें पनपने लगा था। ऋतंभरा चली गई थी, इस बात का इस क्रोध में कितना योगदान था, वह सोचना नहीं चाहता था।

पिछले कई दिनों से वह एक ही आदमी का पता जानने की कोशिश में लगा हुआ था—सेठी का।

कॉलेज छोड़े हुए तीन साल हो गए। जाने कहाँ होगा? कॉलेज के जिन मित्रों को पता हो सकता था वहाँ, सब जगह पूछ आया। लेकिन सेठी का निश्चित पता नहीं मिला।

काफी दिन यूँ ही बीत गए। इतना समय नहीं था कि वह उसी की खोज में जुट जाए। ऑफिस था, फिर कॉलेज था। लेकिन फिर भी छुट्टीवाले दिन वह इधर-उधर हाथ-पाँव मारता रहता था।

फिर एक दिन उसे अशोक मिला। उसके पास सेठी का पता होगा, ऐसा आभास भी नहीं था अमित को। लेकिन बातों-ही-बातों में अशोक से ही पता चला कि सेठी पुरानी दिल्ली में एक जनरल स्टोर चलाता है, अर्थात् अपने बाप की दुकान पर बैठता है। उससे पता पाकर वह उत्तेजित नहीं हुआ। लेकिन उसने पता अपने दिमाग में नोट कर लिया।

लेकिन फिर वह रात को सो नहीं सका। अगले दिन सोमवार को दुकानें बंद रहती थीं। मंगलवार को उसे समय नहीं मिला। बुधवार—हाँ, बुधवार को वह ऑफिस से सीधा उसके स्टोर का पता लगाने निकला।

लेकिन उन दोनों रात वह पिशाच के समान उसे नोचते, भयभीत करते दृश्यों के कारण आतंकित रहा। कभी-कभी उसे लगता, वह सेठी से मिलना भी चाहता है और जान-बूझकर वहाँ जाना टाल रहा है।

उससे साक्षात्कार का सोचकर वह असामान्य और असहज रूप से जिया कॉलेज का सारा जीवन उसकी आँखों के सम्मुख घूम जाता था।

अच्छा, क्यों मिलना चाहता है वह सेठी से? वंदना को उसने लात मारी थी, क्या उसका बदला लेने के लिए?

लेकिन क्यों?

वंदना ने क्या अमित को लात नहीं मारी थी? वह भी तो उसे अपमानित-सा छोड़कर चली गई थी।

तो क्या वह वंदना के लिए नहीं था? फिर किसके लिए था? वह सेठी से मिलकर क्या करना चाहता है? सेठी की उससे कोई परोक्ष दुश्मनी तो नहीं थी।

और मस्तिष्क की लाख-लाख चेष्टा के बावजूद वह पाता कि उसका बदन उत्तेजित हो उठा है, हाथों की मुट्ठियाँ कस गई हैं और जबड़े आपस में भिंचकर रह गए हैं।

वह उसे मारना चाहता है, खूब मारना चाहता है; लेकिन कोई उसे रोकता है—बदला लेने की भावना अच्छी नहीं होती।

बदला कैसा? वह सोचता। यह बदला नहीं है, यह कुछ और ही है, जिसकी व्याख्या वह नहीं कर पाता। सेठी जैसे मस्तिष्क-विहीन पशु ने केवल अपने पशु-बल का सहारा लेकर बिना सोचे, बिना कुछ जाने, अहंकार में चूर होकर वंदना को टक्कर मारी थी। उस एक टक्कर ने उसकी पढ़ाई और उसके कॅरियर को नष्टप्राय कर दिया था। जो टक्कर वंदना के पैर में लगी थी, उसकी चोट दंश बनकर सीने में रोज टीस देती थी।

ऋतंभरा चली गई, वह कुछ न कर सका।

माँ उसे नहीं चाहती, वह कुछ नहीं कर पाता।

सुनील उससे दूर जा रहा है और वह असहाय है।

वंदना की याद आती है और वह कुछ कर सकता है।

अब वह समय नहीं जब वह नपुंसक अवस्था में केवल जागकर, अनिद्रा में रातें काटता था।

सारे शरीर का खून जैसे दौड़ता हुआ उसके मस्तिष्क की शिराओं में एकत्र होता जा रहा था।

पशु सेठी।

बेचैनी की वे रातें मस्तिष्क, सीने से हटतीं क्यों नहीं? वह जानता है, सेठी जैसे जानवर से तर्कपूर्ण धरातल पर बात करना व्यर्थ है। ऐसे लोग केवल एक ही भाषा समझते हैं—लड़ाई की। यदि कोई उन्हें मार जाए, चोट दे जाए, तभी वे दबते हैं। शिक्षा, ज्ञान या किन्हीं सूक्ष्म भावनाओं का उनसे कोई वास्ता नहीं, कोई परिचय नहीं।

वे किसी को पीट आएँ—किसी भी व्यक्ति को—तो अपने आपको उससे ऊँचा समझने लगते हैं।

अपने बड़प्पन का, अपने अहंकार का और अपनी हार का केवल एक ही मापदंड है ऐसे लोगों के पास—शारीरिक बल।

दिवाकर, कालिया और गुरचरण से भिन्न प्रकार का जीव है सेठी।

तो ठीक है। आज वह भी सक्षम है सेठी जैसे पशु से उसी के धरातल पर निपटने के लिए।

लेकिन विचित्र बात तो यह थी कि सेठी जब भी उसके विचारों में आया, कभी सामान्य व्यक्ति जैसा नहीं आया। अपने सपनों में, विचारों में सेठी उसे सदा एक

दीर्घाकार दैत्य के समान स्थूलकाय दिखा। जैसे उसे किसी पहाड़ से निपटना हो!

लेकिन ऊपर आकाश में बैठा विधाता उसपर हँस रहा था। किस-किसको मारेगा वह!

सेठी को उसने जनरल स्टोर के सामने खड़ा हुआ पाया। वह किसी ग्राहक से बातें कर रहा था। अमित ने मोटरसाइकिल सड़क के किनारे खड़ी की और धीरे-धीरे चलकर उसके पास जाकर खड़ा हो गया। जो सोचकर आया था, उसे करने का साहस नहीं कर पा रहा था। उसने सोचा था, सेठी को देखते ही वह उसे कॉलर से पकड़कर मारना शुरू कर देगा।

जिन अध्यापकों ने हमें स्कूल में पढ़ाया होता है, उनसे हम बड़े होने के बाद भी संकुचित होकर बातें करते हैं। चाहे हम जीवन में उनसे भी किसी बेहतर पद को पा लें। यह उस वय:संधिकाल का 'कॉम्प्लैक्स' होता है शायद।

सेठी ने उन आठ महीनों उसे इतना डराया था कि अब भी उसे उससे डर लगने लगा था। सेठी ने जब अमित को देखा तो एक हाथ से कुछ सिक्के दूसरी हथेली पर फेंकने जैसा खेल खेलते हुए उसने उससे पूछा, "हाँ जी?"

स्पष्ट था कि सेठी ने उसे पहचाना नहीं था। अमित फँसे-से स्वर में बोला, "हेलो सेठी, क्या हाल है?"

सेठी उसे गौर से देख रहा था।

अमित ने उसकी मदद की, "लगता है, पहचाना नहीं। मैं अमित हूँ। याद है, तुम कालिया, डायरेक्टर…"

इससे पहले कि वह वाक्य पूरा करे, सेठी के सारे व्यक्तित्व में एक बदमाशी भरा खिलंदड़ापन भर गया। उसी लापरवाही और मस्ती में अमित को मच्छर समझते हुए वह बोला, "ओए, तू है? ओए बल्ले-बल्ले। अब तो मुँह निकल आया है तेरा। ओए, तू तो सींकिया होता था।…"

अमित समझ नहीं पा रहा था कि झगड़े की शुरुआत कैसे करे। वह आदमी, जो अभी तक सेठी के पास खड़ा था, यह सोचकर कि दो पुरानी जान-पहचानवाले मिले हैं, सेठी से विदा माँगकर चला गया। सेठी ने अमित के गले में बाँह डाली और उसे दुकान की ओर ले जाने लगा। सहसा सायास अमित ने जोर लगाकर अपने को एक ही स्थान पर स्थिर किया और काँपते हाथों से उसकी बाँह अपने गले से हटाई। उसे लग रहा था, न तो सेठी उसके रोकने से रुकेगा, न वह अपनी बाँह अमित को ऐसे झटकने देगा।

दोनों ही बातें हुई थीं। सेठी के जोर लगाने पर भी अमित नहीं हिला और अमित ने आसानी से उसकी बाँह झटक दी थी। अमित में थोड़ा आत्मविश्वास और साहस जाग्रत् हुआ।

सेठी कुछ क्षण उसे देखता रहा, फिर उसकी बाँह को पकड़कर बोला, "और सुना साले! सुना, वह वंदना तेरी बुंड में लात मारकर चली गई।"

सेठी बड़े भद्दे ढंग से सही बात कह रहा था, "तू तो बिना बात उसकी वजह से पिटता रहा। वह तो रांड थी, काले से भी लगी थी।"

अमित को लगा, उसके शरीर का रक्त फिर एक बार उसके मस्तिष्क की तरफ बढ़ रहा है। सेठी कह रहा था, "तेरा अच्छा पिस्सू बनाया उसने। उल्लू की पट्ठी खुद तो दूसरे लड़कों से मजे लेती थी और तेरे आगे मुँह सुजा लेती थी। तेरी तो माँ...रख दी थी उसने।"

इसके आगे सेठी कुछ नहीं बोल सका। आवेश में अमित एकबारगी क्रोधित हो गया। उसने अपना हाथ छुड़ाकर सेठी का कॉलर पकड़ना चाहा, पर सेठी ने समय रहते अपना सिर घुमा लिया। पर उसके सिर के बाल अमित की मुट्ठी में कस गए। अमित की आँखें गुस्से में माथे तक पहुँच गई थीं। उसे पता नहीं था, वह क्या कह रहा था। आवेश के उस तूफान को थामना कठिन था। उसने पूरा जोर लगाकर सेठी के बाल और कस लिये और उसे बालों के जोर पर तेजी से इधर-इधर झुलाने लगा। फिर थोड़ी देर बाद दूसरे हाथ के मुक्के सेठी के मुँह, नाक, सीने पर बरसने लगे। लोग इकट्ठा होने लगे। लेकिन अमित ने उसे जमीन पर पटककर उसकी गरदन पर अपनी टाँग रख दी और लात-घूँसे उस पर बरसाने लगा था। सहसा एक कड़क के साथ अमित के हाथ में कसी उसकी कलाई मुड़ी और कोई हड्डी टूट गई। लोग उसे अलग करने का प्रयत्न करने लगे थे। पर अमित के हाथ में साथ पड़ा हुआ पत्थर आ गया और उसने उसे दो-तीन बार उसके चेहरे पर मारा। जब तक वह अलग किया गया, सेठी के हाथ की और नाक की हड्डी टूट चुकी थीं तथा माथे से खून बह रहा था, जो उसकी आँखों तक पहुँच रहा था।

जो पाँच-छह व्यक्ति बीच-बचाव कर रहे थे, उन्हें संबोधित कर अमित चीखा, "यह आदमी हत्यारा है, पशु है, अगर कोई भी बीच में आया तो गोली मार दूँगा!"

जो व्यक्ति इतनी बर्बरता दिखा रहा है, वह पशु भी हो सकता है, उसके पास रिवॉल्वर भी हो सकता है, इस बात पर विश्वास करना कठिन नहीं था। अमित ने फिर उसके शरीर को लातों से मारना आरंभ किया। थोड़ी देर तक वह उसे मारता रहा और सेठी की चीखें आकाश तक पहुँचती रहीं। अमित जब थक गया तो अपने आसपास देखना आरंभ किया। आँखें माथे से लौटकर फिर अपनी जगह आनी शुरू हुईं। वह निरंतर गालियाँ बक रहा था। उतनी ही गंदी और भद्दी, जितनी सेठी देने के योग्य था। गालियाँ बकते-बकते और दो-तीन लोगों को धकेलते वह अपनी मोटरसाइकिल तक पहुँचा और उसी उन्मादित अवस्था में; सेठी को लगभग बेहोशी की अवस्था में छोड़कर, उसने मोटरसाइकिल स्टार्ट की और चला गया। रास्ते में कई जगह शराबी की तरह

उसकी मोटरसाइकिल पटरी से टकराई; लेकिन अमित रुका नहीं। तेज, और तेज मोटरसाइकिल चलाते हुए वह अपने भागते विचारों से ही जैसे स्पर्द्धा कर रहा था।

□

अच्छा, अब वंदना कहाँ होगी?

अपनी ससुराल में। अच्छा, क्या उसे बिलकुल याद नहीं करती होगी? पति-बच्चोंवाले संसार में उसका कहीं कोई अस्तित्व नहीं?

अमित की बंद आँखें बाँह पर टिके-टिके भीग आईं। वह यूँ ही बैठा रहा।

स्मिता ने अपना काम निपटाया और राहत की लंबी साँस ली। एक नजर उसने अमित की ओर डाली। वह शायद सो रहा था। स्मिता ने हलके से पुकारा, "एई खन्ना साब! खन्ना साब, उठो तो ⋯ ।" लेकिन कोई उत्तर नहीं आया।

स्मिता उठी, वाश बेसिन में हाथ-मुँह धोया। फिर तौलिए से पोंछती हुई अमित के पास आई। धीरे से उसने उसके बालों में अपनी उँगलियाँ फँसाईं। अमित ने सिर उठाया तो स्मिता ने वैसे ही उँगलियाँ फँसाए-फँसाए कहा, "तुम्हारे बाल बहुत घने हैं, घुँघराले-घुँघराले। एई, क्या बात है⋯कैसे हो? के मोन आच्छेन!"

"भा⋯लो।" अमित ने मुसकराकर कहा।

"ऊँ-हूँ। लगता तो नहीं।" स्मिता ने आपाद-मस्तक उसका निरीक्षण किया। "क्या बात है? कहीं कोई झगड़ा हो गया?"

लगभग एक झटके से अमित खड़ा हो गया, "मैडम स्मिता, डॉक्टर होने का मतलब यह कतई नहीं कि तुम हर समय एक अच्छे-खासे आदमी का 'एक्सरे' करती रहो।"

"आदमी?⋯तुम तो कमाल करते हो। तुम आदमी कब से हो गए?" स्मिता भी मजाक के मूड में आ गई।

"देखो, खींचो नहीं, मैं मूड में नहीं हूँ। और पूछो भी कुछ नहीं। बस, यह बताओ कि प्रोग्राम क्या है?"

"प्रोग्राम! ओ गॉड! निखिल 'शीला' पर मेरी प्रतीक्षा कर रहा होगा। बजा क्या है?"

"अगर पिक्चर का प्रोग्राम है तो अभी बहुत समय है।"

"ठीक है, तब तक एक-एक कॉफी पिएँगे। यहाँ नहीं। ऐसा करते हैं, शीला थिएटर पर ही चलते हैं। वहीं कॉफी या चाय पिएँगे और निखिल की प्रतीक्षा क्रेंगे। क्यों, ठीक है?"

"ठीक है।"

"एई अमित, बात क्या है? तुम आज ठीक नहीं हो। जरा मुझे बताओगे।"

अमित बताते-बताते रुक गया। क्या बताए वह? क्या बताए कि जीवन में कई

बार बहुत कुछ ऐसा घट जाता है, जो कल्पनातीत होता है और जिसे केवल स्वयं ही भुगतना होता है। सेठी से मारपीट की बात बताए भी तो कारण बता पाएगा?

क्या कहेगा···?

नहीं, कुछ नहीं बता पाएगा वह। इतनी जल्दी स्मिता समझेगी भी क्या?

"न, कुछ नहीं। आज तुम्हारे निखिल बाबू से बहुत बातें करने को मन कर रहा है।"

"उफ, तुम दोनों और तुम्हारी बातें! जाने क्या जमीन-आसमान के कुलाबे मिलाते रहते हो। तुम लोग और तुम लोगों का दर्शन। अच्छा-खासा आदमी पागल हो जाए।"

"और तुम नहीं हुई तो क्या इसलिए कि तुम आदमी नहीं हो?"

दोनों का सम्मिलित ठहाका गूँज उठा। स्मिता ने जल्दी-जल्दी अपना बैग तैयार किया और दोनों बाहर आए।

'शीला' में कॉफी पीते-पीते और यूँ ही पोस्टर वगैरह देखते-देखते 6.15 बज गए। तब निखिल आया।

"अरे, अमित! कहो, कैसे हो?"

"ठीक हूँ।" अमित प्रत्युत्तर में मुसकराया।

"तुम कैसी हो, स्मिता?"

"ठीक हूँ।"

"आज का क्या प्रोग्राम है?"

"प्रोग्राम!" स्मिता हैरान हुई, "टिकट नहीं मिले क्या?"

उत्तर में एकदम चुस्त-दुरुस्त वाक्य मिला—"इसका अर्थ हुआ कि एक टिकट तुम्हारे पास है।"

"मेरे पास! नहीं तो। टिकट तो तुमने लाने को कहा था।"

"अच्छा, छोड़ो इसे। चाय तो पिलाओगी या ऐसे ही खड़ा रखोगी?"

"हाँ-हाँ, आओ, तुम्हें अपने डैडी के 'महल' में ले चलूँ।"

बाहर आकर लंबा गलियारा पार करते हुए निखिल बोला, "अमित, आजकल कहाँ रह रहे हो?"

अमित हँसा, "हैरान न हो तो बताऊँ। छह महीनों से एक ही जगह रह रहा हूँ।"

निखिल भी हँसा, "हम लोग दो महीने के बाद तो मिल रहे होंगे।"

रेस्टोरेंट में कुछ लोगों के बाहर आने के कारण अमित निखिल से दूर हट गया और कोई उत्तर नहीं दिया। अंदर जाकर तीनों एक टेबल के इर्द-गिर्द बैठ गए। फिर स्मिता बोली, "आज अमित कह रहा था, इसका मन आपसे बहुत बातें करने को कर रहा है।"

अपने अभ्यस्त हो चुके ढंग से निखिल ने पहले एक सिगरेट मुँह से लगाई, फिर लाइटर निकालकर उसे सुलगाया। धुआँ छोड़ते हुए उसका चेहरा गंभीर हो आया। लेकिन उसने केवल इतना कहा, "कैसी बातें?"

अमित ने जल्दी से टोका, "कैसी भी नहीं, निखिल दा। तब मन कर रहा था जब स्मिता से मिला था। अब इस माहौल में सचमुच कुछ नहीं कहना। अभी दस मिनट में तो पिक्चर शुरू हो जाएगी।"

वैसी ही गंभीर आवाज में आँखें मिचमिचाकर निखिल ने स्मिता को घूरा, "हम पिक्चर चल रहे हैं क्या?"

स्मिता समझकर चुप रह गई।

एकाएक अमित उठ खड़ा हुआ, "अरे बाबा रे, हमें तो याद ही नहीं रहा। टिंकू के लिए पुस्तकें लेनी थीं। करोलबाग तो बंद होने वाला होगा, ददा। मैं अब चलूँगा। आपको फोन करूँगा। कल या परसों। ओ.के.!"

निखिल ने अमित की ओर देखा तक नहीं। स्मिता से कहा, "अमित जा रहा है।"

सहसा स्मिता भी उठ खड़ी हुई, "हो गया कुसूर। लेकिन ऐसा भी क्या कि कोशिश करने पर तीसरी टिकट नहीं मिल सकती।"

"तीसरी टिकट!" अमित चौंका, "मुझे पिक्चर नहीं देखनी, निखिल दा। टिंकू की पुस्तकें…"

"अमित, बैठो तो। मुझे तुमसे बातें करनी हैं। स्मिता, तुम जाकर मैनेजर से पूछ देखो। मैं जानता हूँ, तुम उससे एक टिकट तो निकलवा ही सकती हो। जाओगी?"

स्मिता ने राहत की साँस ली, "कोशिश करती हूँ।" और वह चली गई।

अब निखिल ने अमित को बैठाया, "बैठो अमित।…"

"लेकिन दादा, यह ठीक नहीं है। मुझे स्मिता के साथ जाना चाहिए।"

"डोंट वरी अबाउट हर। आई नो हर।…तुम बताओ, तुम्हारा ऑफिस कैसा चल रहा है?"

"ठीक चल रहा है, दादा।"

"जहाँ रह रहे हो, वहाँ संतुष्ट हो?"

इतनी देर में वेटर आ गया। उसे तीन ड्रिंक्स का ऑर्डर देकर निखिल फिर अनिल से बातें करने में व्यस्त हो गया। अमित थोड़ी बेचैनी अनुभव कर रहा था, लेकिन निखिल सहज था।

थोड़ी देर बाद स्मिता आ गई—"मैंने तीन टिकट ले लिये हैं।" उसने कहा, "आप अपनी दोनों टिकटें बेच दीजिए।"

"जाओ अमित, दोनों टिकटें बेच आओ।"

"आप भी निखिल दा, बहुत जिद्दी हैं। क्या जरूरत थी इस सबकी?"

"देखो अमित, तुम स्मिता के साथ नहीं आते तो हम दोनों शायद पिक्चर देखने चले भी जाते। ऐसे में हम दोनों चले जाते तो यह खुद मुझे बाद में डाँटती। मुझे तो इससे डर लगता है, भई।" निखिल मुसकराया और सारा मूड ही बदल गया। पिक्चर देखने का जैसे बच्चों का-सा उत्साह सब में व्याप गया। पिक्चर देखकर तीनों बाहर निकले।

"अब?" अमित ने पूछा।

"अब क्या? तुमसे तो बातें हुईं ही नहीं।" निखिल ने कहा, "अभी तो मैडम स्मिता की बात पूरी की गई है। चलकर किसी होटल में खाना खाते हैं। बातें भी करेंगे।"

"जहाँ मैं रहता हूँ वहाँ, वे लोग खाना बनाकर मेरी प्रतीक्षा करेंगे। मेरी आंटी जब तक मुझे खाना अपने हाथों नहीं खिला लेंगी, सो नहीं सकेंगी।"

सहसा अमित की आँखों के सम्मुख इला, उनका उनींदी आँखों जागना और जागकर उसके लिए खाना गर्म करना—सब घूम गया। खाना खाकर जाएगा तो उनके चेहरे के वे निराशा के भाव नहीं देख सकेगा वह।

"अरे, ऐसी कौन सी आंटी हो गईं तुम्हारी?" स्मिता पूछ रही थी।

अब एकाएक अमित संकुचित हो आया। इतने स्थूल रूप से, इतने स्पष्ट ढंग से ऐसी बात कहकर उसे लगा, उसने प्रदर्शन किया है। पर उसे निखिल की समझ पर विश्वास है। निखिल जानता है, अमित के मुँह से घृणा के शब्द न भी निकलें, स्थूल प्यार के शब्द निकलने बहुत मुश्किल हैं।

"कोई नहीं!" अमित लगभग शरमा गया था, "मेरा मतलब है, खाने का प्रोग्राम बीच में से उड़ा दिया जाए तो हम चाय या कॉफी पी सकते हैं। कहीं भी। अगर स्मिता का भी मूड हो तो।"

"अपने चपरकनाती प्लैन बंद करेंगे आप लोग! स्मिता का मूड है, वह अपने हाथ से आप दोनों के लिए कॉफी बनाए अपने घर में। नो मोर ऑब्जेक्शंस प्लीज। घर चलकर बैठेंगे। चलो अमित, मोटरसाइकिल उठाओ और हमारे साथ चलो।"

रास्ते भर अमित के विचार इधर-उधर उड़ते रहे। यह शायद पहली बार था जब आंटी के प्रति अपने स्नेह को मुखर अभिव्यक्ति दी थी उसने। पहले-पहल उनका स्नेह भरा व्यवहार देखकर उसने अपने को समझा लिया था। हर कोई ऐसा ही तो करता है तुम्हारे साथ अमित। आरंभ में तुम सबको अच्छे लगते हो। लेकिन तुम्हारी ठंडी, रूखी और लगभग घृणा भरी प्रतिक्रिया भी तो लोग जल्दी ही समझ जाते हैं। फिर यह उबाल शांत हो जाता है। ऐसा ही होगा आंटी के साथ भी। चाहकर भी किसी से प्यार करे, इस लायक अब वह नहीं रह गया है। अपने बारे में आत्मश्लाघा नहीं बघारता, लेकिन सीने

में स्नेह और प्यार का जो समुद्र लहरा रहा है, उसके योग्य कोई सुपात्र मिला भी अब तक?

क्यों, सुनील तो है?

हाँ, है। लेकिन हर बार की तरह सुनील तक आकर विचार रुके नहीं। आज सेठी को मारकर वह कैसा अनुभव कर रहा है, इस आत्मविश्लेषण से वह बचना चाहता है।

लेकिन कब तक?

अपनी मोटरसाइकिल पर अकेला है वह। अपने से बचना मुश्किल हो गया न! सूत्र से सूत्र मिलाकर आज सोचना चाह रहा है वह तो कहाँ से शुरू करे! फिर गड्ड-मड्ड हो गए विचारों को उसने एक आकार देना शुरू किया।

देखो मिस्टर अमित, तुम एक अत्यंत कमजोर व्यक्ति रहे अब तक शारीरिक रूप से। और इस कारण तुमने अपने कॉलेज में वह सबकुछ सहा। यदि तुम शक्तिशाली व समर्थ होते तो घटनाओं का रूप यकीनन कुछ और होता। इतनी आसानी से गुरचरण, कालिया, अमित और सेठी तुम्हें 'अपसेट' नहीं कर पाते।

गुड। निश्चित रूप से बौद्धिक धरातल पर तुम उन सबसे कहीं ऊपर थे। लेकिन रोज-ब-रोज घटती घटनाओं ने तुम्हारा आत्मविश्वास हिला दिया था। फिर भी तुमने प्रतीक्षा की अपने संयम की। इसका अर्थ हुआ, तुम्हारा आत्मविश्वास लुप्त नहीं हुआ था।

सबने मिलकर तुम्हारे हृदय में गाँठें बाँध दी थीं। तुम कुंठित हो चले थे। तुम्हें उन सबसे मुकाबले का अवसर न मिलता तो तुम मानसिक रूप से अस्वस्थ हो सकते थे, पागल भी हो सकते थे। सेठी के रूप में आज वह आखिरी गाँठ खुल गई थी, जो तुम्हें रह-रहकर पीड़ा देती थी। या शायद तुम्हारे मन में था कि तुम केवल मस्तिष्क से सजग, सतर्क और स्वस्थ हो, जिसका कोई भी मूल्य सेठी, गुरचरण और कालिया जैसे वर्ग के लोगों की निगाहों में नहीं है। उन्हें जीतने के लिए, उन्हें पीसकर मसलने के लिए दृढ़ मांसपेशियाँ चाहिए, बाजुओं में तड़पती मछलियाँ चाहिए, फौलादी सीना चाहिए और ऐसी हुँकार चाहिए, जो उनके कलेजे दहला दे।

तुम्हारी आरंभ से ही इच्छा रही कि तुम शारीरिक रूप से खूब मोटे-तगड़े रहो। लेकिन कभी नहीं रह सके। चिंतनशील मस्तिष्क शायद रह भी नहीं सकता। तुम अकेले रहे। भोजन के स्थान पर तुमने विश्लेषण को महत्त्व दिया। परिस्थितियों व व्यक्तियों के विश्लेषण को। परिणामस्वरूप सेठी जैसे मस्तिष्क-विहीन जानवर तुम पर हावी रहे और यह सब तुम्हारे मस्तिष्क में कुंठाएँ भरता गया। तुम कभी सेठी जैसे पर विजय पा सकोगे, ऐसी कल्पना तुमने कभी नहीं की थी।

तुम्हें वह घटना याद है जब वंदना के साथ चलते हुए—दिवाकर भी साथ था—

कोई व्यक्ति मोटरसाइकिल से गुजरता हुआ तुम्हें लात मार गया था। उसकी घुटन तुम्हारे मन में आज तक थी। थी न अमित कुमार खन्ना? दिवाकर और वंदना के लाख समझाने पर भी तुम सामान्य नहीं हो सके, आज तक भी नहीं। अगर आज वह व्यक्ति मिल जाए तो खुश होगे न अमित कुमार; क्योंकि तुम उसे लात मारने योग्य हो गए हो। दुनिया तुम्हारे कदमों के नीचे है अमित, है न?

लेकिन तुम असामान्य क्यों नहीं हुए, अमित? तुम्हारे असामान्य न होने का एक कारण शायद यह रहा कि तुम घटनाओं व परिस्थितियों से गुजरते हुए भी उनसे विलग होकर उनका विश्लेषण करते रहे। चाहे वह सही थी या गलत, तुम परिस्थितियों में अपनी स्थिति समझते रहे।

इन्हीं विचारों को गुनता-बुनता अमित स्मिता के घर की ओर जा रहा था।

□

उस दिन प्रवाल का जन्मदिन था।

प्रवाल को लेकर कहीं कुछ असहज-सा क्यों लगता है, अमित की समझ में नहीं आता था। अब भी सुनील यही कहता था कि उससे बढ़कर कोई नहीं। अमित से बढ़कर तो मृदुला भी नहीं। अब भी वह उसके लिए वैसे ही पुस्तकें ढूँढ़कर लाता था, उसके साथ पहले जैसी ही बहस किया करता था। पर कहीं गड़बड़ थी जरूर।

सुबह की कक्षाओं में दो लड़कियाँ थीं—उन्मुक्त, स्वच्छंद, बेलाग और निष्कपट। मजेदार बात यह थी कि एक का रंग एकदम गोरा था, दूसरी साँवले रंग की थी। अमित, सुनील उन्हें मजाक-मजाक में 'कालिअप्पन' और 'गोरीअप्पन' कहते थे। वे दोनों उन लड़कियों में से थीं, जो किसी की भी मदद करने के लिए तैयार रहती थीं। उनकी दोस्ती लगभग सभी से थी। उनमें किसी प्रकार का कोई भी 'कॉम्पलेक्स' नहीं था। सामान्य रूप से वे सेक्स से लेकर शेक्सपीयर की गंभीरतम रचनाओं पर समान रूप से बहस कर सकती थीं। कैंटीन में साथ-साथ बैठकर वे घर का लाया खाना उनके साथ कई बार खा चुकी थीं। और बस। उनके साथ अफेयर की बात नहीं सोची जा सकती थी।

उस दिन वे दोनों उसे लाइब्रेरी में घेरकर खड़ी हो गईं। लाइब्रेरी थी, इसलिए दबे-दबे स्वर में बोलीं, "अइयइयो, आज तो बड़ा जँच रहा है।"

इससे पहले कि कालिअप्पन आगे कुछ कहे, वह बोला, "बस-बस, ठीक है। मुझे हॉल में यह पुस्तक रखने जाना है, नो नाटक।"

इसपर इठलाकर कालिअप्पन बोली, "अइ यइ यो, हम भी तो उदर ही चल रहे हैं।"

वे दोनों भी साथ हो लीं। दोनों को बहुत बोलने की आदत थी। लाइब्रेरी में सब उन्हें जानते-पहचानते थे। दोनों को चुटकुले छोड़ने और हँसने-हँसाने में मजा आता था।

यह हॉल लंबाई में फैला था और मुख्य हॉल से अलग था। यहाँ 'रेफरेंस' की पुस्तकें रखी जाती थीं। इस ओर अपेक्षाकृत शांति रहती थी। हॉल की दोनों दीवारों की ओर चौड़ाई में अलमारियों की कतारें थीं और उनके बीच में लंबाई में एक बड़ा गलियारा। दाएँ-बाएँ दोनों ओर छोटे-छोटे गलियारे बन गए थे, जहाँ अलग-अलग विषय पर अलग-अलग अलमारियों में पुस्तकें थीं।

उस समय हॉल में दो-चार छात्र ही थे। हॉल में घुसते ही दो-चार गलियारे छोड़कर अंग्रेजी साहित्य की पुस्तकों वाली अलमारियाँ थीं। तीनों वहीं जाकर पुस्तकें वगैरह देखने लगे। दोनों लड़कियाँ तो दबी-दबी खिल-खिल करती रहीं। वह पुस्तकें निकालकर, देखकर उनसे बातें भी किए जा रहा था।

एक पुस्तक लेकर वह अधिक रोशनी में देखने के लिए यूँ ही एक क्षण खिड़की के पास गया।

खिड़की के बाहर एक छोटा सा लॉन था, जो मुख्य हॉल और इस हॉल के बीच पड़ता था। उसमें प्रवाल एक कुरसी पर बैठी थी और सुनील खड़ा उससे बातें कर रहा था।

अमित को उधर देखता देखकर काली बोली, ''तेरा यार खड़ा है।''

अमित चुप देखता रहा।

गोरी बोली, ''साला फ्लर्ट मार रहा है।''

अमित हँस पड़ा—''चुप कर। कहीं मुझे 'इन्फेक्शन' हो गया तो तुम्हें ही मुसीबत होगी!''

गोरी की हँसी फूटी पड़ रही थी, ''मुसीबत क्या होगी? तुम लोग कर ही क्या सकते हो?''

अमित बोला, ''हाँ, चूमने-वूमने में तुम्हारा क्या घिस जाएगा, यही न?''

दोनों मुँह दबाकर हँसती रहीं।

वह मुड़कर फिर लॉन में उन्हें देखने लगा। खिड़की में लगी जाली के कारण बाहर से अंदर तक दिखाई नहीं देता था। कुछ देर बातें करने के बाद देखते-देखते सुनील तेजी से चला गया और प्रवाल पुस्तक खोलकर पढ़ने लगी।

''सुनील बड़ी मदद करता है इसकी।'' अमित बोला।

गोरी ने अनायास ही मुँह बिचकाया। अमित को लगा, गोरी कुछ कहना चाहती है, पर अपने स्वभाव के अनुसार किसी की चुगली करते झिझकती है। साधारणतया वह भी जोर नहीं देता; पर उसे लगा, गोरी सुनील के विषय में कुछ कहना चाहती है और वह सुनना चाहता है।

उसने जैसे उसे प्रोत्साहन दिया, ''सुनील मेरा बेस्ट फ्रेंड है। ऐसा दोस्त जिंदगी में

केवल एक बार मिलता है।"

गोरी बोली, "ठीक है। हमारे लिए तो ठीक ही है।"

अमित ने मानो कुरेदा, "क्यों, तुमसे कुछ कहता है मेरे बारे में?"

गोरी ने एक क्षण के लिए काली को अनिश्चित दृष्टि से देखा, फिर कुछ देर सोचकर बोली, "तुम दोनों दोस्त हो। हमारा कुछ कहना ठीक नहीं होगा।"

अमित ने कहा, "क्या ठीक नहीं होगा? अच्छा, सच बताना। तुम्हारे सामने मेरी बुराई करता है क्या?"

अमित स्वयं हैरान था, वह यह सब क्यों पूछ रहा हैं। उसने आज तक इस प्रकार किसी से नहीं पूछा था। पर स्वयं उसके मन में कहीं वीरानी थी। यह आदमी, जो जाने-अनजाने उसकी जिंदगी का एक बड़ा महत्त्वपूर्ण हिस्सा बन गया है, रेत का बोरा भर तो नहीं? हो भी तो अमित क्या करेगा? पर अपने मन के इस भ्रम का तो परिष्कार करना होगा न! वैसे सुनील इन दोनों पर अपना मन प्रकट करेगा, ऐसा वह नहीं समझता था। सुनील जानता है, वे दोनों उसकी भी मित्र हैं।

अमित उत्तर सुनने को उत्सुक था। बाहर लॉन में प्रवाल बैठी पढ़ रही थी।

गोरी बोली, "तुम्हारे बारे में खुलकर तो कुछ नहीं कहता; पर यार, रिएक्ट बड़े अजीब ढंग से करता है। जैसे तुम्हारा नाम या जिक्र होने पर मुँह बिचका देता है या तुम्हारी चर्चा को 'अवॉयड' करना चाहता है। यानी ढंग कोई 'कांप्लीमेंटरी' नहीं होता।"

इस बात के कई दिन बाद अमित ने एक बार सुनील से कहा भी, "देख, गोरी-काली ऐसा कहती थीं। वैसे यह कोई ऐसी बात नहीं जिसका मैंने बुरा माना हो। हो सकता है, यह उन दोनों की अपनी 'अब्जर्वेशन' हो। लेकिन तू पूछना कुछ नहीं उनसे। दे आर फ्री टू हैव देयर ओपिनियंस। दोष तो मेरा है। मुझे ही नहीं पूछना चाहिए था। पर क्या करूँ, उस दिन मन बहुत डर गया था।"

सुनील ने कहा, "जो मुझे कहना चाहिए था, वह तूने ही कह दिया।...खैर, छोड़ इसे। आई डोंट केयर कि वे क्या सोचती हैं।"

फिर और दूसरी बातें होने लगी थीं। अमित के मन को तसल्ली नहीं थी। मन था कि कहीं बुझ रहा था। तो भी, गोरी-काली किसी विवेचना के मापदंड नहीं, यह कहकर उसने अपने आपको समझाना चाहा।

इन सब बातों के बावजूद या कारण अमित का मन शंकित था। लाख प्रयत्नों के बावजूद वह इस तथ्य को नकार नहीं पा रहा था। सुनील अतिरिक्त सजगता से व्यवहार करने लगा था। ऐसा लगता था जैसे वह किसी अदृश्य को, अमित से श्रेष्ठतर होने का विश्वास दिलाना चाहता था। उसका प्रतिद्वंद्वी रूप उभर रहा था। आजकल वह मृदुला को साथ लेकर नहीं आता था। ऐसा लगता था, वह नहीं चाहता था कि मृदुला

अमित से बात करे। प्रवाल के लिए भी वह अतिरिक्त रूप से सजग था, जैसे अमित उससे इन्हें छीन लेगा।

कुछ कहते नहीं बनता था। क्या कहे अमित! तुम प्रवाल को मेरे निकट नहीं आने देना चाहते? तो क्या सही यह नहीं था कि वह इस दिशा में सोचता था? कोई भी—प्रवाल, मृदुला, गोरी, काली—उससे दूर क्यों जाए? वह सबसे एक स्वस्थ मित्रता चाहता है, बस।

अमित स्वयं अपनी सोचने की दिशा नहीं जानता। प्रवाल को लेकर क्यों बात की जाए? वह उसे अपने बीच इतना महत्त्व क्यों दे? सुनील समझता क्यों नहीं? प्रवाल क्यों उनके व्यक्तित्व के आकर्षण का मापदंड बन जाए? क्यों? इस तरह तो यह मुद्दा प्रवाल के कारण लड़ाई में परिवर्तित हो जाएगा।

उफ, वह क्या करे? सुनील क्यों इसे बाजी मानकर बैठा है? सुनील क्यों उससे खुलकर इस विषय पर बात नहीं करता, जैसे कि वह हमेशा करता है?

सहसा वह चौंक पड़ा। अगर सुनील उससे इस विषय पर बात नहीं करता तो क्यों न वही करे? मन में अपने आप ही कोई द्वंद्व पाले चले जाने से तो बेहतर है, इससे एकबारगी मुक्ति पा ली जाए। वह हर बार यही आशा क्यों रखता है कि सुनील उसे छोटा समझकर व्यवहार करेगा। वह समवयस्क है। कभी सुनील भी तो चूक सकता है, गलत दिशा में सोच सकता है। और क्या वह भी उससे वही आशा नहीं कर सकता, जैसी अमित उससे करता है?

अमित ने निर्णय किया कि आज प्रवाल का जन्मदिन है। दिन में या वहाँ से लौटते हुए कभी भी वह बात छेड़ेगा।

उन दोनों ने निर्णय किया कि प्रवाल को उसके जन्मदिन पर कुछ पुस्तकें उपहार-स्वरूप दी जाएँ। दोनों ने उसके पाठ्यक्रम से संबंधित वे पुस्तकें खरीदीं, जो उसके पास नहीं थीं। इसके अतिरिक्त एक सुंदर सा पेन भी खरीदा। लगभग आधे-आधे पैसे उन दोनों ने दिए। फिर पुस्तकें रंग-बिरंगे कागज पर लपेटीं और शाम को साथ ले जाने के लिए रख लीं।

शाम को 6 बजे—तब जब सर्दियों की शाम रात में बदलनी शुरू हो जाती है, वे दोनों प्रवाल के घर पहुँचे। प्रवाल और उसकी भाभी किचन में थे। वे दोनों भी वहीं चले गए। प्रवाल उन्हें देखकर प्रसन्न हो उठी। अपनी भाभी से उसने अमित का परिचय करवाया। तभी अमित को पता चला कि सुनील उसकी भाभी से पहले मिल चुका है। अचानक ही एक दिन उसे प्रवाल और उसकी भाभी कनॉट प्लेस में घूमते मिल गए थे। तभी उसका परिचय उनसे हुआ था।

प्रवाल ने तेल सने हाथ उठाए-उठाए कहा, "ओ, आयम सो ग्लैड।"

सुनील एक जगह जड़ रहकर उसे एकटक देखे जा रहा था। लगता था जैसे वह उसे अपनी आँखों में बाँध लेना चाहता है।

अमित ने कहा, ''गुड! तुम बाकी का 'ग्लैड' फिर हो लेना, अभी अपने पकौड़े बचाओ।''

प्रवाल हँस दी। उसने कड़छी अपनी भाभी को पकड़ाई और किचन से बाहर आ गई। वहीं दोनों ने उसे पैकेट थमाया। प्रवाल हँसे जा रही थी। हँसते-हँसते ही बोली, ''अच्छा।'' अच्छा से उसका तात्पर्य था कि वह यह नहीं कहेगी कि इसकी क्या जरूरत थी। वह अस्वीकारेगी भी नहीं। फिर भी वे लोग न लाते तो भी उनका आना काफी होता। खुशी उसके अंग-अंग से फूट पड़ रही थी।

फिर थोड़ी देर रुककर बातें करते-करते ही वह पैकेट बेडरूम में रखने गई तो सुनील पीछे चला गया। अमित किचन में उसकी भाभी के पास चला गया।

''कोई और नहीं आया आंटी, अभी तक? हम पहले लोग हैं क्या?'' उसने पूछा।

''नहीं, इसका कजिन तो दोपहर को ही आ गया था। अंदर ड्राइंगरूम में होगा। अंकल-आंटी भी आए हैं। बाजार तक गए हैं। बाकी कुछ मेरी सहेलियाँ आती होंगी।''

वह वहीं खड़ा उनसे और उनकी नौकरी के बारे में बातें करता रहा। फिर सुनील और प्रवाल भी आ गए। थोड़ी देर बाद वे सब ड्राइंगरूम में चले गए। वहाँ बड़ी देर तक सबके ठहाके गूँजते रहे। खाना-पीना चलता रहा।

सुनील, अमित ने गाने वगैरह भी सुनाए। कुछेक दूसरे 'आइटम' भी किए।

शाम बड़े खूबसूरत ढंग से गुजरी और वे दोनों जाने के लिए उठे।

रास्ते में एक जगह रुककर अमित ने कहा, ''सुन, इधर योगी के घर होकर चलते हैं। मुझे काम भी है।''

सुनील मान गया। लेकिन योगी घर पर नहीं था। उसके घर से उतरकर मोटरसाइकिल स्टार्ट करने से पहले दस्ताने पहनते हुए अमित ने एकाएक कहा, ''भाई, एक बात कहूँ।''

''हाँ।'' सुनील बड़ा संतुष्ट और प्रसन्न था।

''मैं बड़े दिनों से कहने की सोच रहा था।'' सहसा उसे शब्द नहीं सूझे। कहीं उसके मस्तिष्क में यह भी था कि जो समस्या उसके सामने है, वही अगर सुनील के सामने होती तो वह बड़े सलीके और साफ ढंग से उसका निराकरण करता। तो भी, जैसे- तैसे कैसे भी ढंग से, उसे भी तो यह कर्तव्य निभाना है।

प्रवाल के लिए आज भी सजग था सुनील। लेकिन आज अमित चूँकि सुनील से बात करना तय किए हुए था, वह सोच रहा था कि अच्छा है, जो सुनील ऐसे बात कर रहा था। उसे अपनी बात समझाने में आसानी रहेगी।

वह बोला, ''सोच रहा हूँ, कहूँ या न कहूँ!''

सुनील बोला, ''नो, डोंट थिंक। कह दे।''

अमित कुछ देर उसे घूरता रहा, फिर धीरे से बोला, ''इट हैज समथिंग टू डू विद···'' वह थोड़ा झिझका, फिर कहा, ''प्रवाल।''

सुनील ने उसे देखा, ''व्हाट इज इट?''

अमित ने कहा, ''लिसन आई हेट टू मेक हर द सब्जेक्ट मैटर ऑफ अवर कन्वरसेशन। बट आई थिंक आई रादर शैल···''

सुनील चुप रहा।

अमित ने फिर सिर उठा लिया, ''सुन, प्रवाल कुछ भी नहीं है। है न? यानी वह मृदुला नहीं है।''

अमित चुप हो रहा। सुनील प्रतीक्षा करता रहा, उसकी ओर देखता रहा।

अमित ने फिर प्रयत्न किया, ''आई मीन, वह ऋतु नहीं है।''

फिर अमित सहसा अपने ऊपर झल्ला उठा। बोला, ''डैम्मिट। देख भाई, तू समझ गया न?''

अबकी सुनील हँस पड़ा, ''ओ भाई, क्या हुआ है तुझे? व्हाट डू यू मीन? प्रवाल-ववाल का क्या किस्सा है?''

''नहीं,'' अमित जल्दी से बोला, ''आई डोंट लाइक हर, मतलब आई डोंट लाइक हर टू बिकम एनीथिंग बिटवीन अस।''

सुनील हँसता रहा, ''डोंट बी सिली। शी इज नथिंग। तुझे हो क्या रहा है?''

अमित उसकी हँसी से आश्वस्त हो रहा था। उसका दिल भर उठा था। अमित सुनील को खोना नहीं चाहता। और सुनील प्रवाल को अपने बीच की समस्या नहीं मान रहा। अमित को और कुछ नहीं चाहिए। वह न प्रवाल को आकर्षित करना चाहता है, न चाहता है कि अगर प्रवाल-सुनील फ्लर्ट करना चाहें तो वह टाँग अड़ाए। वह केवल अपनी दोस्ती की सूक्ष्म रेखाएँ बचाए रखना चाहता है। प्रवाल को या किसी लड़की को लेकर तो तब रूठा या झगड़ा जाए, जब अमित को किसी लड़की की मित्रता की आवश्यकता हो।

सुनील कह रहा था, ''देख भाई, तुझे पहले भी कहा था कि तू और मृदुला अलग हैं, बाकी दुनिया अलग। प्रवाल हो या कोई और, तुम्हारे सामने कुछ नहीं, कहीं नहीं। समझे?''

अमित ने मोटरसाइकिल को किक मारने की चेष्टा करते हुए कहा, ''नहीं, आई वाज थिंकिंग···''

सुनील ने कहा, ''नो, डोंट थिंक। लेट अस गो।''

□

प्रवाल दोनों हाथों में छोले और भठूरे लिये आई और बोली, ''जगह बनाओ।''

अमित ने कहा, ''रूमाल बिछा तो है। छोले-भठूरे फर्श पर रख दो और रूमाल पर बैठ जाओ।''

प्रवाल हँस पड़ी, ''मदद नहीं करोगे?''

अमित ने हाथ बढ़ाकर दोनों दोने उसके हाथ से पकड़कर फर्श पर रख लिये। इस प्रयत्न में वह अधलेटी स्थिति से बैठनेवाली स्थिति में आ गया। उसने एक जोर की उबासी ली, अँगड़ाई ली और पीठ दीवार से टिका ली।

प्रवाल ने बैठते हुए कहा, ''बैड मैनर्स।''

अमित हँस दिया, फिर और भी आराम से बैठ गया। टाँगें चबूतरे के फर्श से लगी सीढ़ियों पर फैला दीं और उसे गौर से देखने लगा।

प्रवाल छोले और भठूरे ढंग से लगा रही थी, ताकि खाने में सुविधा रहे।

दिन के 2 बज रहे थे। परीक्षाएँ निकट आ गई थीं। मार्च में परीक्षाएँ थीं और यह फरवरी का महीना था। कक्षाएँ लगनी बंद हो गई थीं। परीक्षा-पूर्व तैयारी की छुट्टियाँ शुरू हो चुकी थीं। अमित आज सुबह ही लाइब्रेरी में आ गया था। प्रवाल भी 11 बजे के लगभग आ गई थी। अमित ने सोचा कि प्रवाल आ गई है तो देर-सबेर सुनील भी आता होगा। लेकिन आज अप्रत्याशित रूप से प्रवाल उसके एकदम निकटवाली कुरसी पर आकर बैठ गई। साधारणतया वे दोनों एक-दूसरे को हेलो वगैरह कहकर, थोड़ी बातचीत करके अलग-अलग बैठते थे।

आज उसके हाव-भाव भी निराले थे। वह उससे ऐसे घुल-मिलकर बात कर रही थी जैसे उसकी अत्यंत घनिष्ठ हो। अमित को लगा, आज इसे टटोलकर देखना ठीक रहेगा। यह मूड में है, सुनील भी नहीं है। यही मौका है। देखें, वे तीनों कितने पानी में हैं! असलियत जानने का यही अवसर है। एक बार उसे ठीक बात का पता चल जाए तो इस प्रतिद्वंद्विता को तो वह समाप्त कर देगा।

वह भी सचेष्ट हो उठा। उसने अपने सबसे अच्छे अंदाज और बात करने के आकर्षक ढंग अपना लिये। अपनी समझ में जो उसकी सबसे आकर्षक मुस्कान थी, वही मुस्कराया।

बड़ी देर तक वे दोनों इधर-उधर की हाँकते रहे। अमित जान-बूझकर उसे ढील दे रहा था। लेकिन वह यह भी जता रहा था कि वह पढ़ना चाहता है, लेकिन उसके कारण नहीं पढ़ रहा। उसे इज्जत दे रहा है। आखिर वह एक खूबसूरत लड़की है।

वह उसे बता रहा था कि वह काफी आकर्षक व्यक्तित्ववाली है। उसने उसे क्लियोपेट्रा के व्यक्तित्व के बारे में बड़े सधे हुए ढंग से बताया, जो प्रवाल को पहले से मालूम था। फिर भी बताने का अर्थ था कि वह अप्रत्यक्ष रूप से उसकी क्लियोपेट्रा से तुलना कर रहा था।

लेकिन शायद इस सबकी आवश्यकता नहीं थी। प्रवाल स्वयं ही उससे कुछ कहने का इरादा लेकर आई थी। अमित से भी अधिक वह उसके निकट आने को उत्सुक थी।

इस बात को नोट करने के बाद अमित और लापरवाह हो उठा। प्रवाल को उसकी लापरवाही भरा अंदाज लुभा गया।

लगभग एक घंटा पहले वे दोनों चाय पीकर आए थे कैंपस की कैंटीन से। 1 बज चुका था। एक घंटा और लाइब्रेरी में बैठकर, गप्पें मारकर अब वे लंच के लिए बाहर आए थे। लाइब्रेरी से कुछ दूरी पर, कैंपस की सीमा-दीवार पर आइसक्रीम, भठूरेवाले लोग बैठे हुए थे। प्रवाल ने भठूरे खाने की इच्छा प्रकट की थी तो उसने शाही अंदाज से जैसे उसे खाने की—और भठूरे खरीदकर लाने की—अनुमति दे दी थी।

अमित को पूरा विश्वास था, वह अब बात बिगड़ने नहीं देगा। यह लड़की कुछ अपनी मर्जी से कहने आई है, बाकी का उसकी मर्जी से कहेगी।

लेकिन भठूरे का एक टुकड़ा मुँह में डालते-डालते वह चौंक गया। सामने उसने देखा, लाइब्रेरी में सुनील जा रहा था। उसने उन्हें देख लिया था। लेकिन वह उनकी ओर हाथ हिलाकर अंदर चला गया। उसके उत्तर में केवल अमित ने अपना हाथ हवा में लहराया था। प्रवाल पूर्ववत् खाती रही। अर्थात् दोनों के बीच कुछ घटा था और प्रवाल रुष्ट थी।

जब सुनील अंदर लाइब्रेरी में चला गया तो अमित सायास सहज स्वर में बोला, "तुमने सुनील की 'डैथ ऑफ ए सेल्समैन' की टेक्स्ट दे दी थी? कह रहा था, उसकी पर्सनल लाइब्रेरी का गैटअप बिगड़ जाता है।"

प्रवाल जैसे भड़क उठी, "पर्सनल लाइब्रेरी, माई फुट। अलमारी के चार खाने पुस्तकों से भरकर कोई लाइब्रेरी नहीं बनती।" फिर कुछ रुककर और भी कड़वे स्वर में बोली, "एंड एज फॉर एज देट बुक ऑफ हिज इज कंसर्न्ड, आई हैव रिटर्न्ड नॉट ऑनली दैट, बट ऑल हिज अदर बुक्स टू।"

अमित ने जैसे सबकुछ हलके स्तर पर लिया। वह हँसा, "क्या कोई बात हो गई? तुम बहुत रूठी लग रही हो उससे!"

प्रवाल को जैसे 'रूठी' शब्द खल गया। वह फिर भड़क उठी, "रूठना? हैल एंड डैमेशन। वह एकदम झूठा इनसान है। यू नो···" वह सहसा रुक गई। शायद उसे शब्द नहीं सूझ रहे थे।

अमित ने मदद की। बोला, "क्यों, 'लायर' क्यों? लापरवाह जरूर है; लेकिन जहाँ तक मैं उसे जानता हूँ, ही इज वेरी सिनसीयर ऐट लीस्ट मेरे कॉन्टैक्स्ट में। मैं सबकुछ विश्वास कर सकता हूँ, पर यह नहीं मान सकता कि वह तुम्हारे या मेरे लिए अनफेथफुल है।"

अबकी प्रवाल को और गुस्सा आ गया, ''यू आर लिविंग इन फूल्स पॅराडाइज, अमित।'' वह गुस्से के मारे फिर चुप हो गई।

अमित ने अब आश्चर्यचकित होने का अभिनय किया, ''व्हाट डू यू मीन? क्या बात है?'' उसने उसका हाथ बड़ी आत्मीयता से थपथपाया और बड़े मुलायम स्वर में बोला, ''प्लीज प्रवाल, क्या बात है? दोस्त अपने मन की बात कहने-सुनाने के लिए ही होते हैं।''

प्रवाल लगभग सजल हो आई, ''मैं तुमसे सच कहती हूँ, अमित। इस आदमी से बहुत प्यार किया है मैंने। मैं यह भी मानती हूँ कि मेरा नाम पहले से बदनाम है। लेकिन इसे मैंने सच्चा प्यार किया था।''

अमित कुछ बोला नहीं, एकटक उसकी ओर देखता रहा। प्रवाल जब तक अपनी भावनाओं को समेटे और अगला वाक्य कहे, उसने कहा, ''बट इट इज वन साइडेड। ऑफकोर्स, तुम्हें मालूम है, वह मृदुला को चाहता है।''

प्रवाल फिर शुरू हुई, ''मालूम है मुझे। पर कहता था, ही इज नॉट श्योर। हिज आप्शंस व्हर ओपन। कहता था—ही माइट मैरी मृदुला। लेकिन रास्ते में रुकावटें हैं।''

प्रवाल की आँखें लगभग सजल हो चली थीं, ''और वह 'रिलेशंस' केवल दोस्ती के थे, यही कह रहे हो न तुम?'' सहसा वह लगभग चीखने लगी, ''अगर वह सिर्फ दोस्ती थी तो यह क्या है?'' वह अपने पर्स से कोई कागज निकालने की चेष्टा कर रही थी—''कविता है यह। यह उसने मुझे मेरे जन्मदिन पर दी थी, जब तुम भी साथ आए थे। पढ़ो इसे। यह सिर्फ दोस्त के लिए नहीं लिखी जाती। यह उसने चुपचाप दी थी। कहा था कि तुम्हें न बताऊँ।...''

और फिर सहसा वह थोड़ा शांत हो गई। थोड़ी देर मानो तौलती रही, फिर बड़े सधे स्वर में बोली, ''और अगर वह तुम्हारा इतना ही 'फेथफुल' है तो 'मदर करेज' दिखाने के लिए मुझे क्यों कह रहा था? क्यों कह रहा था कि तुम उसे मजबूर कर रहे हो कि वह मुझे न ले जाए? क्यों कह रहा था...''

अमित का चेहरा लाल हो उठा। वह क्रुद्ध स्वर में बोला, ''क्या कह रहा था?''

प्रवाल सहम गई। अमित की आँखों से गुस्सा बरस रहा था। वह चुप रही।

अमित फिर बोला, ''मैंने पूछा, 'मदर करेज' के बारे में क्या कह रहा था?''

अबकी प्रवाल का स्वर अपेक्षाकृत धीमा था, ''कह रहा था कि वह तो मुझे ले जाना चाहता है, लेकिन अमित अपनी दोस्ती का वास्ता देकर बीच में टाँग अड़ा रहा है। अगर मैं कहूँ तो वह तुम्हें मना कर देगा। पर मैंने मना नहीं किया।''

अमित कुछ देर उसे घूरता रहा, फिर सहसा पलटा और लाइब्रेरी की ओर जाने के लिए मुड़ा।

प्रवाल बैठी हुई थी। उठकर लगभग दौड़कर उसने अमित की बाँह पकड़ ली। बोली, "तुम कुछ नहीं कहोगे, अमित। उससे कुछ नहीं कहोगे। तुम्हें मेरी कसम। तुम जाने दो न। ऐसे नहीं करते।"

कुछ देर के लिए वह रुक गया। सुनील लाइब्रेरी से निकलकर उनकी ओर ही आ रहा था। प्रवाल ने उसकी बाँह पकड़ी थी। उसने सुनील को देखा तो हल्के से अपना हाथ उसकी बाँह से छुड़ा लिया।

सुनील ने भी उसे उसकी बाँह पकड़े देख लिया था। सहसा अमित का मन वितृष्णा से भर उठा—प्रवाल के लिए भी और सुनील के लिए भी। कितनी गंदी स्थिति है यह! सुनील पास आ रहा था। वह भी सहज नहीं था, यह अमित नोट कर रहा था। सुनील जानता था, उसके और प्रवाल के बीच क्या हो चुका था! और अमित व प्रवाल के बीच क्या हुआ होगा, वह केवल उसकी कल्पना कर रहा था, जितनी वह कर सकता था।

वह थोड़ा और पास आया तो प्रवाल ने फिर अमित को हल्के से छुआ। हल्के से फुसफुसाकर कहा, "तुम जाने दो न। चलो, चलते हैं।"

उत्तर में गुस्से और नफरत से अमित ने एक बार प्रवाल को देखा, फिर सुनील को। फिर गुस्से में ही वह लाइब्रेरी की ओर जाने की बजाय फैकल्टी की ओर बढ़ा।

वह लगभग दस कदम जा चुका था, जब सुनील प्रवाल के निकट पहुँचा। उन्हीं दस कदमों में वह कोई निर्णय ले चुका था। प्रवाल के पास क्षण मात्र को रुक वह सीधा चला गया।

दोनों एक-दूसरे से विपरीत दिशा की ओर बढ़ रहे थे।

और बीच में प्रवाल खड़ी थी।

□

प्रवाल से बात कर वह अत्यंत उद्विग्न हो उठा था। उसे कहीं चैन नहीं पड़ रहा था। कुछ देर वह यूँ ही यूनिवर्सिटी की सड़कों पर मोटरसाइकिल घुमाता रहा। कई बार उसने मोड़ खतरनाक गति पर काटे।

सामने से आते ट्रक और अपने आगे आती कार के बीच से बड़े खतरनाक ढंग से मोटरसाइकिल निकालते हुए भी अमित के मन में उठा तूफान बाहर के इन सायास प्रयत्नों से बनाए गए तूफानों से दबा नहीं। काफी देर बाद उसे लगा कि गति हल नहीं है। उसे किसी के पास जाना चाहिए। रुककर उसने एक जगह से स्मिता के क्लीनिक फोन किया। पता चला, वह घर गई थी। घर पर फोन किया तो पता चला, वह और निखिल शॉपिंग करने गए हैं।

रिसीवर रखकर उसने सोचा, अंजली के पास चला जाए। लेकिन उसे लगा, वह उसके संसार को समझेगी नहीं और अपनी मूर्खता से उसे और खिझा देगी।

तभी सहसा उसे विधू का विचार आया। अब तक क्यों नहीं आया, यही आश्चर्य था।

विधू उसकी समस्या समझे बिना भी उसे इस तनाव से मुक्ति दिला सकती है। उसकी देह में वह अपने को एकाकार कर देगा। फिर वह अगर मन की कहेगा तो वह सुनेगी भी। विधू के साथ यही सहूलियत थी। वहाँ नकाब लेकर बात नहीं करनी होती थी। वह विधू से कुछ भी कहता, उसे अच्छा लगता था। विधू उसे कहीं बहुत महत्त्वपूर्ण होने का अहसास कराती थी। उसके साथ लगता था, वह कीमती है, उसके अस्तित्व का महत्त्व है। चाहे वह विधू के लिए ही क्यों न हो!

उसने विधू के घर का नंबर डायल किया। विधू ही बोल रही थी। उस तरफ शायद आवाज नहीं पहुँच रही थी, तो विधू भी जोर-जोर से बोल रही थी। हालाँकि इस तरफ अमित के कानों में आवाज बराबर पहुँच रही थी।

"हाँ-हाँ, मैं विधू बोल रही हूँ। विधू...जी हाँ...आप कौन बोल रहे हैं।...जी...कौन...पिताजी...कौन पिताजी...डैडी अभी घर पर नहीं हैं। क्या कहा? जरा ऊँचा बोलिए। आपकी आवाज नहीं आ रही है।...जी..."

"मैं अमित बोल रहा हूँ...मैं अमित बोल रहा हूँ..." बोल-बोलकर तो अमित का गला बैठ गया।

जिस दुकान से वह फोन कर रहा था, वहाँ कुछ लड़कियाँ खरीदारी कर रही थीं। यूँ भी दुकान के अंदर चिल्ला-चिल्लाकर बात करना असभ्यता होती। दुकानदार ने अहसान जताकर फोन करने दिया था।

पहले तो वह 'अमित-अमित' दोहराता रहा, फिर जब विधू की ऊटपटाँग शब्दावली बंद नहीं हुई तो खीझ उठा।

बिना लड़कियों की उपस्थिति और दुकान के अंदर होने को महसूस करके वह जितना ऊँचा चिल्ला सकता था उतना ऊँचा चिल्लाया, "सुनो विधू, और ध्यान से सुनो...तुम चुप हो जाओ—एकदम बोलो मत। मैं अमित बोल रहा हूँ, अमित। मैं 'चाणक्य' सिनेमा पर तुम्हारी प्रतीक्षा कर रहा हूँ। तुम स्कूटर लेकर आधे घंटे के अंदर वहाँ पहुँच जाओ।"

और खटाक्...उसने रिसीवर रख दिया।

अब अगर विधू ने सुन लिया तो ठीक, नहीं तो वह 'चाणक्य' सिनेमा पहुँचकर ही उसे फोन करेगा। वह अभी कमला नगर मार्किट में था। 'चाणक्य' सिनेमा पहुँचते-पहुँचते उसे भी आधा घंटा तो लगेगा ही।

वहाँ पहुँचा तो उसे विधू वहाँ मिल गई। उसे देखकर सचमुच उसे राहत महसूस हुई। विधू ने लाल रंग की जो साड़ी पहनी थी, उसे अमित कागजी साड़ी कहता था। यह

साड़ी बिलकुल उसके अनुपात में हलकी थी। उसे साड़ियों के नाम तो बिलकुल नहीं आते थे। विधू के बार-बार बताने पर भी कि वह जयपुरी जार्जेट है, वह भूल जाता था। हारकर विधू ने वही नाम स्वीकार कर लिया था।

अमित ने उसे देखा तो मुस्कराया। यह साड़ी विधू पर बहुत अच्छी लगती थी। बोला, ''फायर ब्रिगेडवालों को फोन कर दिया न?''

विधू ने आश्चर्य से पूछा, ''क्यों?''

अमित ने समझाया, ''भई, आग लग रही हो। सिर से ऊपर तक आग के रंग में रँगी है यह साड़ी। और तुम...तुम्हारा क्या? जरा सा पल्ला सिर पर डाल लो तो दिखो ही नहीं। दूर से कोई देखे तो समझे, आग की लपट चली आ रही है। इसलिए पूछ रहा था कि फायर ब्रिगेडवालों को आग लगने की संभावित सूचना दे दी है न?''

विधू हँसकर बोली, ''मान लो, सूचना दी हो और वे आ जाएँ तो पानी फेंक-फेंक कर मेरा तो सारा मेकअप धो देंगे। फिर तो सारी असलियत खुल जाएगी।''

अमित मुग्ध हो गया, ''मेकअप ऑर नो-नो मेकअप, यू आर इंटोक्सिकेप्टिंग विधू।''

विधू बोली, ''अच्छा! मेरे घर में शीशे हैं।''

अमित नाटकीय अंदाज में बोला, ''लेकिन वहाँ मेरी आँखें तो नहीं हैं न!''

विधू बोली, ''सिनेमा हॉल की छत के नीचे खड़े होने का मतलब यह तो नहीं कि तुम अभिनेता हो जाओ। अब चलो न। बताओ, कहाँ चलें?''

फिर वे दोनों एक रेस्टोरेंट में बैठ गए थे।

और अमित कड़वे-मीठे समय से गुजरने लगा था। लगभग 8 बजे वह विधू को उसके घर छोड़कर चला। तब तक जैसे वह दूसरे संसार में था। सड़क के मोड़ मुड़ते-मुड़ते फिर एक अदृश्य उदासी ने उसे घेर लिया।

लेकिन अब? वह क्या करे, कहाँ जाए?

इसी दुविधा में वह घर आ गया। किसी से मन नहीं कर रहा बात करने को। मगर आंटी मानती कब हैं! सारे भरे-पूरे परिवार में कोई अलग-थलग लेट जाए तो वैसे परेशानी। पूछ-पूछकर सब बुरा हाल कर देंगे।

सब में घुल-मिलकर भी मन जैसे उखड़ा रहा। फिर कपड़े बदलकर खाना खाते-खाते नौ बज गए। सुनील आता होगा। वह जानता है, अमित उसके पास नहीं आएगा। और वह स्वयं भी नहीं जा पाएगा उसके पास।

पर अमित जानता है, सुनील अवश्य आएगा।

लगभग 10 बजे सुनील ही आया। आते ही वह उसके सामने वही शरारत भरी दृष्टि लेकर खड़ा हो गया। वह दृष्टि आज भी वही पूछ रही थी, 'बच्चू, तुम सुधरोगे

नहीं। आज किसके पास गए थे, जो शाम की एक्स्ट्रा क्लास में नहीं आए? वह इस दृष्टि को खूब समझता था। कोई और समय होता तो वह डरने का अभिनय करते हुए, सिर झुकाकर, बड़ी शराफत से उसे सच-झूठ सबकुछ बताता। फिर अंत तक वह उसके घर चला जाता, जहाँ खाना खाते हुए आज के 'लेक्चर्स' के विषय में सुनील उसे बताता रहता। पर आज मन बुझ गया था। यह दृष्टि अभिनय करती लग रही थी, खोखली लग रही थी। उसके बीच की गरम आत्मीयता कहीं ढूँढ़े नहीं मिल रही थी।

सुनील भी समझ गया। अमित का व्यवहार देख उसने भी ज्यादा जोर नहीं डाला। थोड़ी देर बैठकर चला गया। कहीं कोई दरार थी, जो बढ़ती जा रही थी।

□

अमित को लग रहा था, वह मानसिक रूप से फिर पुरानी स्थिति में लौट आया था।

अपनी कल्पना में, अपने मस्तिष्क में वह बुरी तरह छटपटा रहा था। प्रश्न केवल स्वीकार किए जाने का है। हर आम आदमी की तरह वह भी चाहता था कि उसे स्वीकार किया जाए; कि उससे सुनील प्यार करे, प्रवाल करे, ऋतंभरा करे और सब वे, जो उससे मिलते हैं। उससे स्पर्द्धा न रखें। उससे प्रतियोगिता न बदें। उससे प्रतिद्वंद्विता न पालें।

लेकिन सबकुछ एक गलत दिशा की ओर बढ़ता जा रहा था।

उसे लग रहा था, इतनी मुश्किलों से, इतने समय बाद अनायास ही मिला उसका यह संसार नष्ट होता जा रहा है।

वह सुनील को समेटे रखना चाहता है, लेकिन वह प्रतिद्वंद्विता की राह जाने-अनजाने बढ़ा जा रहा है। वह ऋतंभरा के वक्ष से लगकर संसार भर के दुःख भूलना चाहता है या उनसे लड़ना चाहता है। लेकिन ऋतंभरा का कहीं कोई पता नहीं।

अब आंटी भी उससे नाराज हैं। उसका सारा संसार बिखर रहा है।

सुनील के कई बार बुलाने पर भी वह आज कॉलेज नहीं गया, न ही ऑफिस।

बस, मुँह-सिर लपेटे सवेरे से रजाई में दुबका पड़ा है। कहीं जाने का मन नहीं कर रहा।

सवेरे से आंटी उसकी तबीयत के बारे में पूछ रही हैं।

लेकिन वह सोने का अभिनय कर रहा है।

तभी आंटी ने उसे आकर बताया, "ऊपर तेरा फोन आया है।"

अमित में जाने कहाँ से चुस्ती आ गई! ऊपरवालों का फोन नं. उसने केवल ऋतु को दिया हुआ है। उसका दिल बल्लियों उछलने लगा। उसका दिल ऋतु से ही मिलने को कर रहा है। न सही मिलना, वह अपने मन की दशा तो उसे बतला सकता है। उससे

बात तो कर सकता है।

उसने जल्दी में शॉल लपेटी, पैरों में चप्पलें फँसाईं और लगभग लड़खड़ाता, भागता ऊपर की सीढ़ियों की ओर बढ़ा।

रिसीवर फोन के साथ ही मेज पर रखा था। जिन महिला ने फोन उठाया था, उन्हें अमित 'आंटी' कहकर बुलाता था। फोन तक पहुँचने से पहले ही आंटी ने उसे पुकारा। कहा, "अमित, तेरा फोन है।"

अमित ने उनकी ओर देखा तो उनकी आँखों में शरारत झाँक रही थी। क्षण मात्र में वह समझ गया कि फोन किसी लड़की का ही था।

और अपनी मूर्खतापूर्ण खुशी में वह एक गलती कर बैठा। फोन उठाते ही उसके मुँह से एकाएक निकला, "हेलो, इज इट ऋतु?"

फोन बंबई से आया है, यही सोचकर वह जरा ऊँचे स्वर में बोला था। लेकिन फोन के दूसरी ओर से बड़ा महीन, आकर्षक और आभिजात्य स्वर सुनकर वह मानो दुविधा में फँसा जड़ रह गया। दूसरी ओर विधू थी।

"नहीं, मैं विधू हूँ, ऋतु नहीं। वर यू एक्सपेक्टिंग समबडी एल्स?" उसने पूछा।

अमित को तो कोई उत्तर नहीं सूझा। उसकी उत्तेजना और खुशी उसके एक ही वाक्य से प्रकट हो गई होगी।

प्रकट में वह अपने स्वर को संतुलन देने का प्रयास करता बोला, "अरे विधू, तुम? व्हाट ए सरप्राइज! हाऊ डिड यू गेट दिस नंबर?"

उत्तर में विधू ने हल्के स्वर में हँसकर कहा, "बस, मिल ही गया यह अनलिस्टेड नंबर।"

"नहीं। वह बात नहीं। पर यह नंबर मैंने किसी को नहीं दिया कॉलेज में।"

"बस, ऐसा ही है। देख लो, हमने फिर भी ढूँढ़ लिया।"

अब तक अमित थोड़ा संयत हो चुका था। साथ ही रखे सोफे पर बैठ गया। बोला, "मैं नहीं मानता। पहले बताओ न, तुम्हें नंबर कहाँ से मिला?"

उत्तर में थोड़ी देर विधू आम लड़कियों की तरह नखरे करती रही। फिर ऐसे बताया जैसे 'शरलॉक होम्स' उपन्यास के अंत में हत्यारे का नाम बता रहा हो। कहा, "हमने सुनील से लिया था।"

"सुनील!" अमित चौंक गया, "लेकिन···कमाल है···! उसने तुम्हें नंबर दे दिया?"

"भई, यह तो अपने-अपने 'चार्म' की बात है। नंबर क्यों नहीं देंगे?"

अमित थोड़ा चुप हो गया। उधर से भी बात का विषय नहीं मिलता लग रहा था। फिर अमित ने अपने बालों में उँगलियाँ फँसाईं। कहा, "और फिर? कैसी हो?"

"ठीक हूँ।" उत्तर आया।

फिर कुछ नहीं सूझा तो अमित बोला, "क्या कर रही हो?"

विधू ने उत्तर दिया, "कुछ नहीं। तुम कॉलेज क्यों नहीं आ रहे?"

अमित हँसा, "ऐसे ही। दिल नहीं करता।"

विधू का स्वर आया, "ठीक तो हो न?"

अमित बोला, "एकदम! नो प्रॉब्लम।"

फिर विधू ने पूछा, "क्या कर रहे हो?"

अमित बोला, "कुछ खास नहीं। अभी तक तो रजाई में ही था। अब सोच रहा था, क्या करूँ!"

विधू ने पूछा, "कॉलेज नहीं आना?"

अमित बोला, "मन नहीं कर रहा।"

विधू ने पूछा, "क्यों?"

अमित बोला, "यूँ ही।"

विधू ने पूछा, "मन क्या कर रहा है?"

अमित बोला, "कुछ नहीं। पता नहीं क्या करने को मन कर रहा है! लगता है, आई नीड एन आऊटिंग बैडली।"

विधू ने कहा, "दैन व्हाई डोंट यू गो?"

अमित बोला, "आई थिंक, आई विल···।" फिर सहसा बोला, "तुम्हारी क्लासिस कब तक हैं?"

विधू ने कहा, "क्लासिस का क्या है, खत्म हो जाएँगी।"

अमित ने जिद की, "बताओ न!"

विधू ने कहा, "एक बजे तक।"

अमित बोला, "अभी 11.30 बजे हैं। डेढ़ घंटा है।" फिर कुछ सोचकर बोला, "क्लासिज के बाद चलो चलते हैं।"

विधू ने पूछा, "कहाँ?"

अमित बोला, "पता नहीं। आई रिअली डोंट नो। लैट अस सी। अभी तैयार होने में एक-डेढ़ घंटा लगेगा, फिर देखते हैं। लेकिन मैं कॉलेज नहीं आऊँगा।"

विधू ने पूछा, "फिर कहाँ आओगे?"

अमित कुछ देर सोचता रहा, "मैं तुम्हें ब्रिज पर मिलूँगा, यूनिवर्सिटी के पासवाले ब्रिज पर। सवा बजे। वहाँ सोचेंगे कहाँ चलें।"

विधू ने कहा, "ब्रिज पर? ऑल राइट। पर तुम सवा बजे तक पहुँच जाओगे न? अकेला खड़ा होना पता नहीं कैसा लगेगा!"

अमित ने मन-ही-मन सोचा, 'यू गर्ल्स आर ऑल अलाइक।' पर प्रकट में बोला,

"हाँ, मैं पहुँच जाऊँगा। डोंट वरी।"

विधू ने कहा, "ओ.के., ठीक है।"

अमित ने कहा, "ओ.के.।"

फिर रिसीवर रख दिया।

□

विधू ने अपने वक्ष में छुपे अमित के चेहरे को उठाना चाहा तो अमित ने सिर हिलाकर उसे मना कर दिया। विधू ने उसके सिर के बालों में उँगलियाँ फिराईं, फिर कहा, "ऐसे नहीं करते। क्या हो गया है तुम्हें?"

अमित कुछ बोला नहीं। उसने और कसकर विधू को अपनी बाँहों में भींच लिया और अपना सिर उसके वक्ष से लगाए रखा।

थोड़ी देर बाद विधू का दम घुटने लगा। वह थोड़ा खिसककर, पीछे हटकर, सोफे पर पीठ टिकाकर बैठ गई। लेकिन अमित वैसे ही रहा।

थोड़ी देर बाद फिर विधू ने कहा, "ठीक से बैठो न, कोई आ जाएगा।"

इतने उदास मूड में भी अमित को हँसी आ गई। सिर उठाकर बोला, "मतलब, तुम्हें ऐसे रहने से ऐतराज नहीं, अगर कोई आए नहीं।"

विधू भी हँस दी। अमित की पकड़ थोड़ी ढीली हो गई थी। अनजाने ही उसके मुँह से जैसे राहत की साँस निकल गई।

अमित उसे बाँहों में लिये वैसे ही देखता रहा। बोला, "क्या बात है? यहाँ दम घुट रहा है क्या?"

विधू फिर हँस दी। हलके से उसकी नाक पकड़कर कहा, "नहीं, कोई बात नहीं।"

अब की अमित ने उसे अपने वक्ष में खींच लिया। कहा, "यू आर सिंपली इंटाक्सिकेटिंग, विधू।"

दोनों कुछ देर वैसे ही रहे। सहसा अमित को फिर ऋतंभरा, सुनील और प्रवाल याद आने लगे। कब तक वह विधू के वक्ष में छुपकर यथार्थ नकारता रहेगा!

कब तक?

बहुत देर तक। अमित ने जैसे स्वयं से कहा। 'सारी जिंदगी भर नकारता रहेगा', यह कहने से, सोचने से उसने अपने को जबरन रोका। फिर उसके विचार सुनील की ओर तैर गए। उसने विधू का मुँह ऊपर उठाया। विधू का चेहरा तरल रेशम-सा लग रहा था। उस छोटे से चेहरे पर मुलायमियत जैसे बिखरी पड़ी थी। बरबस ही उसने उसके होंठों को चूम लिया।

"क्या करते हो?" विधू ने हटने की चेष्टा की।

अमित ने उसके गाल से अपना माथा टिका लिया, "तुम्हारे होंठ, तुम्हारा चेहरा! उफ! तुम मुझे पागल कर दोगी, विधू।"

विधू ने उसका चेहरा उठाकर कहा, "शुरू हो गईं लड़कों जैसी बातें।"

अमित बोला, "आंटी का चार साल का बेटा बिलकुल बच्चों जैसी बातें करता है।"

पहले तो विधू समझी नहीं, फिर समझी और दोनों हँस पड़े।

"अब तक तो कॉफी कोकाकोला हो गई होगी। और दूसरी मँगाते हैं।" अमित ने कहा।

विधू बोली, "एक आइसक्रीम मँगाते हैं। आधी-आधी दोनों कप में डालकर उसे 'कोल्ड कॉफी विद आइसक्रीम' बनाते हैं। दो रुपए में पाँच रुपए वाली चीज।"

यह बात यूँ ही कही गई थी। अमित ने जवाब नहीं दिया। उसकी आँखें वेटर को खोज रही थीं।

विधू बोली, "ठंड बहुत है।"

अमित ने उसकी ओर देखा, "यू नो, विधू। तुम्हारी यह रेशम-सी साड़ी और उतना ही रेशमी चेहरा। सच्ची, तुम पर हाथ ठहरते नहीं, फिसल जाते हैं।" फिर वह थोड़ा बेशर्म हो उठा, "पता नहीं, बंदा भी कोई ठहर सकेगा या नहीं।"

विधू ने सुना अनसुना कर कहा, "वेटर से कहो न, गरम कॉफी लाएगा।"

अमित फिर उच्छृंखल हो उठा। विधू और वह फिर आलिंगनबद्ध हो गए। विधू अपने को छुड़ाने की चेष्टा करती रही। थोड़ी देर बाद स्वयं अमित को लगा, वह बदतमीजी की हदें छू रहा है। उसे छोड़कर बोला, "प्लीज विधू, डोंट माइंड। लेकिन इतना मदहोश मैं कभी नहीं हुआ। यू टर्न मी ऑन ब्यूटीफुली।" बड़ी मुश्किल से उसने अपने को यह कहने से रोका, 'आई लव यू।'

फिर जैसे वह इस संसार में दोबारा लौट आया और साथ ही प्रवाल, सुनील लौट आए। वह फिर उद्विग्न हो उठा। वेटर को बुलाकर उसने कॉफी लाने को कहा।

सारे रेस्टोरेंट में अँधेरा था। बाहर की ठंड और हवा के मुकाबले रेस्टोरेंट का एयरकंडीशंड वातावरण बड़ा सुखमय था। यह कोई दूसरा ही संसार था। लेकिन इसमें भी सुनील था, प्रवाल थी, ऋतंभरा थी।

उसने हारकर विधू का पीछा छोड़ दिया। सोफे से पीठ टिकाकर बैठ गया। विधू ने साड़ी समेटकर बड़ी सुघड़ गृहिणी की तरह कॉफी बनानी शुरू कर दी।

उसे ऐसा करते देख सहसा अमित को ऋतंभरा याद हो आई। वह भी ऐसे ही करती थी। लेकिन जब खिंचाई का मूड हो तब या जब अपने दर्प भरे रूप का प्रदर्शन करना हो, तब।

वह उसे कॉफी बनाते देखता रहा। विधू ने उससे चीनी के बारे में नहीं पूछा। बस, एक चम्मच डालकर उसकी ओर देखकर हँस दी। अमित उसे ऐसे कई अवसरों पर टोक चुका था, "कमाल है! कितने लोगों के लिए कॉफी बनाती हो, जो मेरा चीनी का राशन याद नहीं रहता? एक चम्मच।"

विधू कहती, "घर में भी लोग रहते हैं, जनाब।"

अमित मारे ईर्ष्या के जल उठता, "कितनी आसानी से सब तुम्हें दिन-रात देखते रहते हैं। कितनी आसानी से जब उनका दिल करता है, तुमसे बात कर लेता है, तुम्हें छू लेता है।"

विधू हँस पड़ी, "अच्छा! 'छू लेता है', का क्या मतलब? इसमें अलग क्या है?"

अमित कहता, "तुम्हें लगता है न, अलग कुछ नहीं? पर मेरे घर, मेरे साथ कभी कोई लड़की रही ही नहीं। बहन थी ही नहीं और वैसे भी मैं अकेला ही रहा।" फिर कहता, "अच्छा, सच बताओ, सारी लड़कियाँ तुम्हारी तरह घर में चौकड़ी मारकर बैठती हैं? मेज पर, बिंदास ढंग से बैठ जाती हैं? तुम घर में तो खूब मजे लगाती होगी।"

विधू हँसती रहती। यह अमित भी अजीब है। इसमें मजा लगाने की क्या बात है? जैसे सब रहते हैं वैसे ही मैं भी रहती हूँ। लेकिन वह केवल हँसकर रह जाती।

अमित को विधू के कई रंग-ढंग बड़े गुदगुदा जाते थे। उसके चेहरे पर बच्चों जैसा भोलापन शायद इसका कारण था। उसे कुछ भी करते देखकर वह ऐसे आह्लाद से भर उठता था जैसे किसी खूबसूरत व प्यारे से बच्चे की हरकतें देख रहा हो, जिससे वह प्यार भी कर सकता था। अमित उसे 'टू-इन-वन' कहता था।

"तुम नन्ही बच्ची भी हो और बड़ी प्रेमिका भी। जब दिल किया, तुम्हें देख लिया; जब जी किया, प्यार कर लिया।" जब से वे पहली बार साथ-साथ बाहर गए थे, तब से चाहकर भी अमित उससे अलग नहीं हो पाया था। विधू कभी भी उससे घूमने जाने को नहीं कहती थी, लेकिन वह उसे विवश कर देती थी कि वह स्वयं ही कहे। जब वह नहीं कहता था और यदि उसका मन घूमने को कर रहा हो तो ऐसे बातचीत शुरू करती थी—

"अमि, तुम्हारा बैग फटने लगा है।"

"गरीब आदमी हूँ भई, दूसरा नहीं खरीद सकता।"

"अच्छा? तुम्हारे जैसे गरीब सारे हो जाएँ तो हिंदुस्तान का नक्शा बदल जाए।"

"नहीं, सच्ची। कौन दस रुपए खर्चे! इतने में तो एक 'आउटिंग' निभा लेता हूँ तुम्हारे साथ।"

"अच्छा! 'आउटिंग' निभा लेता हूँ। चलो, जाकर नया खरीदो।"

"ऊँ हूँ। नहीं भई, आज नहीं।"

"अच्छा, ठीक है; मगर कल जरूर खरीद लेना। जनपथ में सीधे हाथ पर एक दुकान है। वह ऐनक वगैरह भी रखता है। उससे खरीद लेना।"

"अच्छा बाबा, अच्छा।"

"लो, कॉफी तो ठंडी हो गई। पियो ना।"

"जल्दी क्या है, पी तो रहा हूँ।"

"जल्दी करो न! ठंडी पीने का क्या फायदा!"

"अच्छा बाबा!"

"चीनी ठीक है न?"

"हाँ, यार।"

फिर अनायास पूछती, "तुम्हारा मन जनपथ जाने का नहीं कर रहा न?"

"नहीं।...क्यों, क्या तुम्हारा कर रहा है?"

"नहीं, ऐसी कोई बात नहीं। तुम्हारी मर्जी है।"

"मेरी मर्जी है का क्या मतलब? बताओ न, चलना है क्या?"

"मर्जी है तुम्हारी। देख लो। मैं सोच रही थी, तुम्हारा बैग खरीद लेंगे।"

"बैग-वैग छोड़ो। अगर चलना है तो चलते हैं।"

"नहीं, छोड़ो। रहने दो न।"

"अरे, इसमें छोड़ने, रहने देने की क्या बात है? चलना है तो चलते हैं। अभी दस मिनट में पहुँच जाएँगे।"

"नहीं, रहने दो न, तुम्हारा मन तो है नहीं।"

"मेरा मन क्यों नहीं? मैं तो सोच रहा था, शायद तुम्हारा कहीं जाने का मन नहीं। शायद तुम घूम-घूमकर थक गई हो।"

"हाँ, रहने दो न। थक गए हैं, कल चलेंगे।"

"देखो विधू, तुम्हारा मन तो है। फालतू में बात बना रही हो। चलो उठो, कॉफी खत्म करो और चलो।"

"छोड़ो न।"

"बोर नहीं करो, जैसा मैं कह रहा हूँ वैसा करो।"

और वे दोनों एक बार निकलते तो फिर केवल जनपथ ही लक्ष्य नहीं रहता। न बैग खरीदना एकमात्र ध्येय। कहीं भी घूम-फिर आते या पिक्चर देख आते।

पिछले एक महीने से भी कम समय में विधू और वह तेजी से एक-दूसरे के निकट आए थे। कई बार तो अमित आश्चर्यचकित हो उठता। विधू में कोई चुंबक था। उसने सायास चेष्टाएँ की थीं कि विधू से दूर रहे। कई बार उसे समय देकर नहीं पहुँचा

था। लेकिन उस सारे समय वह जहाँ भी रहा वहाँ उसका मन नहीं लगा। वह जैसे उसके इकहरे शरीर और रेशमी चेहरे का दीवाना हो उठा था। उसके शरीर में एक विशेष मादक गंध थी। साड़ी से लिपटे उसके शरीर को अपनी बाँहों में लेकर तो वह सबकुछ भूल जाता था। विधू में अत्यंत दैहिक आकर्षण था। उसकी देह में इतनी लचक थी कि अगर वह एक हाथ उसके कमर में डालकर उसे खींचता था तो वह कमर से उसकी बाँह में झूल जाती थी। कई बार अमित कहता था, 'मुझे तो लगता है, एक दिन तुम कमर से टूट जाओगी।' विधू कभी जब विवाह या पार्टी के लिए सजकर तैयार होती तो अमित सन्न रह जाता था। उसका कद छोटा था और बदन पतला। फिर ऊँची एड़ी का सैंडल पहनती तो लगता, एक टेढ़ी-सी लकीर चली आ रही है। उसे कई बार सचमुच लगता कि एक दिन चलते-चलते वह कमर से टूट जाएगी। विधू का दैहिक आकर्षण एक कारण था और उसकी नम्रता दूसरा। उसमें दर्प या गर्व नहीं था। था भी तो भी उन्हें बिना प्रकट किए ही वह सहज रूप से 'डोमीनेट' करती थी। वह अपनी इच्छाएँ लादती नहीं थी। उसकी इच्छाएँ पूरी करने का मन करता था। वह पूरी तरह नख से शिख तक लड़की थी। ऐसी लड़की, जो पुरुष को दीवाना बना दे। असंभव लगता है कि ऐसी लड़की के पास बुद्धि भी हो; लेकिन वह बुद्धिमान थी।

□

सुनील और अमित के बीच बातचीत चल रही है। सुनील बोला, "तूने मृदुला के बारे में जो कहा, क्या ठीक था?"

अमित से कुछ कहते नहीं बना। फँसे-से स्वर में बोला, "मैंने? मैंने तो उसके बारे में कुछ नहीं कहा।"

सुनील बोला, "क्या तूने नहीं कहा कि 'आई आम नॉट श्योर अबाउट हर'?"

अमित कुछ-कुछ भूलने लगा। बौखलाया-सा बोला, "क्या?"

सुनील हावी हो उठा, "क्या यही कि तुझे मालूम है, मृदुला के विषय में मैं कुछ नहीं सुन सकता। तू प्रवाल के विषय में कहे, किसी के भी विषय में कहे, किसी भी विषय में कहे, मैं सुन लूँगा; पर मृदुला के विषय में नहीं सुन सकता।"

अमित सफाई देने लगा, "लेकिन मैंने कुछ नहीं कहा।...वह तो..."

वह फिर कुछ भूल गया। मस्तिष्क लाख याद करने पर भी याद नहीं कर पा रहा था कि यह सब क्या है। वह सुनील के रुख से गड़बड़ा गया था।

फिर धीरे-धीरे उसे याद आया, यह प्रवाल ने कहा था। उसने कुछ कहना चाहा तो सुनील फिर बोला, "नहीं, नहीं, यू शुड नॉट हैव सैड एनीथिंग अबाउट हर।"

अमित बोला, "नहीं, प्रवाल से बात हुई थी।"

सुनील बोला, "किसी से भी हुई हो, आई डोंट केयर। प्रवाल! वह है क्या?

साली। कभी इसकी बाँहों में, कभी उसकी। उसका कोई करेक्टर है भी?''

अमित थोड़ा संयत हुआ, बोला, ''तो फिर तूने उसे कविता क्यों लिखी थी?''

सुनील ने पूछा, ''कौन सी कविता?''

अब बच्चू पकड़ा गया। अमित ने पूछा, ''क्या यह ठीक नहीं कि तूने उसे उसके बर्थ डे पर कविता लिखकर दी थी?''

सुनील बोला, ''हाँ, दी थी।''

अमित बोला, ''क्यों दी थी?''

सुनील चुप उसकी ओर देखता रहा।

फिर अमित को अपने प्रश्न की निरर्थकता समझ आई। बोला, ''मतलब मुझे क्यों नहीं बताया? तू तो सारे रास्ते कहता जा रहा था कि वह कुछ नहीं है। तुझे उससे प्यार नहीं है।''

सुनील बोला, ''ठीक कहा था।''

अमित बोला, ''फिर कविता क्यों लिखी उसके लिए और उसे देने के लिए लिखी थी तो यकीनन तुम्हारे पास पहले से रही होगी। फिर मुझे क्यों नहीं बताया?''

सुनील बोला, ''ठीक है, यह मेरी गलती थी, मुझे तुझे बता देना चाहिए था; पर तुझे भी मृदुला के विषय में नहीं कहना चाहिए था।''

अमित फिर दुविधा में पड़ गया, ''मैं मृदुला के बारे में कुछ भी क्यों कहूँगा? मैंने उसके बारे में कुछ नहीं कहा।''

सुनील बोला, ''प्रवाल ने मुझे सब बताया है।''

अमित बोला, ''पर कहा तो उसने था।''

सुनील ने पूछा, ''और तू सुनता रहा।''

अमित चुप रहा। फिर उसे कुछ याद आया।

'' 'मदर करेज' के बारे में वह कह रही थी।'' उसने उसे सारी बात कह सुनाई।

सुनील बोला, ''तू चाहे तो उसके सामने बात करवा दूँ। शी इज बिच। तू विश्वास कैसे कर सकता है कि मैं उसे जाने के लिए कहूँगा तेरी जगह? शी इज ए लायर!''

अमित बोला, ''नहीं, वही कहती थी।''

सुनील बोला, ''ठीक है, सामने बात करवा दूँगा।''

अमित बोला, ''मुझे नहीं करनी, सुननी कोई बात। और फिर तू कह रहा है कि तूने नहीं कही तो तेरी सच्चाई का प्रमाण-पत्र क्या वह देगी?''

ऐसी ही बातों के साथ यह मीटिंग समाप्त हुई।

यह सही था कि वे दोनों फिर बात करने लगे थे। लेकिन अंतर में पड़ी दरार भरी नहीं थी, बढ़कर गड्ढा बन गई थी।

अमित को हमेशा लगता रहा कि उससे बात ढंग से नहीं हुई थी। इतनी बड़ी बात, जिसके कारण वह कितनी रातें परेशान रहा, आसानी से समाप्त हो गई।

लेकिन वह कुछ कर नहीं पा रहा था। बात का निष्कर्ष तो यह था कि सुनील की दोस्ती खोखली भावनाओं पर टिकी थी। लेकिन निष्कर्ष ऐसे निकला था जैसे दो छोटे बच्चे लॉलीपॉप पर लड़े, रूठे और मान गए। और फिर उसे गोरी, काली की बातें भी याद हो आईं।

प्रवाल को कविता लिखने का अर्थ क्या था? उसने कह दिया, 'गलती हो गई।' तो बात का अर्थ समाप्त हो गया क्या?

बात तो वही रही न कि उसमें प्रतिद्वंद्वी की भावना थी!

और आजकल सुनील का व्यवहार भी ऐसा ही हो गया था, लापरवाह! जैसे कह रहा हो, तुम जो सोचना चाहो, सोच लो। कभी-कभी लगता था जैसे बाजी खेलते-खेलते चूक हो गई हो। सुनील कुढ़न का शिकार होता जा रहा था।

अब बीती बातें लौटाई तो जा नहीं सकतीं। और अमित यहाँ कुछ दिन का ही मेहमान है। परीक्षाओं के बाद वह घर लौट जाएगा। फिर कौन कब मिलता है? मिलता है तो यही एक विषय तो है नहीं बात का!

बाद में जो होगा, देखा जाएगा।

लेकिन अमित के हृदय के सूनेपन की कोई थाह नहीं थी।

□

चलते-चलते समय ने झपटकर एकाएक साल के मार्च महीने के एक विशेष दिन पर उँगली रखकर अट्टहास किया, "मेरा विकराल रूप देखो।"

ऊपर नीले आकाश में अपनी मजाकिया आदत से लाचार ईश्वर अपना दाहिना हाथ उठाकर तांडवी हँसी हँस।।

चित्रगुप्त ने व्यस्त मुद्रा में अपनी बही सँभाली और अमित के पाप-पुण्य का लेखा-जोखा करने लगे।

दूर कहीं रेगिस्तान में अचानक एक बवंडर उठा और क्षितिज तक दौड़ता चला गया।

परीक्षा भवन में 'टॉम-जोन्स' लोगों की तमाम गलतफहमियाँ मिटाकर सोफिया से शादी करने चला।

और लौटकर परीक्षा-पत्र के 'रेफरेंस टू दी कॉण्टेक्स्ट' के तीनों गद्य ठीक-ठीक लिख आया है। जब किताब ने यह बात अमित को बता दी तो अपनी खुशी व्यक्त करने वह सुनील के घर चला।

सुनील की बड़ी दीदी आई हुई थीं। इससे कुछ अंतर पड़ता है, ऐसा लेशमात्र भी

आभास अमित को होता तो वह वापस लौट आता।

आज अमित सोचता है तो लगता है, अस्वस्थ स्पर्द्धा के प्रयत्न में सुनील को अमित की उपस्थिति किस पूरी तरह अभिनेता बना देती थी।

अमित की चीजों को हस्तगत करने का दंभी दावा कर अपनी चीजों को समेट रखने के लिए कितना प्रयत्नशील रहना पड़ता था सुनील को!

सुनील को बताकर अमित लौट आया। उसने यह भी बताया कि उसकी मम्मी आई हुई हैं।

फिर लौटकर लगा कि सुनील की दीदी आई हुई हैं। सुनील के पास उसकी मम्मी से मिलने आने का समय नहीं होगा। अगर मम्मी ही उधर चली जाएँ तो क्या हर्ज है!

आंटी मम्मी को लेकर सुनील के घर गईं और लगभग 15 मिनट बाद लौट आईं। आकर पूछा, ''तू चाय पिएगा?''

अमित ने मना कर दिया। पूछा, ''पीकर नहीं आए क्या?''

एक क्षण को लगा कि सुनील का मन-मुटाव उससे है, मम्मी को तो चाय पूछनी चाहिए थी। फिर उसने अपने को डाँटा—तुम हर चीज अपने ढंग से सोच रहे हो मिस्टर ऊदबिलाव! हो सकता है, उन्होंने पूछा हो और मम्मी ने इनकार कर दिया हो! आज उनके घर में भीड़ थी। ज्यादा जोर न दे पाए हों। किचन की चीजों के बारे में मत सोचो।

उधर सुनील को लगा, अभी अमित गया, अभी मम्मी को भेज दिया। कहीं यह कोई 'फ्रॉड' तो नहीं। माजरा क्या है? साला अपने को स्मार्ट समझता है। दिखाना क्या चाहता है? जासूसी करवा रहा है?

अमित दिखाना क्या चाहता है, सुनील को पता नहीं चला। लेकिन पिछले दिनों की घटनाओं ने उसे अतिरिक्त रूप से शक्की बना दिया था। हर काम सही ढंग और सही समय पर करनेवाला सुनील डगमगा रहा था।

घटनाओं व परिस्थितियों की डोर उसके हाथ से छूटी जा रही थी।

□

अमित की मम्मी को वापस जाते-जाते शाम के 5 बज गए। इला और अमित मम्मी को छोड़ने बस-स्टॉप तक गए।

वे लोग प्रतीक्षा कर रहे थे कि एक लड़की आई, जो पहले सुनील के पड़ोस में रहती थी, अब कहीं और रहती थी।

अमित ने उसे जरा भी नोट नहीं किया।

लेकिन उसके थोड़ा पीछे सुनील आया। उसे पता होता, अमित और उसकी माँ बस.स्टैंड पर खड़े हैं तो वह दीपा को इस वक्त न बुलाता। उफ, क्या मुसीबत है!

सुनील एक ऊँची सी जगह चुनकर खड़ा हो गया। अमित नीची जमीन पर खड़ा

उससे बातें करने लगा।

"कहाँ जा रहा है?" अमित ने पूछा।

"कहीं नहीं, बस यहीं तक।"

"कहाँ?"

"लाइब्रेरी।"

"पुस्तकें कहाँ हैं?"

सुनील दुविधा में खड़ा रहा।

उसे इस स्थिति से उबारा बस ने। वह एकाएक आ गई। और जब उस लड़की के बस में चढ़ते ही वह चढ़ा तो अमित एकाएक स्तब्ध रह गया।

यह तो वह बस नहीं थी, जो यूनिवर्सिटी जाती थी। यह बस करोल बाग जाती थी। वह लड़की अचानक ही अमित के मन में संदेह उत्पन्न कर गई।

लेकिन यह स्तब्धता एकदम दूसरी प्रकार की थी। उल्लसित प्रकार का आश्चर्य! अच्छा बच्चू! खुद तो साले लड़कियों के पीछे घूमते हो और हमें अंजली, ऋतु से मिलने को मना करते हो? आने दो आज शाम को बच्चूजी को, आज खबर लेंगे। अमित अपनी तमाम मूर्खताओं में लिपटा मुग्ध था। मन में केवल एक ही विचार था—बहुत दिनों बाद वे दोनों पहले की तरह सहज हो पाएँगे आज शाम। आज वह उसे इस लड़की के विषय में 'टांट' करेगा, जैसा अक्सर सुनील उसे करता है। उसी के शब्द दोहराएगा और सुनील, जो स्टैंड पर उस लड़की से बात नहीं कर रहा था, सो इसलिए न कि वह उसकी मम्मी का आदर कर रहा था।

उनके सामने किसी लड़की-मित्र से बात नहीं करना चाहता होगा।

आने दो उसे। अमित उससे कहेगा, बड़ी गंभीरता से—'देखिए मिस्टर सुनील, यह मैं आपकी भलाई के लिए कह रहा हूँ। यह नीला, नीना जिंदगी में आती-जाती रहेंगी। यह समय फिर नहीं आएगा। मैं पूछता हूँ, आखिर ऐसी क्या बात है कि दो दिन बाद परीक्षा है और जनाब हैं कि नीला, नीना के चक्कर लगा रहे हैं? आंटी क्या सोचेंगी?'

नहीं, यह सब कहने से पहले वह शरारती आँखों से उसे देखेगा। बिलकुल वैसे ही जैसे ऐसे अवसरों पर सुनील उसे देखता है। और जिस नजर के सामने अमित केवल बच्चा बनकर रह जाता है। कुछ नहीं छुपाता, सबकुछ बता देता है। वह सबकुछ भी, जिसकी अपेक्षा सुनील उससे रखता है, लेकिन जो वास्तव में घटता भी नहीं।

और उसकी शरारती नजरें जब सुनील देखेगा तो समझ जाएगा और अपनी ही शब्दावली सुनकर खूब हँसेगा। वे दोनों देर तक हँसते रहेंगे।

बहुत दिनों बाद दिलों पर छाए धुंध व कुहरे के यह घने बादल वह बिखेर देगा,

झटक देगा। एकबारगी मधुर गीतों की झंकार से हृदय की घाटियों को झंकृत कर देगा।

□

सुनील जब बस में चढ़ा तो खीझा हुआ था।

यह अमित अपने को समझता क्या है? मैं इसे यहाँ लेकर आया। मैंने इसे पढ़ने-लिखने में मदद दी और आज यह खुद को स्मार्ट दिखाने की कोशिश कर रहा है!

क्या जरूरत थी अभी स्टैंड पर आने की?

लेकिन फिर उसने अपने को समझाया। स्टैंड कोई तुम्हारी जायदाद तो नहीं है, सुनील। अमित अपनी मम्मी को छोड़ने आया होगा। दीपा के बारे में तो उसे कुछ मालूम भी नहीं होगा।

लेकिन आंटी?

हाँ, आंटी को मालूम है। दीपा के बारे में सबकुछ मालूम है। मालूम है तो क्या? वह क्या किसी से डरता है? जरूर आंटी अमित को दीपा के विषय में बताएँगी। बताएँगी कि वह लड़की उसकी मित्र है, जो पहले स्टॉप पर आई थी। और भी जाने क्या-क्या बताएँगी!

लेकिन ऊँह! उसे कोई परवाह पड़ी है किसी की? बताने दो। कोई किसी लड़की को बस स्टैंड पर छोड़ने नहीं आ सकता क्या? लेकिन तभी कोई मन में दुबका-दुबका बोला, 'सुनील, लड़की को बस स्टैंड पर छोड़ने आने से किसी को ऐतराज नहीं है। लेकिन छुपकर आने की क्या जरूरत थी? अमित से या आंटी से छुपाने की ही क्या जरूरत थी? आंटी तुमसे भी तो प्यार करती हैं। तुम्हारी बुराई वे किसी से करेंगी क्या? इसका अर्थ है, चोर तुम्हारे मन में ही है।'

सुनील ने इस स्वर को दबा दिया, ऊँह। यह झूठ है। अमित की गर्ल-फ्रेंड नहीं है क्या? वह जैसे बड़ा दूध का धुला है!

"क्या बात है, क्या सोच रहे हो?" दीपा ने पूछा।

"कुछ नहीं।" सारा मूड ऑफ हो गया था। यह अमित का बच्चा जरूर समझ जाएगा। आंटी जरूर अमित को सबकुछ बता देंगी। क्या मुसीबत है?

लेकिन वह इतना घबरा क्यों रहा है? आंटी बता देंगी तो उसका क्या बिगाड़ लेंगी? और अमित जो समझता है, समझ ले। घर में बैठे अपने। उसे किसी की जरूरत नहीं है। वह तो खुद प्यार करती थीं मुझसे। मैं थोड़े गया था प्यार माँगने! प्यार करती हैं, करें; न करती हैं, न करें।

जैसे मैं तो मरा जा रहा हूँ उसके लिए!

ऊँह!

सुनील ने सिर झटककर विचारों से छुटकारा पाना चाहा। पर इस रंगमंच पर किए

पिछले आठ महीने के नाटक में कहीं गड़बड़ हो गई थी और वह रह-रहकर कसक रही थी। जब से प्रवाल के जन्मदिवस पर वह कवितावाली घटना उजागर हुई थी, तभी से उसे लगा था, अब सबकुछ बिगड़ गया। उसकी दूरदृष्टि ने भाँप लिया था। अमित का जैसा स्वभाव है, इस घटना के पश्चात् वह किसी भी प्रकार पुराने सूत्र फिर नहीं जोड़ेगा। हो सकता है, जोड़े भी; पर अगर यह संबंध कायम रहे तो अमित उस पर हावी रहेगा।

दीपा के साथ प्रोग्राम था। अब उसका भी मूड नहीं।

उसने दीपा को घर छोड़ा तो फिर समस्या आई कि अब क्या किया जाए? ठीक है, यूनिवर्सिटी ही चला जाए। इसी बहाने लाइब्रेरी में बैठा जाएगा। और अभी तो कुछ बिगड़ा नहीं न, जाकर अमित को नोट्स दिखा देगा।

नोट्स! लेकिन कागज कहाँ हैं?

ऊँह! किसी से माँग लेगा।

लेकिन अमित से डरेगा नहीं वह।

सुनील अपने स्वभावानुसार पूरी तरह तैयार था।

अपने व्यक्तित्व के ऊपर किसी और का व्यक्तित्व हावी नहीं होने देगा वह। कम-से-कम अमित का तो नहीं। क्या सोचेंगे सब लोग!

अमित से शायद संबंध तोड़ने होंगे। और फिर धीरे-धीरे एक दूसरा दौर शुरू करना होगा। उसमें जो प्रभाव स्थापित करना होगा, उसके मस्तिष्क में उसके लिए गहन-गंभीर अभिनय की आवश्यकता होगी। सबके मस्तिष्क में यह बात जमानी होगी कि दोस्ती में इस परिणाम के लिए अमित उत्तरदायी है। कौन अमित से पूछने जाएगा। और जितना वह अमित को जानता है, वह इतना लापरवाह है कि क्रमबद्ध रूप से उसे कुछ याद भी नहीं रहेगा। क्या कहेगा वह कि प्रवाल के लिए कविता लिखी थी उसने! लोग कहेंगे तो क्या हुआ! उस दस रुपएवाली घटना और नाटकवाली घटना से भी कोई अधिक अंतर नहीं पड़ेगा। जो कुछ हुआ, वह दरअसल इन घटनाओं में कहीं दूर अंदर जाकर सूक्ष्म रूप से हुआ था, जिसे सुनील जानता है। अमित कभी नहीं समझा पाएगा, कभी नहीं। अपने संसार में गुम, अपनी सूक्ष्म भावनाओं का ताना-बाना बुनता अमित कभी अपनी स्थिति स्पष्ट नहीं कर पाएगा। अमित की इसी कमजोरी का लाभ वह उठाएगा।

हाँ, यही ठीक है।

उसने निर्णय ले लिया था। अब जो द्वंद्व था, केवल अनिश्चितता का था। क्या वैसा सबकुछ हो सकेगा जैसा वह चाहता है? नहीं, वह सब तहस-नहस कर देगा, लेकिन अमित को अपने व्यक्तित्व पर हावी नहीं होने देगा··· नहीं होने देगा।

अभिनय वह कर लेगा, वह जानता है। लेकिन अमित को उठने नहीं देगा।

उसके अभिनय के नए दौर पर निर्भर करता था यह सब।

और सुनील इसके लिए अपने को तैयार कर रहा था।

□

अमित ने सुनील को खिड़की से आते देख लिया था।

वह धीमी गति से उसी के घर की ओर आ रहा था। अमित ने झपटकर कमरे की कुंडी खोल दी, लेकिन दरवाजे के पट वैसे ही बंद रहने दिए। एक पुस्तक खोली और कृत्रिम गंभीरता से पढ़ने बैठ गया।

सुनील ने अमित को खिड़की पर बैठा देख लिया था। साला, इंतजार कर रहा है, जैसे मेरा कोर्ट-मार्शल कर देगा! देखता हूँ इसे।

सुनील जब दरवाजा खोलकर अंदर आया तो गंभीर, दिलीप कुमाराना अंदाज में अमित ने कहा, "हूँ तो आ गए तुम?"

ऐसा नाटक शुरू-शुरू के दिनों में बहुत करते थे वे दोनों। अगर कभी अमित दिलीप कुमार की नकल करता तो सुनील एकदम रिएक्ट करता था। वह किसी और अभिनेता की नकल करने लगता था और तीन-चार डायलॉग के बाद दोनों की समवेत हँसी फूट पड़ती थी।

सुनील ने उसे दो कागज दिखाए—"मैं लाइब्रेरी गया था। यह लिखा है।"

अमित ने उसी कृत्रिम गंभीरता से वे क़ागज उसके हाथ से लिये और उन्हें बिना देखे एक ओर रख दिया। फिर गंभीर स्वर में कहा, "बैठ जाइए आप। मुझे मालूम है, आप कहाँ गए थे!"

और इसके बाद अमित वही वाक्य बोलना चाहता था, जिसकी रिहर्सल वह सारी शाम अपनी कल्पना में करता रहा था कि तभी जैसे विस्फोट हो गया।

"मालूम है तो मेरे..." यहाँ उसने कोई गंदी गाली दी—"आई डोंट केयर। और जिसने तुम्हें बताया है न, उसे भी मैं..."

यहाँ फिर उसने एक गंदी गाली दी।

अमित स्तंभन की अवस्था में था। उसका वह सपना अभी टूटा नहीं था। कहाँ तो वह बीते दिनों की याद सुनील को कराना चाहता था और कहाँ... ! यह सब उसकी अभीष्ट दिशा में नहीं जा रहा था। लेकिन उसके मुँह से कोई बोल नहीं फूट पा रहा था। केवल सुनील का स्वर ऊँचा होता जा रहा था, "मैं जाऊँगा, जहाँ मेरी मर्जी होगी. जाऊँगा। हू आर यू?..."

यह कहकर उसने झपटकर अपने कागज समेटे और यह जा, वह जा।

लेकिन घर पहुँचते-पहुँचते दरवाजा खुलवाकर अंदर पहुँचते उसे कुछ हो गया।

ना, ना, ना। यह सब नहीं हुआ। ऐसा कुछ नहीं हुआ। धैर्य उसने नहीं छोड़ा। छोटा और ओछा वह नहीं हुआ। लेकिन आंटी के कहने पर अमित भड़का क्यों?

सुनील का तमतमाया चेहरा देखकर उसकी माँ ने पूछा, "क्या बात है नन्हे?"

सुनील ने कागज मेज पर रखे। सोफे पर बैठकर उसने पैर मेज पर टिकाए और माथा हथेलियों में दबा लिया। उसकी माँ ने फिर पूछा, "की गल्ल है नन्हे, तेरी तबीयत तो ठीक है?"

"यह अमित बार-बार मुझे अपसेट करता रहता है।" वह थोड़ी देर वैसे ही बैठा रहा, फिर दरवाजा खोलकर बाहर निकल गया।

□

सुनील के जाने के काफी देर बाद जड़-मूर्त हुए अमित का स्तंभन टूटा।

यह क्या हो गया? सुनील क्या कह गया? नहीं, उसे जाकर सुनील को समझाना होगा। उसे बताना होगा कि उसका वह मतलब कतई नहीं था, जो उसने निकाला था। आपसी संबंधों को सामान्य करने के बेहद ईमानदार प्रयत्नों के बावजूद वह मात खा गया था। लेकिन फिर सहसा वह थम गया।

उसे ये सब घटनाएँ स्वप्न में हुई लग रही थीं, कहीं धूमिल-सी। जैसे प्रातः उठने पर कोई रात्रि का स्वप्न स्मरण करे, ऐसे। उसे लगा, सुनील ने उसे और आंटी को गाली दी थी।

क्या दी थी, यह उसे याद नहीं आ रहा था। लेकिन दी जरूर थी। धीरे-धीरे उत्तेजना से उसका समूचा शरीर पत्ते की तरह काँपने लगा। एक-एक करके अपना अतीत उसकी आँखों के सम्मुख घूमने लगा और बहुत से लोगों के बिंबों से गुजरकर सेठी पर आकर टिक गया।

सहसा जैसे वह वहशी हो उठा।

एक झपाटे में वह दरवाजा खोलकर बाहर निकल गया। गुस्से में अंधा हो गया था वह। आज उसके घर से खींचकर अमित उसे मारते-मारते बेसुध कर देगा। और मन के किसी कोने में यह विश्वास भी था कि सारे लोग, आस-पड़ोस चाहे जो भी समझे, सुनील कम-से-कम जरूर समझेगा कि इस मारपीट का कारण क्या है!

किसी नीति का सहारा नहीं लेगा वह। सुनील के सारे दोष वह भूल गया है, भूल जाएगा। लेकिन इस दोष की सजा वह उसे अवश्य देगा।

अपनी ईमानदारी को नहीं छोड़ेगा वह।

अमित ने दरवाजा खटखटाया तो सुनील की मम्मी ने दरवाज़ा खोला। वह एक क्षण के लिए रुका, फिर अंदर चला गया। दोनों कमरे देखकर जब वह बाहर आया तो सुनील की मम्मी किचन में जा चुकी थीं। उसने दरवाजे पर खड़े होकर नियंत्रित

स्वर में पूछा, "कहाँ है वह, आंटी?"

उसकी मम्मी ने जरा गंभीर स्वर में उत्तर दिया, "जाने कहाँ है! तुम लोग पता नहीं क्या करते रहते हो! यहाँ आया तो बड़ा अपसेट था। फिर बाहर चला गया। क्या कहता रहता है तू उसे?"

कुछ देर तक अमित की समझ में नहीं आया कि क्या कहे! क्या कहे कि उसने तो अभी कुछ कहा भी नहीं। अपनी सुनाने तो वह अब आया था। लेकिन उसने केवल इतना कहा, "आंटी, वह आंटी को गाली देकर आया है।"

अब जरा गौर से सुनील की मम्मी ने अमित को देखा। लाख छुपाने के बावजूद असहज उत्तेजना उसके चेहरे व शरीर पर बिखरी पड़ी थी। उन्होंने उत्तर दिया, "ते पुत्तर, तूँ सानूँ गाला दे लै।"

सबकुछ एकदम इतनी तेजी से हुआ था कि अमित की समझ में कुछ नहीं आ रहा था। वह यहाँ क्यों है? वह सुनील की मम्मी से क्या कह रहा है? सुनील की मम्मी उससे क्या कह रही हैं?

क्या?

आंटी उसे अपने को गाली देने को कह रही हैं।

छि:! उसे अपने पर ग्लानि हो आई। बस, इतना ही समझा पाए तुम अपने आपको। आंटी यह सोच कैसे सकीं कि अमित उन्हें गाली देगा! और अपनी आंटी, जो सुनील की भी आंटी हैं, के अपमान का बदला चुकाने का तरीका यह तो नहीं। क्षण मात्र में उसकी आँखों के सम्मुख वह सारा समय घूम गया, जब सुनील की मम्मी उसे कहती थीं कि उसमें और सुनील में वह कोई अंतर नहीं समझतीं।

उन्हें गाली देकर क्या वह अपने को सुनील के स्तर पर घसीट ले?

न, यह करने तो वह नहीं आया यहाँ।

लज्जा और क्षोभ से वह वहीं गड़-सा गया। सुनील की मम्मी उसे बस यह समझती हैं!

बिना कुछ कहे एकबारगी उनकी ओर देखकर वह वहाँ से हट आया।

□

घर तक वापस पहुँचते-पहुँचते अमित ने प्रयत्न कर अपने को नियंत्रित किया। जिस अवस्था तक आंटी और सुनील ने तुम्हें जाने-अनजाने पहुँचाया है, वहाँ से तुम अब एकदम पहलेवाली अवस्था में पहुँचोगे क्या? बड़े हो गए हो तुम, अमित कुमार। शांतमन से, ठंडे दिमाग से सोचो। दूसरे की दृष्टि से भी इस घटना-चक्र को तौलो, परखो। इतना तो तुम सीख चुके हो।

घर पहुँचकर उसने अपने आपको सोफे पर पटका। संतुलित मस्तिष्क से, संयमित

होकर सोचो तो। एकाएक आरंभ से उसे सारी घटनाएँ याद आईं। अनजाने ही सुनील के सान्निध्य में बड़े खुशगवार क्षण गुजरे हैं। साथ-साथ वे खूब खेले-पढ़े हैं। अपने-अपने मस्तिष्क को एक-दूसरे की कसौटी पर खूब खरा किया है, माँजा है।

अच्छा, उसके इस कॉलोनी में आने से पहले स्थिति क्या थी? आंटी क्या, स्वयं सुनील बताता है कि आंटी के घर जो विशेष वस्तु पके, जब तक वे सुनील को नहीं दे आती थीं, उनके गले नहीं उतरती थी। उसके आने से पहले, जो गले से लिपट-लिपट जाता था, वह सुनील ही तो था।

यूँ तो अमित के आने के बाद भी आज तक आंटी का स्नेह वैसा ही बरकरार रहा है। आज भी खाने की वस्तु या तो सुनील के घर पहुँचती है या वे सुनील को बुला लेती हैं। मीट सुनील के घर नहीं पकता तो क्या, आंटी के घर तो पकता है।

अमित को याद है, कई बार वह ईर्ष्या भी करता था। लेकिन फिर उसे भी तो स्नेह था सुनील से।

आंटी को सुनील का यह कारनामा क्या उसे बताना चाहिए?

अगर बता देगा तो अनायास ही आंटी के मन में सुनील के प्रति मैल आ सकता है। नहीं, यह उसके और सुनील के बीच का मामला है। आंटी क्या, सुनील ने कभी अपनी ही माँ को गाली दी होती, तो भी अमित सुनील के प्रति वही व्यवहार करता, जो वह आज करना चाह रहा है।

नहीं, आंटी को बताने की आवश्यकता नहीं थी। वह उसे स्वयं ठीक कर लेगा।

लेकिन एक मिनट रुको, अमित कुमार। आंटी तुम्हारी क्या कुछ ज्यादा लगती हैं, जो उसकी नहीं लगतीं? आंटी, उसकी भी तो आंटी हैं, केवल तुम्हारी ही तो नहीं हैं। आंटी ने उसे भी तो माँ का-सा प्यार दिया है, अपना निश्छल स्नेह दिया है, जो उनकी चारित्रिक विशेषता है, स्वभाव है। किसी सुनियोजित योजना का अंग नहीं है।

तब तुम्हीं क्यों भुने फिर रहे हो? सुनील ने तुम्हारी आंटी को नहीं, अपनी आंटी को गाली दी है। बिलकुल उसी तरह जिस तरह तुम अपनी माँ के साथ कैसे भी व्यवहार के लिए स्वतंत्र हो, सुनील भी इला आंटी से कैसा भी व्यवहार करने में स्वतंत्र है।

अगर वह कहे कि तुम कौन होते हो मेरे और आंटी के बीच बोलनेवाले, तब?

वह कौन होता है?

शायद कोई नहीं। लेकिन मन नहीं मानता। कुछ घटनाएँ ऐसी होती हैं, जिनके बारे में बताने के लिए शब्द नहीं मिलते। जैसे वंदना, दिवाकर के साथ हुई घटनाएँ। विशेषतया वंदना के साथ। कोई पूछे कि तुमने वंदना के लिए क्या किया? शायद कुछ नहीं। लेकिन वह क्या था, जो वंदना के संदर्भ में अपने सीने पर लिये अभी कुछ दिन

पहले तक वह घूम रहा था। उसके साथ उसका दुःख उसने सहा था केवल। और कुछ भी न कर पाने की यातना में कितने वर्ष तक झुलसता रहा था! यह बात क्या कहने की है!

आंटी और सुनील के बीच बोलनेवाला वह होता है। उसने यह अधिकार अपने को दिया। अगर सुनील ने बदतमीजी की तो वह उसे उठाकर फेंक देगा। तभी एकदम दूसरा विचार उसके मन-मस्तिष्क को बेध गया।

लेकिन अभी तो यह भी पता नहीं कि सुनील ने आंटी को गाली दी भी या नहीं। वह यूँ ही अटकलें लगाए जा रहा है। और हो सकता है, बात कुछ भी न हो।

वह उठकर आँगन में आकर टहलने लगा। उसे सुनील की प्रतीक्षा थी। न, उससे स्पष्ट करना आवश्यक है।

अँधेरा हो चला था। घर की बत्तियाँ जल चुकी थीं। लगभग 15 मिनट बाद सुनील आया। जहाँ वह खड़ा था, वहाँ अँधेरा होने के कारण सुनील ने अमित को नहीं देखा।

सुनील पूछ रहा था, "कहाँ है वह?"

"मैं यहाँ हूँ।" अमित ने ऊँचे स्वर में उसे पुकारा।

सुनील उसके पास आया। आकर खड़ा हो गया। पूछा, "हाँ, क्या बात है?"

उसके दोनों हाथ कूल्हे पर थे और आँखों व चेहरे पर उद्दंड भाव थे। अमित को सहसा लगा, इस आदमी से संवेदनाओं और भावनाओं की अपेक्षा करना एकदम व्यर्थ है। यह व्यक्ति उद्धत रूप से उसके सम्मुख उपस्थित है, लड़ने को तत्पर होकर आया है।

उसका खून चेहरे की ओर दौड़ने लगा। कहा, "एक बात तुम मुझे बताओगे, सुनील। तुमने आंटी को क्या कहा था?"

"मैंने आंटी को गाली दी थी।" कहकर उसने गाली फिर दोहराई।

उद्दंडता फिर उसके चेहरे पर खेल रही थी।

अमित का खून खौल उठा। बड़ी मुश्किल से अपने उठते हाथों को उसने नियंत्रित किया और गुस्से में काँपते स्वर में कहा, "गेट दी हैल आउट ऑफ हेयर। यहाँ से चले जाओ, सुनील।"

सुनील कुछ कहने को तत्पर हुआ। पर उसे रोककर उसने कहा, "बस, और नहीं। तू चला जा, सुनील।" सुनील अमित के आवेश-युक्त चेहरे को देखकर चुप लगा गया। उसने चले जाने में ही भलाई समझी। उसकी नजरें झुक गईं और वह चला गया।

इसे न मारने की कसम वह खाए बैठा है। तो भी ऐसे ही जाने दे क्या? जिस

प्रकार की अस्वस्थ स्पर्द्धा की शतरंज बिछाए सुनील बैठा है, उसमें वह इसे अपनी विजय मानेगा और सुनील के मस्तिष्क की सीमाएँ क्या उसमें आत्मग्लानि का भाव भर पाएँगी? प्यार क्या होता है, उसकी भूख इतनी तीव्र नहीं, जो उसका मूल्य आँक सके।

सहसा अमित की चिंतनधारा दूसरी ओर मुड़ गई।

उसने अपने बाजू व सीना देखे और सोचा—अमित, तुझमें इतना दम-खम किनकी बदौलत आया? तुम इतने समर्थ हुए, क्या इसमें सुनील का कोई योगदान नहीं है? चाहे वह भ्रम ही था तो भी क्या यह सच नहीं कि उस सुस्वप्न में खोए बहुत से, जीवन से भरपूर, दिन तुमने जिए हैं? आंटी का दिया भोजन, स्नेह व सुरक्षा और सुनील का बाहरी सान्निध्य, क्या इन दोनों में तुम मुग्ध नहीं रहे? क्या इन दोनों ने मिलकर तुम्हें वह शक्ति व स्फूर्ति प्रदान नहीं की, जिसकी बदौलत तुम सेठी जैसे दैत्य को पीट सके? आज उसी शक्ति का उन्हीं के विरुद्ध प्रयोग करोगे, जो कभी, किसी भी कारण से तुम्हारी शक्ति के कारण थे?

नहीं, अमित को सहसा अपने पर ग्लानि हुई। वह सुनील पर हाथ नहीं उठाएगा, कभी नहीं उठाएगा। अपने ऊपर जाने-अनजाने किए गए उपकारों का बदला वह ऐसे नहीं चुकाएगा।

तो फिर क्या करे वह?

□

घूम-फिरकर केवल विधू के वक्ष की खुशबू बची थी, जिसमें सिर गड़ाकर असल में रोते हुए, पर बाहर से मर्द बनने की कोशिश में अमित पिघल रहा था।

"सुनो विधू, सुनो तुम्हें आज बताता हूँ, सबकुछ बताता हूँ। आदमी क्यों इतना बड़ा हो जाता है कि छोटी-छोटी बातें समझने लगता है, बूझने लगता है। जब मैं नया-नया इस शहर में आया था तो बड़ा ईमानदार था और अपनी ईमानदारी को मैं अपनी अमूल्य पूँजी समझता था। भाग्यवश जिस परिवार में आया वहाँ रहनेवाले इतने शरीफ थे कि लड़की के बराबर से गुजरने पर सिर झुकाकर निकल जाते थे। बचपन की बुद्धि नकल ज्यादा करती है। मैं भी यही करने लगा। मुझे लगता था, जब भी मैं लड़की छेड़नेवालों या बदमाशों के बारे में सुनता या—कि मैं इन सबसे कहीं ऊपर हूँ। हमारी गली में रहती थी एक बंगाली लड़की, साँची। जब वह नानी माँ से बातें करने आती थी तो उधर उसकी हँसी खिलती, इधर मेरे मन में हरसिंगार के फूल महकने लगते थे। बड़ा मन करता था कि उसे छूकर देखूँ! लेकिन कभी आँख भरकर उसे ताका भी हो, मुझे याद नहीं। फिर उसकी शादी हुई और वह चली गई और मेरे मन ने और भी ठान ली, किसी लड़की की ओर ताकूँगा भी नहीं। किशोर बढ़ते मन ने शराफत के लिए

यही मापदंड निश्चित किया था—जो लड़की की ओर देखे, वह बदमाश; जो सिर झुकाकर निकल जाए, वह शरीफ।...

"फिर मैं धीरे-धीरे बड़ा होता गया। ईमानदारी, सच्चाई और शराफत के मापदंड मेरे मस्तिष्क की सजगता के साथ-साथ विराट् होते गए। मैं सपने देखने लगा। वे मेरे अपने सपने थे। मेरे लिए वे ही मेरी पूँजी थीं। सोचता था, एक दिन स्वर्ग से कोई देवदूत उतरेगा और मेरी शराफत व सच्चाई के बदले मेरे सपनों की पोटली बाँध मेरी झोली में डाल जाएगा। कहेगा—ले, यह तेरा इनाम है, तेरी उपलब्धि है।...

"उन दिनों एक ईश्वर था भी जो जब-तब, अकेली सूनी रातों में चारपाई पर लेटे, टुकुर-टुकुर तारों भरे आकाश को देखते हुए मुझे आसमान की पोरों से आवाज देता था, दिलासा देता था। लगता था, इसी आकाशगंगा की राह अब उसका भेजा कोई दूत आने ही वाला है, जो आकर मेरे सपने मेरी झोली में डाल देगा।...

"लेकिन कभी कहीं से कोई नहीं आया। उलटे सब एक-एक कर छूटते गए। पहले घर छूटा, फिर माँ का मुझ पर विश्वास, फिर दिवाकर और फिर वंदना...और इसके बाद सहेजकर रखा हुआ ईश्वर भी मेरे हाथ से छूट गया।...

"इतने दिनों से जिस आधार पर मैं अपना संसार बसाए खड़ा था, वह भरभराकर गिर गया और मैंने पाया कि बादलों से एकदम विपरीत दिशा में जो रेत बिछी है, वह बड़ी तपती है और उसमें खड़े होकर मेरे पैर जलते हैं।...

"मैं बुरी तरह छटपटाता, छटपटाकर इधर-उधर दौड़ता। कहीं से कोई तो छत मिले, जहाँ इस तपन से छुटकारा मिले। जो-जो कंधा मिला, मैंने उसपर झुकना चाहा। फिर लगा, मैं व्यर्थ का होकर रह गया हूँ। जन्म से जिन आदर्शों की कल्पना में डूबा रहा हूँ, वे केवल उड़ाने की वस्तुएँ हैं। रेत पर खड़े होने के लिए सपनों का नहीं, यथार्थ का ताना-बाना बुनना पड़ता है। और फिर मैं धीरे-धीरे बदलने लगा।...

"धीरे-धीरे मुझे लगने लगा कि दुनिया में जीने के केवल दो ही तरीके हैं—या तो बचाव में लगे रहो—इसमें कुढ़न है, घुटन है, आत्मविश्लेषण और आत्मविश्लेषण ही है। बस, और कुछ नहीं। दूसरे ढंग के अनुसार, आवश्यक है कि ढीठ बन जाओ। इस तरह बन जाने में औरों को प्रताड़ना देकर उनकी प्रतिक्रियाएँ देखने का सुख है। और इसकी कीमत क्या है? कुल मिलाकर कुछ आक्षेप, कुछ ताने, कुछ आरोप—उन लोगों से, जो मौका मिलने पर वही करना चाहते हों, आक्रामक ढंग अपनाना चाहते हों, पर अपना नहीं पाते। मैंने यह भी पाया कि हर किसी में, जिसने यह भ्रम पाल रखा हो कि वह शरीफ है, शरीफ होने का कारण केवल इतना था कि वह बदमाशी नहीं कर सकता था। नहीं तो वह बदमाशी ही करता।

"मुझे लगा कि ये जितने लोग हैं, मैं उनसे कही ऊँचा हूँ। मैंने यह विचार मन

में से निकाल दिया कि मैं अच्छा हूँ। और फिर मैं हर चीज की बुराई ही देखने लगा।

''मेरा बीमार मन हर किसी को संदेह की दृष्टि से देखने लगा। उन्हें भी, जो मुझसे वास्तव में प्यार करना चाहते थे। लेकिन जिनके प्यार का और फिर अंत में तिरस्कार व उपेक्षा का 'रिस्क' मैं नहीं उठाना चाहता था। मैं भूल गया कि मैं अच्छा था। हर चीज को मैं केवल अपने ढंग से देखता; क्योंकि जानता था कि मैं अब प्यार नहीं कर सकूँगा। मैं उपेक्षा करने लगा। कभी-कभी पुराने आदर्श सिर उठाकर मेरी ओर निहारने लगते तो मैं फिर उपेक्षा से मुँह फेर लेता था। उन सबने मुझे दिया ही क्या था! उलटे मुझसे मेरा सबकुछ छीन लिया था। और मैंने देखा कि जिस प्रकार मेरे अच्छा होने की स्थिति में लोग केवल मेरी बुराइयाँ ही देखते थे, अब ढूँढ़-ढूँढ़कर मेरी अच्छाइयाँ निकालने लगे। कोई कहता, 'अमित यूँ तो बड़ा अच्छा है, बस यही एक कमी है'; कोई कहता, 'लड़का तो हीरा है, बस एक-दो बात की जरा कमी है।...' और मैं मुँह फेरकर हँसता और आगे बढ़ जाता। मैं जानता था, ये लोग मुझसे प्यार नहीं करते हैं। इसलिए मैं उनकी परवाह नहीं करता था।

''अपने अंदर और बाहरी अमितों के बीच मैं खुद कहीं गुम हो गया था।

''फिर मैं यहाँ आया। सुनील को तो मैं यहाँ आने से भी पहले से जानता था। आंटी ने जब अपना स्नेह प्यार प्रदर्शित किया तो वैसे ही हँसकर, मुँह फेरकर मैंने आगे बढ़ जाना चाहा कि मुझे टायफाइड ने घेर लिया; और फिर मैंने जाना कि बीमारी में मिली देखभाल कितनी ममता अंतर से कुरेद लेती है! फिर भी उनमें इस उबाल के शांत होने का मुझे दृढ़विश्वास था। बार-बार मैंने अपने आपको यकीन दिलाना चाहा कि मैं बुरा हूँ, लापरवाह हूँ, जिद्दी हूँ, उद्दंड हूँ। पर उन्होंने मानो एक ही रट पकड़ ली थी। आंटी की आँखें, उनका व्यवहार, बार-बार जैसे एक ही बात कहता था, अमित अच्छा है। यह इतनी बार हुआ और इतनी देर चला कि मुझे अपने पर फिर से विश्वास हो चला।

''बचपन में एक बात बहुत सालती थी। सब बच्चों की माताएँ कहा करती थीं, 'हमारा नीटू, हमारा संजय...हमारी बेटी!' वे अपने-अपने बच्चों की खूब तारीफें करती थीं। मैं समझता था, मैं इनसे भी अच्छा हूँ और मन करता था, कोई एक बार कहे, 'मेरा अमित...'

''मैं चाहता था, कोई मेरी आदतों के बारे में बातें करें। कहे कि हमारा अमित तो ऐसा करता है, यह पसंद करता है, वह नापसंद करता है। और उस दिन विधू, जब उन्हें पड़ोसिन से यह कहते सुना कि हमारा अमित...तो बस, कुछ हो गया। लगा, तपती रेत के रेगिस्तान में एक मुट्ठी आकाश उग आया है! लगा, मैं किसी का बेटा बनकर पैदा हो गया हूँ! लगा, दूर तक फैले इस बंजर मैदान के कोने में एक कोना मेरे नाम

लिख दिया गया है। मैं लगभग-लगभग अन्य हो गया, धन्य हो गया।···

''लेकिन आज सबकुछ समाप्त हो गया, विधू। एक बार फिर मेरा विश्वास हाथ से फिसल गया। जाने कब उसे फिर समेट सकूँगा। कभी समेट भी सकूँगा कि नहीं। सुनील मुझसे एक बार क्षमा माँग लेगा तो मैं शायद फिर सबकुछ भूल जाऊँगा; क्योंकि मैं नहीं जानता, अगला सुनील फिर कब मिले! यह भी हो सकता है, कभी मिले ही नहीं।

''मैं तुम्हारे सामने यह स्वीकार करता हूँ कि मुझे सुनील से प्यार है। यह शायद आंटी के साथ धोखा है, क्योंकि उसने आंटी को गाली दी थी। फिर भी, मैं उसके साथ के बिना नहीं रह सकता, नहीं रह सकता।···

''मैंने अगर सीता चाही तो राम बनने की कोशिश भी की। कसम खाई है कि वह तीन शब्द जिस लड़की से कहूँगा, उससे शादी भी करूँगा।···

''और तुम विधू, तुम मुझे अपनी बाँहों से अलग करके अब नहीं जा सकोगी। मैंने कभी किसी से वह तीन शब्द नहीं कहे, विधू। मैंने बड़ी कोशिश की कि तुमसे भी न कहूँ। लेकिन अब तो अपने मन को धोखा देने की भी गुंजाइश नहीं रही। आई लव यू विधू।···आई लव यू वेरी वेरी मच···

''लेकिन दिल के अरमानों की लाश दबाए उसपर बना यह गुंबद सदा खड़ा रहेगा। बोझ बनकर। अब मुझे छोड़कर मत जाना, विधू। यह बोझ तुम्हें और मुझे दोनों को बाँटना है। तुम चली गईं तो सुनील की तरह दूसरी विधू भी मुझे नहीं मिलेगी। मैं मर जाऊँगा, विधू। तुम्हारे साथ और सहारे के बिना इस बोझ के तले मेरा दम घुट जाएगा।···''

□

पल्ला खींचकर इला एकबारगी उठ खड़ी हुई।

चलूँ, कमरे में ही चलूँ। दरवाजे-खिड़कियाँ कहाँ हैं? दृष्टि जहाँ टिका दी, वहीं टिकाए रखने को मन क्यों करता है?

टटोलती उँगलियाँ फिर अलमारी की ओर बढ़ीं। अनिश्चित-से कदम फिर डगमगा उठे। नहीं, वे अब कमजोर नहीं पड़ेंगी। अलमारी की तसवीर देखते-देखते ब्लड-प्रेशर ऊपर उठ सकता है। जब तक अमित था, तब तक अगर आवश्यकता नहीं पड़ी तो अब कैसा तूफान आ गया? और फिर, अमित ने मना किया था।

अमित!

अमित!!

वे अलमारी छोड़कर बिस्तर पर बैठ गईं। फिर वैसा ही मौसम आ गया। अपनी धुरी पर संयत, सधी गति से घूमती धरती घूम-फिरकर फिर गरमियाँ ला रही है। न

अधिक सर्दी, न एकदम गरमी। बहुत दिन हुए, तब भी घर ऐसा ही भाँय-भाँय करता दिख रहा था। तब-जब 5-10 दिन अमित रहने के लिए आया था। सारे घर में कोई अजनबी, आमंत्रित, धृष्ट स्वर चिल्लाता घूम रहा है। मन-मस्तिष्क मथे जा रहा है।

फिर वही जन्म-जन्मांतरों की धूप चारों ओर बिखर आई है।

आज याद आने को बहुत कुछ है। लेकिन एकदम दूसरी बातें।

"देख इला, यह मेरे हाथ से दवाई नहीं ले रहा। तू आ तो।" अमित की माँ का स्वर।

"आपको तो एकदम पिलानी नहीं आती, दीदी। अमित जिद थोड़े ही करता है। देखो, कैसे एकदम से पी जाएगा!"

"अपने कपड़े ढंग से रखा कर अमित। कल को कहीं बाहर चला गया तो कौन सँभालेगा? अपनी आदतें सुधार अब।"

"सुनो आंटी, मैं कहीं नहीं जा रहा। डोंट वरी।"

बचपन से जवानी के बीच जो अटका था, उसे दूर कर जवानी तक तो पहुँचा दिया है। पता नहीं समझ कितनी दे पाई हैं उसे! शुरू-शुरू में जब बीमार पड़ा था तो एकदम कृशकाय था। रेशे-रेशे में ऊर्जा, जीवन भरा है इला ने। और जीवन भरकर, बड़ा करके उसे भेज दिया है। कितना जी कड़ा करना पड़ा है, कितना बोझ रखना व सहना पड़ा है कलेजे पर!

लड़कर गया है तो भी याद तो आएगा न!

पर गया कहाँ है? अपने घर तो उसे जाना ही था, जाना चाहिए था। न जाता तो इला समझतीं उनके ही लालन-पालन में कोई कसर रह गई है। पर यह मन मरा हथेलियों से लाख-लाख ढँकने पर भी उँगलियों के झरोखे से झाँक-झाँक जाता है।

उस दिन जब दूध बिखर गया था, कितना 'ब्लाटिंग पेपर', कितना कपड़ा खराब कर-करके बाहर फेंका था। वह निरीह दिखता चेहरा आज मुझसे ही लड़कर चला गया!

और लड़ा भी क्यों?

वह अपने सारे कपड़े अपनी फैंसी और खूबसूरत अटैची में ले जाना चाहता था। जब आया था तो कपड़े उसी अटैची में लेकर आया था। पर इन आठ महीनों में उसके कपड़े वगैरह अधिक हो गए थे, सो इला का कहना था कि वह उनका बड़ा सूटकेस ले जाए।

अमित को वह सूटकेस गंदा लग रहा था।

बस, वह यहीं रूठ गया।

"आप मेरे कपड़े रखना नहीं चाहतीं। मैं दोबारा आकर नहीं ले जा सकता? ऐसे

घर से फेंक रही हैं जैसे लौटकर आऊँगा ही नहीं।''

इला फिर लाख समझाती रहीं, पर वह नाराज ही रहा। जाते हुए रोया भी तो भी उनके उसे मनाने, चुप कराने के प्रयत्नों को झटक दिया। जानता था, यह सदा के लिए जाना नहीं है।

फिर वह इला की ही बड़ीवाली अटैची लेकर गया था।

यह सब याद आते-आते इला हँस दी। उसके लिए अपने को कितना घुलाया है इला ने! रात-बिरात, देर-सबेर उठ-उठकर उसके खाने के समय के साथ समझौता किया है। उसके लिए चिंता में घुली हैं, संतप्त रही हैं, उसकी तमाम मानसिक परेशानियाँ समझती रही हैं।

जब अमित निश्चित, किलक भरी हँसी हँसता था तो उन्हें संतोष रहता था। उन्हीं के कारण अमित इतना प्रसन्न है, निश्चिंत और संतुष्ट है। बड़ी देर-देर तक बिस्तर पर सोया रहता था तो भी इला ने कभी उसे नहीं उठाया। भागते-दौड़ते दफ्तर के लिए निकलने की उसकी आदत थी, सो हाथ में नाश्ते की प्लेट लिये दरवाजे तक उसे खिलाते आना पड़ता था।

इला देवी कई बार सोचती हैं तो उन्हें लगता है, वह केवल 'टायफाइड' से बीमार नहीं था, उसके बाद भी और पहले भी बीमार था। लेकिन उसे ठीक कर दिया, घर भेज दिया तो रोना नहीं होगा, ऐसी कोई शर्त तो अपने आपसे नहीं बदी थी इला ने।

□

लेकिन दो दिन बाद तो जैसे विस्फोट हो गया।

अमित का पत्र आया था। लिखा था—

''आंटी माँ,

अनंत सागर के वक्ष पर डोलती यह नैया किस पार लगेगी, नहीं जानता। मुझे क्यों भेज दिया आपने यहाँ? यहाँ मेरा मन नहीं लगता। मैं कुछ नहीं जानता, बस। मुझे आपसे प्यार है। मैं आपके बिना नहीं रह सकता। मैं दो दिन से रोता रहा हूँ। मुझ पर आपको तरस नहीं आता? या तो आप यहाँ आ जाइए और हमारे पास रहिए, नहीं तो मैं आपके पास आ रहा हूँ। मैंने कहा न, मैं आपके बिना नहीं रह सकता, नहीं रहूँगा।

आपका

अमित''

एकबारगी तो सारा संसार घूमता जान् पड़ा। अपने पर से विश्वास एकदम उठता लगा। लगा, सबकुछ व्यर्थ हो गया। उन्होंने कुपात्र को स्नेह के अधिकार के लिए चुन लिया था।

इला देवी बड़ी देर तक उस पत्र के एक-एक शब्द को चुनती-बुनती रहीं। घूम-

फिरकर जो गूँजता रहा वह एक ही वाक्य था, 'मैं आपके बिना नहीं रहूँगा···मैं आपके बिना नहीं रहूँगा···' उसकी गूँज में उनकी अपनी गूँज जा मिली, '···तू क्या समझेगा रे! मैं रह सकती हूँ तेरे बिना?'

पर गूँजती इन आवाजों को परे धकेलते कुछ दृश्य उनकी आँखों के आगे घूमने लगे।

पिछली बार जब वे अमित की मम्मी को देखने गई थीं तो उन्होंने उनकी हालत देखी थी। वे बिस्तर से उठ नहीं पा रही थीं। एकदम निष्प्राण-सी पड़ी थीं। बोलने में भी कष्ट होता था।

ऐसी माँ को छोड़कर वह फिर यहाँ चले आना चाहता है? उसका दिल कैसे माना होगा, ऐसे सोचने पर? और वे सोचती रहीं कि नहीं, अमित ऊपर से जो कहे, अंदर से निर्मल है, समझदार और संवेदनशील है।

खाक तो संवेदना!

संवेदनशील नहीं, स्वार्थी है अमित। जो उसे मिल चुका, वैसा ही कुछ उसकी माँ को चाहिए, क्या वह इतना भी नहीं समझता? केवल स्नेह लेना चाहता है, देना नहीं। अपनी सुख-सुविधा के लिए ही वह यहाँ आना चाहता है। और उन्होंने सोचा था, अब वह बड़ा हो गया होगा। लेना ही नहीं, दुनिया को कुछ देना भी सीख गया होगा। अपने लिए—चाहे स्नेह, प्यार के लिए ही सही अपने सुख-स्वार्थ के लिए अपने चारों ओर जो उसकी आवश्यकता है, उसे नकारकर क्या वह सचमुच यहाँ चला आएगा? नहीं अमित, सबके सामने की बात तो दूर रही, मुझे अपनी ही नजरों में गलत सिद्ध मत करो। तुम ऐसा करोगे अमित? नहीं अमित, तुम ऐसा नहीं करोगे। मेरी शिक्षा-दीक्षा ऐसे व्यर्थ नहीं कर सकते तुम। मुझे अपराधी भी नहीं ठहरा सकते तुम।

तुम नहीं आओगे अमित, नहीं आओगे।

उस दिन उनकी अन्यमनस्कता और चेहरे पर उभरी स्तब्धता देखकर बच्चे तो सहमे-से रहे, उनके पति भी चकित हो रहे। पिछले दो दिनों से इला देवी को कैसे-कैसे तो सामान्य करने का प्रयत्न करते रहे थे वे! आज फिर उनकी ऐसी हालत देखी तो कुछ कहना चाहा। उत्तर में इला देवी ने अंदर से लाकर अमित का पत्र उनके हाथ में रख दिया। पहले तो वे समझे नहीं, पर धीरे-धीरे सब उनकी समझ में आने लगा।

□

अमित को आए आज तीसरा दिन है। लेकिन घर का तो सारा रुख ही बदला है। आंटी की दृष्टि देखकर लगता है, वे न केवल उसके आने से अप्रसन्न हैं, उससे रुष्ट भी हैं। और कहाँ उसने सोचा था, आंटी उसे रोती मिलेंगी, आते ही उसे सीने से चिपटा लेंगी और खूब देर तक रोती रहेंगी।

धत्। सबकुछ गड़बड़ नजर आ रहा है यहाँ।

क्या हो गया है उसके पीछे से? या वह आरंभ से ही गलत था? यह प्यार भी झूठ और फरेब को ढँके स्नेह का नकाब पहने था। लेकिन नहीं। ऐसा कैसे हो सकता है? वह और कुछ भी मान सकता है, यह नहीं मान सकता कि आंटी ने उससे प्यार नहीं किया था, उससे प्यार नहीं करती हैं।

न आंटी, मुझे अब यह मत बताना तुम भी कि···

खाना, रोटी, कपड़ा उसे वैसा ही मिलता रहा है—समय पर, यथास्थान। लेकिन आंटी, जो इधर से उधर कमरों में चक्कर लगाती घूमती हैं, उसके निकट से निकलते ही आँखें फेर लेती हैं, सो क्यों? जैसे उसे देखा नहीं। जैसे वह यहाँ हो ही नहीं। या जैसे वे उसे देखना चाहती ही नहीं।

यह तुम्हें क्या हो गया है आंटी? बताओ न?

लेकिन उस दृष्टि को देखकर कुछ कहने या पूछने की हिम्मत नहीं हो रही है।

पर पूछना तो होगा ही। सभी कुछ सहमा-सा है। बच्चे तक सहमे से हैं। सहज होने का सायास प्रयत्न करने पर भी अपना ही स्वर उसे अपरिचित जान पड़ा है। और किसी के स्वर का सहयोग भी नहीं, केवल उसका अपना एकाकी स्वर।

यह क्या हो रहा है? क्या आंटी उसके आने से खुश नहीं हैं? छिः, क्या वे सोच रही हैं कि किराया···

इला देवी उसे देख जैसे विक्षिप्त हो गई थीं। वे ऊँचे स्वर में उसे लताड़ रही थीं। उनका ब्लड-प्रेशर फिर बढ़ने लगा था। वे हाँफने लगी थीं। उन्हें बड़ी कठिनाई से खींचकर दूसरे कमरे में ले जा सके थे। लेकिन उनका जी डूबता जा रहा था।

सबकुछ भूलकर सबसे पहले आंटी को सँभालना होगा। लेकिन अमित का साहस जवाब दे चुका है। उस कमरे में जाकर उनसे आँख कैसे मिला पाएगा वह? लेकिन आंटी ने कह क्या दिया? मुझे मेरी माँ की चिंता नहीं है क्या? लेकिन मैं क्या कर सकता हूँ? फिर उधर डाची माँ हैं तो। वह उनकी जी-जान से देखभाल करती हैं, सेवा-शुश्रुषा करती हैं। इतना तो वह कर ही सकता है कि अगर उनके पास रह सकता है तो रहे। लेकिन अभी उसका 'प्रमोशन' होने वाला है। उसका स्थानांतरण कर दिया जाएगा। फिर कैसे रह पाएगा वहाँ? लेकिन तब तक, फिलहाल···आंटी चाहती हैं···

दूसरे कमरे से आंटी की कराह सुनकर उसकी चेतना लौटी है। नहीं, कैसे भी आंटी को तो सँभालना होगा। कितनी कठिनाई से काबू आती हैं, जब उनकी साँस उखड़ जाती है। कितनी-कितनी देर तक तो निष्प्राण हो पड़ी रह जाती हैं।

मैं आपकी बात समझ गया हूँ, आंटी। पर मुझे सुधारने की इतनी कीमत मत दो।

मैं वादा करता हूँ, वैसा ही करूँगा जैसा आप चाहेंगी। ऐसा ही करना चाहिए मुझे। मुझे सिखाने की इतनी बड़ी कीमत मत चुकाओ, आंटी।

सुना तुमने, मैं उधर आ रहा हूँ, आंटी।···

□

रात। सन्नाटा। बाहर के खंभे की रोशनी अँधेरे से होती हुई दालान में फैल गई है।

किचन में आज तक बैठकर जैसे वह खाता आया है, वैसे ही छोटी सी कुरसी पर बैठकर वह खाना खा रहा है। आंटी भी वहीं हैं। अंकल अपने कमरे में कुछ पढ़ रहे हैं। बच्चे सो गए हैं।

यूँ खाना खाने का मन नहीं था, लेकिन आंटी को खिलाया जाए, इसका एक ही तरीका था, खुद भी तब तक न खाया जाए।

किचन में तनाव है। पर दोनों में कोई है, जो मौन रहकर भी बात किए जा रहा है।

मैं जानता हूँ, आप क्या सोच रही हैं आंटी? आप सोच रही हैं, मैं शायद डाँट ठीक ढंग से समझूँगा नहीं। लेकिन मैं आपको समझता हूँ।

तुझे मैंने जाने के लिए कहा रे? जीभ नहीं कटी मेरी?

आपने ठीक कहा आंटी, मेरी ही दृष्टि धुँधला गई थी। अपनी ही माँ नहीं देख पाती थी। किसी-न-किसी को तो यह नई दृष्टि देनी थी, आंटी।

तू क्या वाकई चला जाएगा रे?

नहीं, जाऊँगा कहाँ?

वहाँ की माँ 'अटेंड' न करके जो अन्याय मैंने किया था। यहाँ की माँ 'अटेंड' न करके वह अन्याय फिर दोहराऊँगा नहीं।

मुझे भूल तो नहीं जाएगा न?

छिः, रोते नहीं हैं। मैं कोई परदेस जा रहा हूँ, जो भूल जाऊँगा? नौकरी के लिए रोज तो दिल्ली आना होगा। जब मन करेगा, आऊँगा। मैं आऊँगा आंटी, अब कोई भूल भी नहीं करूँगा। तुम जैसे कहोगी वैसे करूँगा। माँ को कोई कष्ट नहीं दूँगा। उनकी सेवा करूँगा। हाँ, सेवा करूँगा। तब तुम मुझे प्यार करती रहोगी? करती रहोगी न, आंटी माँ?···

अब तुम क्यों रोने लगीं?

□

यह कौन है? उसने कोने में पड़े पलंग के बीच उस जर्जर हुई काया को देखा। कपड़ों में लिपटी बीमार, दुर्बल कृश काया!

क्या पहली बार देखा, जो इतना चौंक गया?

न, पहली बार क्यों? इतनी-इतनी बार घर जब-जब आया है, तब भी तो देखी है यह काया। लेकिन शायद वह घुलने-घुलने की प्रक्रिया थी, यह परिणाम है।

माँ की परिणति, उसकी माँ की परिणति।

उसकी माँ जीवन भर मौन रह अपने से, अपने परिवेश से और अपने निचाट अकेलेपन से लड़ते-लड़ते हार गई, टूट गई हैं।

तेईस साल। तेईस साल क्या कम होते हैं? तेईस साल वैधव्य काटना। और वैधव्य के इस काल में भी सोचने-सुनने को क्या रह जाता होगा?

ले-देकर यूँ ही एक असामयिक, क्रूर मृत्यु! एक दुःखद स्मृति और उसके परिणाम। उस स्मृति की अकेली निशानी, उस स्मृति का एक प्रतिरूप वह स्वयं। वह भी बाहर रह-रहकर बिगड़ गया है, घर नहीं आना चाहता। घर से उसे लगाव ही नहीं रहा है।

इन तेईस सालों में माँ ने क्या-क्या नहीं सहा होगा! कैसे-कैसे एक-एक यातना के दौर से गुजरी होंगी! पहले माँ की देह कितनी भरी-पूरी थी, उसे याद है। दब्बू-से-दब्बू राहगीर की नजर भी उनपर उठ जाती थी। फिर धीरे-धीरे वर्ष बीतते-न-बीतते, कालचक्र द्वारा अनुभूत कराए उन दुष्परिणामों को क्या सहज ही स्वीकार कर लिया होगा माँ ने?

केवल डाची माँ के सान्निध्य में।

और खबरें भी कैसी-कैसी तो मिलती रही होंगी—उनका लड़का बिगड़ गया है, कुसंगत में पड़ गया है, वापस नहीं आना चाहता।

या कि उनका लड़का मुसीबत है, जंजाल है, तंग करता है।

अंदर-ही-अंदर क्या कुछ घट गया होगा तब?

माँ ने बहुत कुछ देखा, सहा है।

सहसा उसे लगा, अब तक वह आत्मकेंद्रित रहा है, केवल अपनी पीड़ा सुनता रहा है।

लेकिन माँ के इन अनंत दुःखों के मौन इतिहास के समक्ष उसका अपना दुःख भी कोई दुःख है?

न, शायद है। पर अंतर कितना है?

इधर वह मौन, बिना किसी घटना घटने की आशा में, निरंतर एकरस जीवन को दुःस्वप्न की भाँति जीती रही हैं। आस-पड़ोस भी एक दुर्बल, अकर्मणीय, बीमार महिला के दुःख सुनने क्यों कर आएगा? और कब तक?

और क्या यह संभव नहीं कि उसी की तरह जब तक वह अपना दुःख न व्यक्त

कर ले, तब तक किसी आवरण की ओट में हँसना भी नहीं चाहती होंगी?

उनके इस लंबे जीवन में कैसे-कैसे मोड़ आए होंगे! यहाँ सबसे अलग-थलग, समाज से कटकर, बिना किसी सुख की प्रतीक्षा में, समाचार की प्रतीक्षा में कैसे-कैसे तो टूटी होंगी! उसे सहसा अहिल्या की याद हो आई—जड़, शिला हुई अहिल्या!

और तब बड़े आत्मविश्वास के साथ वह पलंग के साथ रखी कुरसी पर से उठा। माँ के पलंग की पाटी पर बैठ उसने माँ के माथे पर हाथ रखा।

मैं आ गया हूँ, माँ। अगर अभी देर नहीं हुई है, अगर मुझे केवल दुःखद पछतावे के अतिरिक्त कुछ हाथ नहीं लगना है तो अब मैं तुम्हें मरने नहीं दूँगा। मैं कुछ बनकर लौटा हूँ—बाहर से भी और अंदर से भी। संभवतया अभी मुझे जाना भी होगा। जहाँ मेरा स्थानांतरण किया गया है, वहाँ। लेकिन सबकुछ व्यवस्थित कर या तो अपना स्थानांतरण यहाँ करवा लूँगा या माँ को और डाची माँ को अपने साथ ले जाऊँगा। लेकिन माँ का इलाज मैं करूँगा, करवाऊँगा।

और इस मिलन की सूत्रधार, इस दृश्य की लेखिका, एकदम परदे के पीछे ही रही क्या? इला देवी की याद क्या नहीं आई उसे?

□

पूर्व-संध्या

'पूर्व-संध्या' उन लोगों की कहानी नहीं है, जिन्हें सुख विरासत में मिला हो या जो जीवन में संघर्ष कर आगे बढ़ना ही नहीं चाहते। यह अपने लक्ष्य की ओर कदम-दर-कदम बढ़ते और इस प्रक्रिया में टूटते, लड़खड़ाते, सँभलते उन लोगों की कहानी है जिन्हें इसी समाज का अंग बने रहकर एक सभ्य व सुसंस्कृत व्यक्ति की तरह अपना लक्ष्य प्राप्त करना है। और इस प्रकार एक सार्थक समाज को पनपने तथा विस्तृत होने देना है। 'पूर्व-संध्या' व्यक्ति से व्यक्तित्व बनने की क्रिया की कहानी है।

व्यक्ति स्वयं कुछ नहीं होता। वह वही होता है, जो समाज और उसके लोग उसे बनाते हैं। समाज और परिस्थितियाँ बहुत से कड़वे घूँट देती हैं। उन सब घूँटों को पीना संभव भी नहीं है। लेकिन शिक्षित और विचारशील मस्तिष्क डाकू या गुंडा नहीं बन सकता। उन्हीं परिस्थितियों और समाज के लोगों में वह अपने अनुभव ढूँढ़ता है। अपना व्यक्तित्व ढूँढ़ता है। किसी-किसी को इला देवी मिल जाती हैं, किसी-किसी को नहीं भी मिलतीं। पर आजीवन नहीं मिलतीं, ऐसे अभागे भी हैं। उनके लिए शोक भी है। पर आनेवाली सुबह के लिए हर किसी को एक-न-एक दिन यही समाज तैयार कर देता है।

'पूर्व-संध्या' आदमी को केवल तैयार करती है। उसके बाद शुरू होती है रात। रात, जिसमें कभी चाँदनी मौलसिरी के वृक्ष पर टँगी रहती है। रात, जिसमें हरसिंगार के फूल महकते हैं। और रात के वे अँधेरे क्षण भी, जिसमें हर पल ठोकर खाकर गिरने का भय रहता है। और कभी-कभी तो लगता है, इस रात की सुबह होगी ही नहीं। होगी भी तो उसे देखने के लिए हम जीवित नहीं रहेंगे।

लेकिन प्रश्न परिणति का नहीं है। प्रश्न यह नहीं है कि रात के बाद जो सूर्योदय होगा, उसकी किरणें कितनी सुखद, कितनी सुनहरी होंगी! प्रश्न है—संघर्ष का रूप क्या होगा? वह किस कारगर उद्देश्य के लिए किया जाएगा? देर-सबेर अपने को पहचानने

के क्षण हर एक को मिलते हैं, जो व्यक्ति को उस उद्देश्य की प्राप्ति के लिए प्राथमिक रूप से तैयार करते हैं।

अमित की पूर्व-संध्या भी समाप्त हुई। लेकिन रात की परिसंभावनाएँ अभी शेष हैं। जीवन के प्रति एक स्वस्थ दृष्टिकोण का आरंभ होगा। जीवन की कटु परिस्थितियों की आँखों में आँखें डालकर उनसे जूझने के प्रण का प्रारंभ है यह। उसकी मुट्ठी में इतने अनुभव बंद हैं कि अगर वह जीवन में कभी लड़खड़ाएगा या डगमगाएगा तो अनिश्चितता के उस दौर में वह अपनी बंद मुट्ठी खोलकर उसमें से अपना अनुभव निकाल लेगा, जो उसकी प्रेरणा का स्रोत बनेगा। वह उलझनों, कठिनाइयों के प्रति अतिरेक रूप से भावुक नहीं होगा। अत्यंत सुख के क्षणों में एकदम इतना डूबेगा भी नहीं कि ऊपर आना ही दूभर हो जाए।

और ऐसे क्षणों में उन सबके प्रति क्या वह कृतज्ञ नहीं होगा, जिन्होंने अपने अच्छे-बुरे, खट्टे-मीठे व्यवहार से उसे कुछ बना दिया? उसे इस योग्य बनाया कि सूर्योदय की प्रतीक्षा वह बड़े धैर्य से कर सके? और सूर्योदय और पूर्व-संध्या के बीच का अंतराल भी उतने ही धैर्यपूर्वक गुजार सके?

नहीं, वह कृतज्ञ है।

□

रात

काम में मन नहीं लग रहा है। हिसाब-किताब, बही-खाते और व्यापार संबंधी घटा-जोड़-गुणा उसे कभी पसंद भी नहीं थे। अमित का मन फिर से अशक्त, एकाकी है। पर प्यार का अहसास, मानसिक स्वस्थता और सुरक्षा का बड़ा साधन है। विधू उससे प्यार करती है, यह अनुभूति बड़ी सुखद है।

दिल्ली से दूर उसका स्थानांतरण किया गया है, प्रमोशन देकर। अमित अपने ऑफिस में जाता है और वहाँ से विधू के ऑफिस का नंबर डायल करता है। ऑपरेटर शायद विधू के फोन मिलाते-मिलाते तंग आ चुकी है। स्त्री-सुलभ ईर्ष्या कोई खेल खेलना चाहती है। जहाँ विधू की बातचीत चल रही है, वह बोर्ड की 'की' उसमें लगा देती है। इससे पहले कि अमित 'हेलो' कह सके, विधू एवं किसी और व्यक्ति की आवाजें उसके कानों में पिघले शीशे-सी टपकने लगती हैं।

"···तो इसलिए नहीं आ पाई।···" यह विधू की आवाज थी।

"अच्छा, आज का तो पक्का है न··?" यह दूसरी ओर से किसी पुरुष का स्वर था।

"हाँ, आज 5 बजे मुझे 'रीगल' में मिलना।"

"ठीक है। पहले डिनर, फिर 9 से 12 पिक्चर देखेंगे।···"

"..."

"..."

बातचीत चलती रहती है और अमित को लगता है, वह ढहकर गिर जाएगा मर जाएगा। विधू, उसकी विधू—कोमल, रेशम-सी, रुई के फोहे-सी उसकी विधू···

और बातचीत चल रही है।

"···वह बड़ा अच्छा लगा था।"

"···तुम्हारा नाम ही अच्छा है, इसमें लिखाई का क्या कुसूर।"

"पर तुम्हारी हथेली के पीछे लिखा अपना नाम देखकर मुझे लगता है, मैं तुम्हारा दीवाना हो गया हूँ। मुझे नहीं पता था कि तुम मुझे इतना चाहती हो कि मेरा नाम हर वक्त अपनी आँखों के आगे रखना चाहती हो।"

अमित की साँस घुटने लगती है। विधू की हथेली पर उसने आज तक केवल अपना नाम लिखा देखा था। जतन से उसका नाम अपनी हथेली के पीछे लिखती विधू के चेहरे को देखकर अमित कहा करता था कि ऐसे समय पर उसके चेहरे पर सुहाग-सौंदर्य बिखर जाता है।

सहसा बीच में ऑपरेटर की आवाज आती है, "…हेलो…हेलो…आपकी बात हुई, सर?…"

अमित की जुबान लड़खड़ा रही है, "…नहीं…हाँ…बात…"

ऑपरेटर की शरारत फिर उभर आती है। अमित को लगता है, ऑपरेटर ने जान-बूझकर यह सब किया है। ऑपरेटर कहती है, "…ओह आई एम सॉरी। मुझे लगता है, विधू की बात राजीव से चल रही है। मैंने गलती से 'की' दे दी।"

अमित का हाथ अशक्त है। रिसीवर थामना भी मुश्किल हो रहा है। उसका स्वप्न-संसार भंग हो रहा है। वह अविश्वास की स्थिति में है, "…एक मिनट, सुनिए। यह राजीव कौन है?"

ऑपरेटर की सतर्क और सायास तटस्थ आवाज आती है, "राजीव मॉडलिंग एजेंसी की दूसरी यूनिट में काम करता है। प्रदीप हेड ऑफिस से फोन करता है और बतरा इसी 'एजेंसी' का रेजीडेंट मैनेजर है। रूम नं. 416 में उसका अड्डा है, जिसे वह अपना और विधू का घर कहता है। अपना नाम दे दें तो लिस्ट में जोड़ लूँगी।"

ऑपरेटर फोन काट देती है।

अमित कुर्सी से नीचे लुढ़क जाता है।

□□□